JN019688

主要登場人物

原　ナオコ……大学三年生。兄・公一の死に疑惑を抱く。
沢村　マコト：ナオコの親友。ナオコと共に事件の真相を追う。
マスター………『まざあ・ぐうす』ペンションのオーナー。
シェフ…………『まざあ・ぐうす』ペンションの共同経営者。大男。
高　瀬…………ペンションの二十歳過ぎの男性従業員。
クルミ…………ペンションの二十代半ばの女性従業員。
ドクター夫妻：老夫妻。『ロンドン・ブリッジとオールド・マザー・グース』の部屋に宿泊。

芝浦夫妻……三十代半ばの夫妻。『ガチョウと足長じいさん』の部屋に宿泊。
上　条……三十代の男性。『ミル』の部屋に宿泊。
大　木……三十歳前の男性。スポーツマンタイプ。『セント・ポール』の部屋に宿泊。
江　波……二十九歳。『ジャックとジル』の部屋に宿泊。
中　村……
古　川……二十代前半の男性。『旅立ち』の部屋に宿泊。
村政警部……ペンションで起きた殺人事件を捜査。

誰が殺したコック・ロビン
「それは私」と雀が言った――

プロローグ　1

　夕焼けが消え去るのを待って、その男は作業を開始した。人に見られるのを恐れたからだ。そう、絶対に見られてはならない。

　力仕事は久しぶりだった。ふだんあまり身体を動かさないし、特に最近は無理をしないように気をつけている。そのせいかすぐに息が切れ、肺がキリキリと痛んだ。

　焦ることはない、とその場にしゃがみこみながら男は自分に言いきかせた。時間はたっぷりあるし、こんなところへは誰もやってこない。それよりも仕事を丁寧（ていねい）にやることだ。それが第一だ。

　一休みした後、再び作業に戻る。慣れない作業だ。シャベルを使うなんて何年ぶりだろう？　しかし扱いかたは忘れていない。ゆっくりだが確実に掘っていく。

　しばらく掘ったあと、男は傍（かたわ）らに置いてあった木箱をその穴の中に入れてみた。木箱は完全にその中に収まったが、彼はちょっと考えたのち木箱を取り出して、もう少し掘ることにした。

「焦ってはいけない」

自分の意思を確認するように、彼は今度は声に出して言ってみた。この仕掛けが一番肝心なのだ。ここをいい加減にすると全ての計画が台無しになる。慎重に、慎重に、そうだ、どんなにしても慎重すぎることはない。

それにしても、と彼はやや不満そうに首をひねった。土の中から何も出てくる気配がないのだ。やはり何かが間違っていたのだろうか？　いやそんなはずはない。ここでなければどこだというのだ。結局あれは何かがあるという意味ではないのだろう。まじない……そうだ所詮それにすぎないのだろう。それにたとえ間違っていたとしても構わない。今この瞬間から、間違いが真理になるのだ。

それからもう一度、男は穴の中に木箱を入れた。今度はかなり深いところに収まった。これなら何かの拍子で出てきたりしないだろう、彼は満足げに頷いた。その上から土をかぶせ、さらに雪をのせたのち、男は数歩下がってその地点を見た。雪が多少黒ずんではいるが、特に目立つほどでもない。これなら大丈夫、彼は納得した。

シャベルを担いで来た道を引き返しながら、彼は計画のチェックを行なっていた。起承転結、すべて完璧だった。唯一心配な点は、今埋めた場所を誰かに見抜かれることだが、彼は安心していた。大丈夫、そんなに頭のいいやつなど、そうそういるものではない。

「啓一、待ってろよ」

彼は思わずつぶやいていた。

人影に気づいたのはずいぶん歩いてからだった。彼の前方十メートルぐらいのところに人の後ろ姿が見えたのだ。うつむいて歩いていたので気づかなかったが、もっと前かららいたのかもしれない。

彼の心にしびれが走った。あの人影は、もしかしたら自分の行動を一部始終見ていたのかもしれない。そうなれば計画は反古に帰す。

彼は全力で足を動かした。人影の正体を摑むためだ。こんなところでミスをするわけにはいかないのだ……。


翌朝、白馬のあるペンションのオーナーから、裏の谷に客が落ちて死んでいるという連絡が所轄署に入った。谷には壊れた石橋が途中まで伸びているが、その客はそこから落ちたらしいということだった。石橋の上は凍りつき、滑りやすくなっていた。

客は、新橋二郎という名前で宿泊していたが、すぐに偽名であることが判明した。持ち物の中から病院の診察券が出てきたのだ。その券には、川崎一夫と記してあった。さらに病院に問い合わせたところ、正確な身元も確認できた。東京の宝石店の主人で、年齢は五十三歳になる。家族の者の話によると、三日前から失踪中ということだった。

この男がなぜ白馬のペンションにやってきたのかは、一切不明だった。

プロローグ　2

いかにも年代物といった感じの鳩時計の鳩が、九回顔を出した。チェックをかけようとビショップを持っていた男の右手が、それでちょっと止まった。チェスの盤を挟んでいるのは顔中髭だらけのごつい男と、痩せているが背の高い老人。チェックをかけようとしたのは髭面の男だった。

「九時だな」

そう言ってからチェック、と駒を置いた。老人の顔が何かすっぱい物でも食わされたように歪んだ。髭面の男はにやにや笑っている。

ふたりの横のテーブルでは、一時間ほど前からポーカーが始まっていた。ゲームに参加しているのは五人。百キロぐらいありそうな男が混じっていて、その男はこの宿の料理番である。皆はシェフ、と呼んでいる。他の四人のメンバーはこの夜の宿泊客だった。

アルバイトの娘がコーヒーを運んできた。娘といってもこの宿へ働きにくるのはもう二年目だから、二十代半ばであろう。ただ化粧気がなく、派手な色使いのトレーナーを着ているので実際よりは若く見える。

「おかしいわね」

その娘はコーヒーをテーブルに置き、鳩時計を一瞥したのちに言った。「こんなに早く眠るはずがないと思うのだけれど」

「疲れているんだよ」

ポーカーをしている客のひとりが、他のメンバーの表情を見ながら言った。ポマードで髪をかためた、骨ばった感じのする男だ。「疲れは突然やってくる。チャンスと同じだ」

「ピンチともね」

向かいに座っていた太っちょのシェフが勝負をかけた。

「様子を見にいこうよ」

娘は、長椅子に横になって週刊誌を読んでいた青年に声をかけた。青年は娘よりすこし若い。この宿の従業員だった。ボイラーなどの仕事をしている。

「そうだね、ちょっとおかしいね」

彼は身体を起こすと、両腕を上げて大きく伸びをした。首のあたりの関節がポキッと音をたてた。

「三十分ほど前に呼んだ時にも返事がなかったし」

青年と娘は薄暗い廊下を歩いて、その部屋の前に立った。ドアには木製の札がかけてあって、そこには、

“Humpty Dumpty”

と彫ってある。この部屋の名前なのだった。

青年は二、三度ノックしたあと、その部屋に泊まっている客の名を呼んだ。廊下に響きそうな声だったが室内からの反応はなかった。そこで彼はドアのノブを回してみた。だが鍵がかかっている。

「あけてみようよ」

娘が不安そうに青年を見上げたので、彼も決心して廊下を戻っていった。合鍵を取りにいくためだった。

合鍵であける前に、青年はもう一度だけ呼んでみた。返事はなく、それで心が決まったように彼は鍵をはずした。

入ったところはリビング・ルームだった。その奥が寝室になっている。そのドアも叩いたが、やはり返ってくる声はなかった。ここにも鍵がかかっていて、青年はまたしても合鍵を使わねばならなかった。

寝室は明るかった。灯りがつけっぱなしになっていたのだ。それがなんだか予想外で、

青年は一瞬息をのんだ。だがもっと大きな衝撃を受けるのは、そのすぐあとだった。

客はベッドで横になっていた。うつぶせで、そして顔を横に曲げていた。青年は一、二歩近づいて、それから驚愕（きょうがく）の声をあげた。

客は赤黒い顔で、彼をじっと見つめていたのだった。

信州白馬の、ある山荘の夜のことである。

窓の外ではちょうどその頃から雪が降り始めている。青年の悲鳴はその中に吸い込まれ、そして消えた。

第一章　マザー・グースの宿

1

新宿駅、朝六時五十五分。

ホームに出る階段を二人の若者が急ぎ足で上がっていた。中央本線の出ているホームだった。

前を行く一人はグレーのブュッシュパンツに、濃紺のスキーウェアを羽織っていた。髪は長めのリーゼントで、濃い色のサングラスをかけている。かなり大きなリュックを背負っているが、長い足を利用して階段を二段ずつ跳んでいくリズムは軽い。

その若者の後に続いているのは、いかにも非力そうな娘だった。キャスター付きのスキーバッグは平地では楽だが階段を上るのはひと苦労といったところで、数段上がっては一休みし、そのたびに長い髪をかきあげる。煙草の煙のように濃く白い息が、形のいい唇からせわしなく吐きだされた。

「ゆっくり来ればいい、まだ時間はある」

一足先にホームにたどり着いた若者が、後から来る相棒に声をかけた。ハスキーだがよくとおる声だ。娘は返事をしなかったが、代わりに小さく頷いた。

彼等が乗りこむべき列車はすでにホームに入り、発車の時刻を待っていた。彼等と同じように階段を駆け上がってくる者が数人いる。その者たちは皆長いスキー板を担いでいた。ホームにも人は多かったが、それ以上なのは列車の中だった。派手な色彩のスキーウェアやセーターを着た若者が、ほとんど全ての座席を占拠しているのだ。冬休みに突入するのを待ちかねていた学生連中が、普段のストレスを一気にゲレンデで爆発させようという腹らしい。

二人の若者は、そんな学生たちの惚(とぼ)けた顔が並ぶ車両を横目にホームを歩くと、同じ列車内とは思えぬほど静かなグリーン車に乗りこんだ。ここにも雪山を目当てにしているらしい人間の姿がないわけではなかったが、幼稚園児の遠足さながらに騒ぐ連中とは人種が違うようだ。

座席番号を確認しながら二人は並んで腰を下ろした。娘が窓際である。大きな二つの荷物を、若者は軽々と棚にのせた。

「時間は？」

若者が訊(き)くと、娘はセーターの左の袖をめくって時計を見せた。秒針のないクォーツ・ウォッチは、七時ちょうどを示している。若者が、「よし」と小声でつぶやくのと、列車の扉が閉まるのとがほぼ同時だった。


新宿から乗った二人は、最近の若者のように忙しく口を動かすということはなかったが、もし彼等が時折り交わす会話に誰かが耳を傾けていたなら、娘が若者のことをマコトと呼んでいたことに気づいただろう。そしてマコトは娘のことをナオコと呼んでいた。マコトのほうは列車に乗ってからもサングラスをかけたままだった。

「とうとう行くのね」

ナオコが押えたような声で言った。じっと窓の外を見ている。列車はまだ東京都内を走っている。

「後悔してるのか」

マコトは時刻表に目を落としたまま訊いた。「なんならひっかえしてもいいけど」

ナオコは横目で軽く睨(にら)んだ。

「冗談言わないでよ。あたしが後悔するわけないじゃない」

「それは残念だ」

ほんの少し口元を緩めながら、マコトはナオコに時刻表を開いて見せた。

「十一時過ぎには向こうの駅に着けるけど、そのあとはバスかい？」

ナオコはかぶりをふった。

「車よ。宿から迎えに来てくれることになってるの」

「それは助かるな。で、相手にはこっちが分かるのかな？」

「高瀬さんという人で、一度会ったことがあるわ。その人だけはお葬式に来てくれたの。若い男の人よ」

「ふうん、高瀬さん……ね」

マコトはちょっと考えこんだように言葉をきった。

「その人は信用できるのかな？」

「わからない。でも感じのいい人だったわ」

ナオコの言葉に、ふっとマコトは鼻から息を吐きだした。口の端を歪めてもみる。そんな反応を見て、ナオコは自分の愚かさに思わず顔を伏せた。感じのいい人——そんなことは何の参考にもならないということを思いだしたからだった。

「例のハガキだけど、今持ってる？」

マコトが訊くとナオコは頷いて、壁にかけてあったポシェットに手を伸ばした。彼女が出してきたのは、ごくありふれた絵ハガキだった。雪山が写っている。信州に行けばいくらでも手に入りそうな代物だ。マコトは文面に視線を走らせた。ハガキには次のように書いてあった。


『ヤッホー、ナオコ元気かい？　おれは今信州の宿に泊まっている。これがじつに変わった宿なんだが最高に面白いところだ。この宿にたどりついた幸運に感謝しているぐらいなのだ。もしかしたらおれの人生もようやく芽が出てきたのかもしれないといったところだ。

ところで頼みがある。しらべごとをしてほしいのだ。妙なことと思うだろうがふざけているわけじゃない。おれは真剣だ。しらべごとというのは、「マリア様が、家に帰るのはいつか？」ということだ。聖母マリアのマリアだ。聖書か何かに載っていると思うので調べてほしい。くり返すがおれは真剣だ。よろしくたのむ。礼はするぞ』

二度読んだ後、マコトはハガキを彼女に返した。ため息をつくと同時に首をかしげる。

「わからないね」

「わからないわ。兄さんはクリスチャンなんかじゃなかったのに突然マリア様だなんて……しかも『いつ家に帰ったか』なんて、まるで暗号みたいに……」

「そうかもしれない」

マコトはサングラスを人差し指で押し上げると、シートを倒して身体を伸ばした。

「それでナオコは調べたんだろ、このことについて。結果はどうだったんだ？」

だがナオコは憂鬱(ゆううつ)そうな顔をスローモーに横に振った。

「収穫なし……といっても、あたしにできることといえば、兄さんが書いてきたように聖書を調べる程度のことだけど」

「関係ありそうな記述はなかったということだ」

うなだれるみたいに彼女は頷いた。

「ま、何が関係あって何が無関係なのかも今の我々にはわからないわけだけどね」

まずは体力温存だな、とつぶやきながらマコトはサングラスの下の目を閉じた。

2

話は一週間前にさかのぼる。

その年の講義がすべて終わった日だった。明日からは冬季休暇と、友人たちが足取りも軽く帰っていくのを階段教室の窓から眺めながら、マコトはひとりでナオコを待っていた。前日の夜に彼女から電話がかかってきて、ここで会う約束をしたのだ。だが用件は聞いていなかった。

ナオコはマコトを五分待たせた後に現われたが、それについてはあやまらず、「近くの喫茶店じゃ、誰かに話を聞かれるかもしれないでしょ?」と、まずこの場所を指定したことについて言い訳をした。

「話って何?」

階段状に並んだ長机の、一番前の机に腰をのせながらマコトは訊いた。電話で聞いたナオコの声の調子から、いつもの単なる遊びの話でないことは感じていたが、いまこうして現われた彼女の顔つきにも、いつものお嬢様的雰囲気はない。

ナオコは椅子を持ってきてマコトの前に座ると、

「あたしの兄さん、知ってるでしょ？」ときりだした。口を動かすのが重そうだった。

「……知ってるよ」

こちらの口調も鈍った。二人は大学一年の時に知り合ったのだから、つきあいはもう足掛け三年になる。そのため、マコトが何度か彼女の家に遊びに行く程度の仲にはなっていた。だから、彼女の机の上に置いてあった写真の中の人物が彼女の兄だということも知っている。そしてその兄がどうなったのかも。

「公一さん……といったね」

記憶を探ってマコトは言った。

「そう。去年の十二月に死んだの。二十二歳だったわ」

「うん」

「なぜ死んだのか、話したっけ？」

「ちらっと……ね」

自殺、ということだった。信州の山奥にある某宿の一室で、服毒自殺をはかったのだ。ベッドで倒れていた彼の枕元に、半分ほどコーラの入ったコップが置いてあり、そこから強力な毒薬が検出されたという話だ。

その毒薬が特殊であり、入手経路も不明だったため他殺の可能性も検討されたらしいが、公一に自殺の動機があること、また従業員や宿に泊まっていた他の客と公一との接点が見つからなかったことから、結局自殺として処理されることになった——ということだった。

「警察の判断は当然だと思うわ」

極めてはっきりした調子でナオコは言った。そして、「たしかに自殺の動機はあったんだもの」と前置きしてから彼女が話した内容は、だいたい次のようなことだった。

当時公一はノイローゼ気味だった。大学院の試験に落ち、就職もうまくいかず、将来の方向が決まらないというのがその原因だった。国立の英米文学科に通っているのだからうまくいかないはずはなかったのだが、その内向的な性格が災いしたようだ。緊張すると自分の思ったことが言えず、恐慌状態に陥るらしいのだ。そして将来的なことに加え、彼が彼自身のこういった性格を呪い嫌ったことも、ノイローゼの進行に拍車をかけた。

公一が突然旅に出たのは、去年の十一月だった。日本を回って精神を鍛えたいというのが本人の希望で、両親は不安ながら承諾した。そういうことで立ち直ってくれたらという心境だったのだろう。

家族は心配していたが、公一の旅は充実したものであったらしい。時々旅先から絵ハガキや手紙が届くのだが、その文面からは精気にみなぎった公一の姿がうかがい知れた。そして、もう大丈夫らしいと安心しかけた時、突然悲報が舞い込んだのだった。

「元気そうな手紙を書いていたからといって、ノイローゼがなおったとは限らないそうね。明るい状態と落ち込んだ状態とが交互にやってくるのがノイローゼの特徴だって警察の人は言ってたわ。俗にいう、躁鬱(そううつ)病ね」

よく聞く病名だ、とマコトはつぶやいた。

「兄さんに関係のある人が、その宿に全然いなかったっていうことも自殺説を後押しする形になったわ。無関係な人間に、殺人の動機が存在するはずがないものね。でも、じつはそれ以外に、もうひとつ根拠があったのよね」

「根拠?」

「兄さんが発見された部屋は鍵がかかっていて、誰も入ることができなかったはずなんだって。ドアも窓も……ね」

マコトはしばらくナオコの顔を凝視していたが、やがて首の骨をポキポキ鳴らすと、

「密室か……」とうんざりしたような声でつぶやいた。

「それでナオコは何が言いたいわけ?」

すると彼女はポケットから一枚のハガキを取り出した。宛名はナオコになっている。

差出人は話題の公一。信州から出したものらしいということは、その写真からわかった。

文面を一読した後、「妙なハガキだな」とマコトはつぶやいた。

「『マリア様が、家に帰ったのはいつか』……か」

「兄さんが死んだあと届いたのよ。だから死ぬ直前に出したんでしょうね」

「気味悪いな」

「兄さんが最後に書いた手紙よ。そこには『ようやく芽が出る』って書いてあるでしょ? そんな人が自殺すると思う?」

「言っちゃ悪いけど」

マコトはハガキを彼女に返しながら言った。「ナオコの兄さんはやっぱりノイローゼだったと思うよ。このハガキを読んだかぎりでは」

「信じられないのよ」

「信じたくない……だろ」

「納得できないことはほかにもあるのよね。話したかな、毒のこと?」

「変わった毒だという話だったね。名前は覚えてないけど」

アコニチン、とナオコは言った。

「トリカブトって言ったほうがわかるのかな。植物の」

「聞いたことはあるな」

「アイヌがよく狩猟に使ったんだって」

「くわしいな」

「本で調べたのよ」

トリカブトは夏から秋にかけて紫色の花を咲かせる。秋になるとその子根を採取し、三、四週間乾燥させるというのがアイヌで伝承されている方法である。主要毒成分はアコニチンというもので、分離すると白い粉末状を呈する。致死量数ミリグラムという、青酸カリ以上の猛毒である――というのがナオコの持っている知識だった。

「問題は」

マコトはリーゼントの髪を後ろにかきわけた。

「ナオコの兄さんがその毒をどうやって手に入れたか……だな」

「そんなもの、手に入れられるはずがないのよ」

とナオコは彼女にはめずらしく、語気を荒らげて言った。「兄さんにアイヌの知り合いがいるなんて聞いたことないし」

「兄さんはそれまでにいろんな所を旅していたんだろ？　北海道にも行ったかもしれない。その時に手に入れたって可能性もあるわけだ」

「警察も結局そういう結論に落ち着いたみたいだわ。でもそんなの辻褄(つじつま)合わせに過ぎないと思うのよ」

「まあそうだろうね。連中はそういうのって得意らしいから」

言ったあとマコトは髪の毛をくしゃくしゃとかきまわした。「で、用件は何？　ナオコが兄さんの自殺について納得できないでいる気持ちはわかったけれど、だからどうしようってわけ？　警察に文句を言いに行くのについていってくれと言うんならついていってもいいけど、一年前に片付いた事件にどこまで本気になってくれるかは保証できないよ」

するとナオコは何かを含んだような笑みを浮かべて、「ついていってほしいのは警察じゃないわ」と真っすぐにマコトの目を見返した。口元はやさしいが、目は真剣だった。

「あたし、信州に行こうと思ってるのよ」

「信州に？」

「その宿に行こうと思うの」

マコトの驚いた顔を見る彼女の目は冷静だった。そしてさらに淡々とした口調で喋(しゃべ)る。「この目でたしかめたいのよ。兄さんがどういう宿で、どういう状況で死んでいったのかをね。そうして真相をみつけたい」

「真相ね」

マコトは吐息をついた。「兄さんが自殺したっていうこと以外に、真相なんてあるのかな」

「もし自殺じゃないのだとしたら、誰かに殺されたってことになるわ。それならその犯人を捜さなきゃいけない」

マコトは目を大きく開いてナオコの顔をまじまじと見た。「本気かい？」

「本気よ」と彼女は答えた。

「事件から一年も経っている。今ごろその宿に行ったところで何がわかるっていうんだい？　どうせならもっと早く動くべきだった」

だがナオコは相変わらず冷静な口調で、「わざと一年待ったのよ」と言った。えっ、とマコトは問い直した。

「あたしだって、もっと早く行きたかったわ。それを我慢して今まで待っていた理由は、この時期にその宿に泊まる客の顔ぶれは、毎年ほとんど変わらないという話を聞いたからなのよ」

「常連客というわけか」

「その宿は部屋数は十室ぐらいしかないんだけど、そのほとんどがこの時期には毎年同じ人たちに予約されちゃうらしいわ。去年も兄さん以外の客は、全部常連だったそうよ」

「ふうん……」

ナオコの狙いをマコトは理解した。もし万が一他殺であったなら、犯人は宿の従業員か宿泊客に限られるわけだ。もしその全員が集まる時があるのなら、事件の真相を追求するのにこれほどいい時期はない。「本気らしいね」とマコトはつぶやいた。

「でも警察がいろいろ調べて何も出なかったんだろ？　素人が動きまわったところで、新しい発見があるとは思えないけどね」

「一年も経っているから敵も油断しているわ。それに警察相手だと慎重になるだろうけど、ふつうの女の子が相手だと気をゆるすかもしれない。もちろん、あたしが兄さんの妹だってことは秘密にしておくつもり」

「敵ねえ」

やれやれ、とマコトは肩をすくめて見せた。殺人事件だと決めてかかっているようだ。

「それで、どうしろって言うの？」

マコトは訊いてみた。だが答えはだいたい予想できている。ナオコはうつむいたあと、上目使いに見上げた。

「一緒に行ってもらえないかな、と思ったのよ。もちろん無理にとは言わないけれど」

マコトは大きく肩で息をすると、黒目を動かして天井に視線を移した。あきれた、というポーズをつくったつもりだ。

「探偵ごっこに付き合えってわけ？」

彼女は目をふせた。

「頼るとすればマコトしかいないと思ったから。でもいいわ、無理なお願いだってことはわかっているんだから」

「ナオコのパパとママは何と言ってるんだ？」

「スキーに行くんだって言ってあるわ。本当のことを言ったら行かせてくれるわけないから。あなたと一緒に行くつもりだって話してあるんだけど……あなたは信頼されてるから」

「されなくていいよ」

ガタンと机を鳴らしてマコトは立ち上がった。そして、まだ顔をふせたままのナオコの横を通り抜けて出口に向かった。人に頼ろうっていう気持ちなら何もできない、という意味の台詞を残して出ていくつもりだった。恋人でも親友でも関係ない——。

だがそれができず立ち止まってしまったのは、ナオコの次の台詞が耳に届いてしまったからだった。

「そりゃそうよね」

と、なで肩の後ろ姿の向こうから細い声が聞こえてきた。「誰だって嫌よね、こんなこと……ごめんなさい、あたし甘えてた。気にしなくていいのよ、あたし一人で行くわ。でもひとつだけ頼みがあるの。両親にはあなたと一緒にスキーに行ったってことにしておいてほしいの。迷惑はかけないわ。ちょっと話をあわせてくれるだけでいいのよ」

「本気かい？」

「本気よ」

マコトはしかめっ面をつくると、再び髪の毛をかきまわした。力まかせにそばにあった机を蹴っとばし、足早に戻ると彼女の肩をつかんだ。

「条件がある」

怒った声が出た。実際怒っていた。ナオコに対してと、自分に対してだ。

「危険なことはしないこと、自殺だという確証がつかめたらすぐに帰ること、とても手におえないと悟った場合もすぐに帰ること、以上の三点だ」

「マコト……」

「もう一度訊く、本気なのかい？」

ナオコは答えた。「本気よ」

3

曇ったガラスを指先で丸くこすると、まるですりガラスに穴があいたみたいにくっきりとした画面が現われた。天候は快晴、空の青さが眩しいほどで、ナオコは思わず顔をしかめていた。

今年の十二月はそれほどの寒さでもなかったが、窓の外を流れる風景は本格的な雪景色に変わっている。列車はもう長野に入っているのだ。やっぱり日本も広いんだなと、彼女はつまらないことに感心した。

「そろそろだな」

光線の強さで目を覚ましたのか、彼女の隣りでマコトが大きく伸びをした。ナオコの腕時計は十一時を示している。たしかに、そろそろだった。

信濃天城駅に着いたのは、その五分後だった。運転手が気づかずに行き過ぎてしまわないかと心配になるほど小さな駅で、ホームのつくりも雑だった。列車の降車口とホームとの段差が大きく、おまけにアイスバーンになっていたので、足をおろす時ナオコはちょっとよろけた。

この駅で降りたのは彼等を含めて四人だった。あとの二人は老夫婦らしい男女だ。列車が行った後のホームで、その主人らしい男のほうが転んでいた。位置から察すると、やはり降りる時に足をとられたようだ。

「だからあぶないですよって言ったんですよ。それなのに気をつけないから」

かん高い声が閑散としたホームに響いている。黒い毛皮のコートを着た妻らしい婦人は、男の右手を持ってその身体を支えている。男は二、三度すべりながらなんとか立ち上がった。腰まである厚手のグレーのオーバーを着、同じ色のハンチングをかぶってい た。

「こんなに段差があるとは思わなかったんだよ。それに、なんだってこんなに凍ってるんだ」

「いつも転ぶんですから覚えといてくださいよ。ここのホームが低くて、おまけにこの時期には凍っているってことをね」

「いつもは転んでないよ」

「いいえ去年も転びました。一昨年もです。そのたびに私が身体を支えてあげるんです。私がいなければ、あなたは毎年腰痛で東京にUターンしなければならないところだったのですから」

「もういい、人が笑ってるじゃないか」

実際ナオコとマコトは笑っていた。二人は老夫婦が自分たちの視線に気づいたことを知ると、あわてて改札口を出た。

信濃天城駅の待合室は、四人ぐらい座れそうな木製の長椅子が、コの字型に置いてあるだけの粗末な小屋といったところだった。コの字型の中央には旧式の石油ストーブが置いてあったが火は消えていた。マコトはその横についているツマミをひねろうとして途中でやめた。灯油の残量を示す目盛りが零になっていたからだ。

「寒いわ」

ナオコは椅子に腰を下ろすと、両手で自分の腿のあたりをしきりにこすった。ストーブの火がつかないということのほかに、駅の外の景色もまた、彼女の寒いという感覚を助長させたようだ。駅の前には三つほど目的不明の小屋が並んでいるだけで、すぐにうっすらと雪をかぶった雑木林が迫ってきている。そして舗装が不十分な細い道路は急カーブを描いて、その林の向こうに消えていた。

「迎えはまだのようだな」

マコトはスキーの手袋をはめるとナオコの横に座った。椅子のひんやりした感触が尻から身体の芯に達した。

先刻の老夫婦も改札を出てくると、火の消えたストーブをはさんでナオコたちと向かい合うように腰掛けた。亭主らしい男は六十歳ぐらいだろうか、ハンチングの横から覗いている髪はかなり白い。長い顔に、眉も目も八時二十分に垂れ下がっているのでいかにも人のよさそうな印象を与える。背はこの年代には珍しく、百七十センチ以上ありそうだった。男は座るなり両手をストーブにかざしていたが、いっこうに暖かくならない理由に気づくと、突きだした両手を持て余したようにゆっくりとオーバーのポケットに戻した。

「遅いですわね」

夫人のほうが腕時計を見て言った。銀色のブレスレットタイプの高級そうな時計だった。

「車だからな」

と男はそっけない答え方をした。「車は何が起こるかわからん」

それで夫人は小さなあくびを一つすると、その視線を向かい側の二人に向けてきた。

「お二人もご旅行ですか?」

夫人は品のいい唇に笑みを浮かべて訊いた。やや小太りなせいか、皺(しわ)の少ない、若々しい肌をしている。背が低いのでいつもまわりを見上げているのだろう、座っている時でも姿勢がよかった。

「そうです」

とナオコが答えた。

「そう。でもこんなところじゃ何もないでしょ。宿はどちら？」

彼女はほんの一瞬ためらった後、「『まざあ・ぐうす』というペンションです」と教えた。夫人の目が輝いた。

「やっぱりそうなの？　そうじゃないかなあと思ったのよ。だってここにはほかに大した宿がないでしょう？　実はね、私たちもそこに行くのよ」

「へえ……」

ナオコは戸惑ったように隣りにいるマコトの横顔を見た。マコトの表情は変わらない。サングラスの下の目が、一瞬厳しく光ったぐらいだ。

「こちらにはよく来られるんですか？」

二人を見比べながらマコトが訊くと、「ええ」と夫人はうれしそうに頷いた。

「この人が引退してから毎年……あなたたちは『まざあ・ぐうす』は初めてのようね」

「そうです。いいところですか、『まざあ・ぐうす』は？」

「不思議なところよ、ねえ」

妻に同意を求められて「うん」と中途半端な返事をしたのち、夫のほうも若い二人に質問をした。

「お二人は恋人ですか？」

だが二人が答えないうちに、妻が彼の脇腹を肘でつついた。

「あなた、何をわけのわからないことを言ってるんです。失礼なことを訊いて……どうもごめんなさいね」

亭主に対する夫人の小言は、途中からマコトたちに対する謝罪の言葉に変わっていた。

「いいえ」とマコトが微笑み返す。亭主だけが合点のいかない顔つきで首を傾げていた。

駅前の細い道に白いワンボックス・ワゴンが到着したのは、結局彼等がこの駅で降りてから十分ぐらい経ってからだった。運転してきた男は小走りで待合室に入ってきた。歳は二十歳過ぎぐらいだろうか、真っ黒に雪焼けしていて、歯の白さが印象的な青年だった。

「どうもお待たせしました」

男は開口一番、そう言って頭を下げた。

「高瀬さん、お久しぶりね。今年もお世話になります」

「奥さんもお元気そうで……ドクター、ごぶさたしております」

ドクターと呼ばれた男は軽く会釈（えしゃく）したあと、「途中で何かあったのかね？」と心配そうに訊いた。

「うちに来るお客さんで車で来た人がいましてね、途中雪道で立ち往生したという連絡が入ったものですから、助けに行っていたのです。本当に申し訳ありませんでした」

「いやいや、何事もなければそれでいい」

ドクターはボストン・バッグを持って立ち上がった。

高瀬はその顔を老夫婦から二人の若者のほうに向けた。「原……田さんですね」

「はい」

ナオコが返事しながら腰を上げた。彼女の本当の名字は『原』だが、兄の原公一との関係を他の客に悟られぬよう、偽名を使うことにしたのだ。もちろん、公一の葬式でナオコと会っている高瀬だけはそのことを知っている。彼には、「兄が最後に泊まった宿を見ておきたいが、他の人に気を使わせるとまずいので偽名を使い、妹だということも隠しておきたいのだ」と説明してあった。

高瀬はマコトのほうを見ると、ちょっと戸惑ったように黒目を不安定に動かした。

「電話ではたしか……女性二人だと……」

彼のこの言葉に対し、いちばん大きな反応を見せたのはドクター夫人だった。彼女は舞台女優がやるようなオーバーなしぐさで待合室の天井を見上げ、その丸い顔を横に振って見せた。

「ああ、どうしてこう男性というのはいい加減にできているのかしら。六十過ぎの我が亭主も、この若い高瀬さんも、まったく同じ誤りを犯すなんて。いったいどういう見方をすれば、このお嬢さんが男に見えるのですか？」

4

白のワンボックス・ワゴンは後輪につけたタイヤ・チェーンのために少し車体を揺らせながら、それでも力強く雪道を上っていた。高瀬の話では、信濃天城駅から宿まで約三十分ぐらいかかるということだった。いよいよ兄が死んだ場所に自分も行くのだ――そう思っただけで菜穂子(なおこ)は身体が火照(ほて)るような緊張を感じていた。

「沢村(さわむら)マコトさん……マコトというのはどういう字を書くのかしら？」

ドクター夫人が訊いている。このワゴンは三つ並んだシートの真ん中が回転して、後ろの四人は対面して乗れるようになっているのだ。

「真実の真に、楽器の琴と書きます」

と真琴は答えた。「よく男と間違えられます」

菜穂子は含み笑いを漏らした。実際そうなのだ。はじめて彼女を家に連れて帰った時の、父の険しい顔ったらなかった。

「いや本当に失礼したね、あやまるよ」

ドクターは耳の上に白髪を残しただけの頭を深々と下げた。もうこれで三度目だ。

「真琴さんも菜穂子さんも大学生なのかしら？」

「そうです」

と真琴が返事をした。「二人とも同じ大学です」

「どちらの大学か、訊いていいかしら？」

「かまいませんよ」

彼女は大学名を正直に答えた。嘘は少ないほうがいいというのが、ここへ来る前に打ち合わせておいたことだった。どこからボロが出るかわからないからだ。

ドクター夫人はそれで満足したのか、大学についてはそれ以上訊いてこなかった。

「いいわね、若いうちは」と心底うらやましそうにため息をついただけだ。

「益田さんはお医者さんなのですか？」

　夫人の質問がひとくぎりついたところで菜穂子は訊いてみた。益田という名字は車に乗り込む前に聞いていたのだ。

「元、という字が頭につくがね」

　とドクターはちょっと照れたように歯を見せた。歳のわりにきれいな歯だった。

　菜穂子は夫人がさっき、「この人が引退してから毎年ここに来ている」と言っていたことを思いだした。

「病院を経営されているんですか？」

「以前はね。今は娘夫婦がやっているよ」

「するともう安心ですね。悠々自適というわけですか」

　まあそうだね、とドクターは歯切れがあまりよくなかった。その事実を少し寂しがっているのかもしれないと、菜穂子は感じた。

「毎年ここに来られるのは何か理由があるのですか？」

　さりげなく真琴は訊いている。自分たちにとって本質的な質問だ。やはり彼女についてきてもらってよかったと菜穂子は思った。

　この質問に答えたのは夫人のほうだった。

「一番の理由は、ここには何もないということね」

「何もない……こと？」

「何でもそろってる所というのは今の日本にはいくらでもあるでしょ？　冬にはスキーができるし、夏は夏でテニス、プール、フィールド・アスレチック、その他何でも完備っていう所は。たしかにそういう所に行けば不自由はしないけれど、なんだか都会生活の延長みたいで心底から落ち着けないのよね。その点ここはそういう心配はないわ。何もないから宿も少ない。だから人も少なくて騒がしくないという長所もあるわね」

「なるほど、なんとなくわかります」

真琴は頷いた。隣りで菜穂子も頷く。わかる、なんとなく――。

「来る時期も、いつもこの頃と決めておられるのですか？」

「ええ。この時期が一番すいていますからね。それにこれから行く『まざあ・ぐうす』という宿は常連客が多くて、今の季節に行けばいつもの顔ぶれと会うことができるの。だから年に一度の同窓会みたいなものね。この人なんて、その人たちとチェスをするのが一番の楽しみなのよ」

夫人の横でドクターが、そんなことないよと弱い口調で反論した。

「なぜそんなに常連客が多いんでしょうね？」と真琴。

「さあ……自然にそうなったんじゃないかしら」

「何もないから……ですか」

「そうよ」

真琴の言い方が気にいったのか、夫人はうれしそうな顔をした。

白のワゴンは時折り下ったりしながらも着実に高度を上げているようだった。雲ひとつない上空からふりそそがれた太陽光が雪山に反射されて車の中に差し込んでくる。真琴がカーテンを閉めた。

「あなたたちこそ、どうしてこんなところに来たの？　もっとスキー場に近いところに行ったほうが便利でしょう？」

今度は夫人のほうが訊きかえしてきた。話の流れからして当然の疑問だった。だが真琴は相変わらずのポーカー・フェイスで、

「なんとなくです」

とあっさり答えた。「ふつうのところは飽きたので、ちょっと変わった場所を選んでみただけです。大学生は暇ですからね」

「そう」

と夫人はそれだけで納得したようだった。「そうかもしれないわね、今の若い人ならね」と彼女なりに理解したらしかった。

車は突然脇道に入った。途端に周囲が暗くなる。林の中を無理やりに切り開いたといった感じの小道をワゴンは進んでいく。「そろそろだな」とドクターがつぶやいた。
二、三分その林の中を走ったかと思ったら、突然目の前に光がひろがった。山の中腹を強引に開いたような平原があって、細い道が緩やかなカーブを描きながら伸びていっている。道の先には焦げ茶色の建物が見えた。
「あれが『まざあ・ぐうす』だよ」

ドクターが目を細めた。

5

『まざあ・ぐうす』は平たい建物だったが、鋭角な屋根がところどころ飛び出していて英国風の小さな城を思わせた。今流行のウッディ・ハウスと、れんが造りとを掛け合わせたような感じだ。周囲には塀がめぐらせてあって、中世の雰囲気が漂っていたりもする。

「素敵じゃない」と菜穂子はつぶやいた。

「もとは英国人の別荘だったらしいわ。それを何かの理由で手放したから、今のオーナーが買ってペンションにしたんだそうよ。でも特に改造したわけではないということだわ」

ドクター夫人が教えてくれた。

ワゴンが赤れんがの門をくぐると、そこは小さな駐車場になっていた。すでに何台かの車が置いてある。先客のものだろうと菜穂子は想像した。

ペンションは中庭をぐるりと取り囲んでコの字型に建てられてあった。ほぼ同じようなタイプの平屋が並んでいるといったところだが、中に二つだけ二階建てになっている部分があって、全体のバランスを崩していた。

「お疲れさまでした」

高瀬がエンジンを切ってから後ろをふりかえった。「ごくろうさま」と言葉をかけたのは真琴だった。

庭にはうっすらと雪がかぶっていた。足をおろすと一センチほどしずみこむ。「気をつけて、転ばないようにね」と夫人が自分の亭主に声をかけているのが菜穂子たちの後ろから聞こえてきた。

入口には「まざあ・ぐうす」と書いた、おおきな木片がおいてあった。これだけが、ここの経営者が日本人だということを示す唯一の証拠だった。

木製の扉を開けると、正面にガラス戸が見えた。その向こうで人が動いている。高瀬はその戸を開けると、「お客さんをお連れしました」と中に声をかけた。「ごくろうさん」と低い声が返ってくる。高瀬に続いて菜穂子たちが入っていくと、口のまわりにたっぷりと髭をたくわえた男が、カウンターの中から出てきた。そこは天井の高いラウンジになっていて、隅にカウンターがあり、カウンターの奥はキッチンになっているらしい。四人がけくらいの丸テーブルが五つ置いてあり、それとは別におおきな長テーブルがひとつある。カウンターの反対側には暖炉もあった。

「こちらがこの宿のオーナーです」

高瀬の紹介に、「霧原です」と髭面の男は頭を下げた。ジーパンにトレーナー姿の身体は、かつてかなり鍛えたらしくがっしりとしている。経営者と聞いて五十過ぎの年配を想像していた菜穂子は、イメージのずれにちょっと戸惑いをみせていた。目の前の男はどう見ても三十代だ。

「お世話になるわよ、マスター」

菜穂子の後ろからドクター夫人が顔を出した。男はなつかしそうに目を細めた後、その目を菜穂子たちのほうに向けて、

「ゆっくり楽しんでいってください。ここへ来ればみんな友達です」

と髭の中から白い歯を見せた。「お世話になります」とふたりは頭を下げた。

「ところで部屋はあそこでいいのかな？」

マスターは心配そうに高瀬を見た。

「ええ……一応予約の時に了承していただいてます」と高瀬は彼女たちとマスターの顔を交互に見る。菜穂子はこの会話の意味を悟った。

「あの……いいんです、気にしませんから。間際になって予約したほうが悪いんです」

菜穂子が予約した時、残念ながら一室しかあいていないと高瀬に言われた。だがそこは昨年公一が自殺した部屋で、当分使わないでおこうということになっているのだと彼は言ったのだ。自殺のことを隠して客を泊めるのは良心が咎(とが)めるというのがその理由らしい。

しかし菜穂子にしてみれば公一が死んだ部屋に泊まれるというのは願ってもないことだった。「その部屋でいい」と高瀬には話してあった。

「しかしなあ……」

マスターは腕組みをしている。

「幽霊でも出るんですか？」

突然訊いたのは真琴だ。「とんでもない」とマスターは掌(て)をふった。

「そんな話は聞いていませんけどね」

「だったらいいじゃないですか。我々が泊まって平気だったら、これからも安心して人に貸すことができるでしょう。このままじゃいつまでも同じことですよ」

真琴に見つめられて、マスターは迷ったように軽く目を閉じた。そしてゆっくりとつぶやくみたいに言った。

「あなたがたがいいと言われるなら結構でしょう。高瀬くん、ご案内しなさい」

菜穂子と真琴は高瀬のあとについて歩きだした。

「近ごろの女性は強いですな」とマスターがドクター夫人に話しかけているのが背後から聞こえてくる。それでもマスターは真琴を男とは間違わなかったなと菜穂子は一人でおもしろがっていた。

ラウンジの横の通路を通り、三つ目のドアが真琴と菜穂子に与えられた部屋の入口だった。ドアの上のほうには、"Humpty Dumpty"(ハンプティ・ダンプティ)と書いた札がかかっていた。

「どういう意味ですか?」

真琴が訊くと、「入ればわかりますよ」と高瀬はドアの鍵をはずした。

ドアを開けるとそこはリビングになっている。といっても背の高い机に、固い椅子が二つ向かい合わせに置いてあるだけである。部屋の右隅には机や椅子と同じ材質で作ったものと思われる簡単な棚があり、左隅には公園のベンチよりもひとまわり小さいぐらいの長椅子が置いてあった。

「これは?」

ちょうど棚の上あたりにかかっている壁掛けを真琴は指さした。葉っぱのレリーフが周囲に施してあって、中央に英文が彫ってある。新聞一面分ぐらいの大きさの壁板だった。

英文は次のようになっていた。

"Humpty Dumpty sat on a wall,
Humpty Dumpty had a great fall.
　All the king's horses,
　All the king's men,
Couldn't put Humpty together again."

「マザー・グースですよ」

高瀬は手を伸ばすと、その壁掛けをひっくりかえした。裏には日本文が刻んである。こちらはかなり新しい細工のようだ。

「これはマスターが刻んだものです」と高瀬は言った。

『ハンプティー・ダンプティーは壁の上に坐った、
ハンプティー・ダンプティーは勢いよく落ちた。
　王さまの馬を総動員しても、
　王さまの部下を総動員しても、
ハンプティー君をもとに返すことはできなかった。』
（平野敬一訳）

「ハンプティ・ダンプティというのはルイス・キャロルの『不思議の国のアリス』に出てくる生意気な卵のことね」

アリスが石壁に座って屁理屈ばかりこねている卵と問答をかわしている挿絵（さしえ）を菜穂子は思い浮かべて言った。遠い昔に読んだ覚えがある。

「正確には『アリス』の続編の『鏡の中を通して』という物語に出てくるんですがね。マザー・グースのキャラクターの中では一番の有名人ですね」

と高瀬は多少知識があるところを披露した。

「この壁掛けは前からあったのですか？」

真琴が訊いた。

「前というとペンションになる前から、という意味ですね？　あったらしいですよ。この部屋にかぎらず、どの部屋にもこういう壁掛けが一枚ずつ飾ってあるんですよ。それでマスターはおもしろがって、唄の一部を部屋の名前にしちゃったんですよ。だからこの部屋は、『ハンプティ・ダンプティ』の部屋」

「部屋は全部でいくつあるんですか？」

「ええと、七つです」

「じゃあ唄も七つあるわけですね？」

「いや、中には二つの唄が飾ってある部屋もあるんですよ」

そのうちにわかる、と高瀬は言った。

この部屋の奥にはもうひとつドアがついていて、彼はそこの鍵もはずした。ドアをあけるとベッドが二つ並んでいるのが見えた。

「ここが寝室です」

二人は高瀬に続いて部屋に入った。奥に窓がひとつあって、その窓に頭を向けるよう

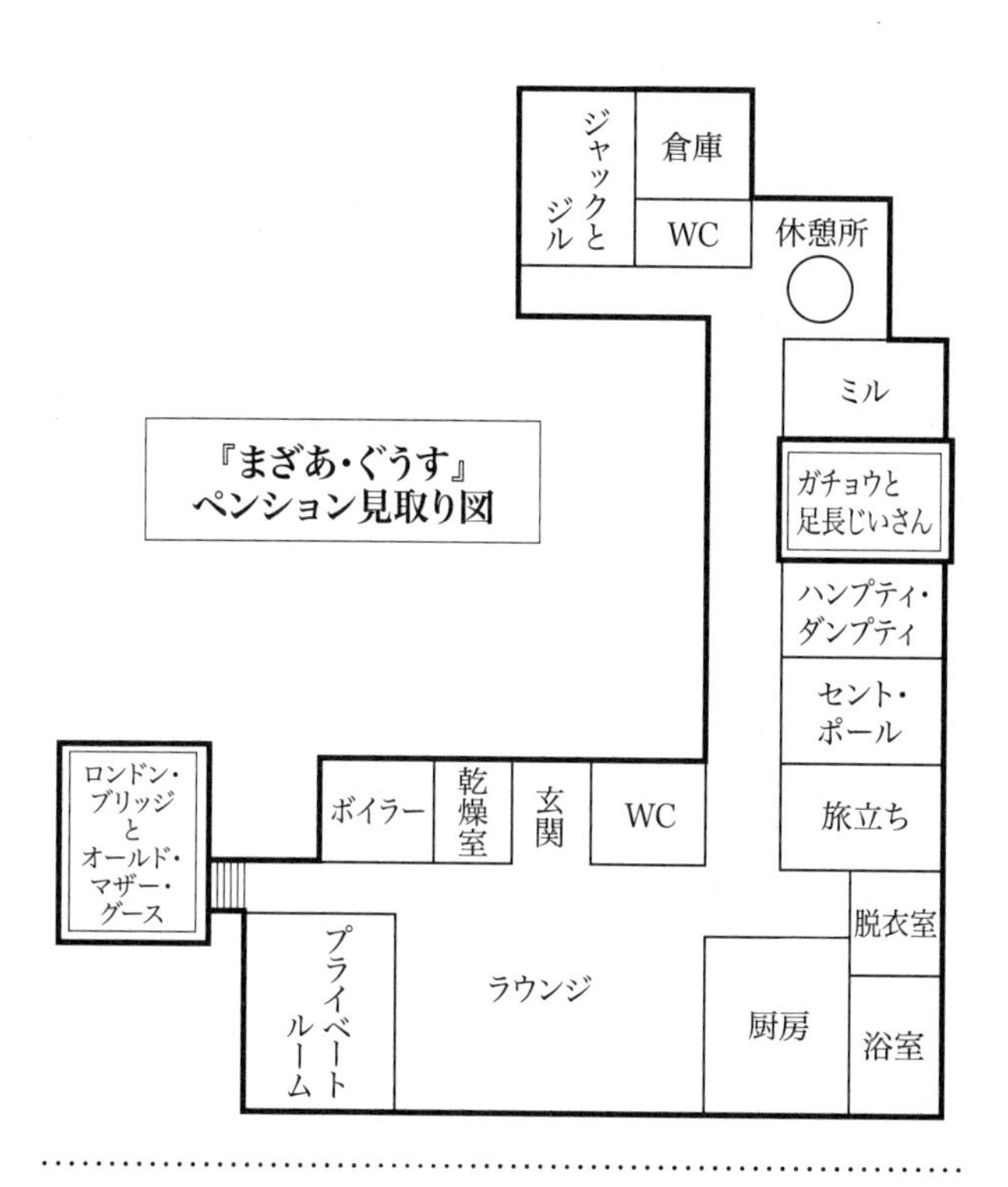

『まざあ・ぐうす』
ペンション見取り図
ジャックとジル
倉庫
WC
休憩所
ミル
ガチョウと足長じいさん
ハンプティ・ダンプティ
セント・ポール
旅立ち
脱衣室
浴室
厨房
WC
玄関
乾燥室
ボイラー
ロンドン・ブリッジとオールド・マザー・グース
プライベートルーム
ラウンジ

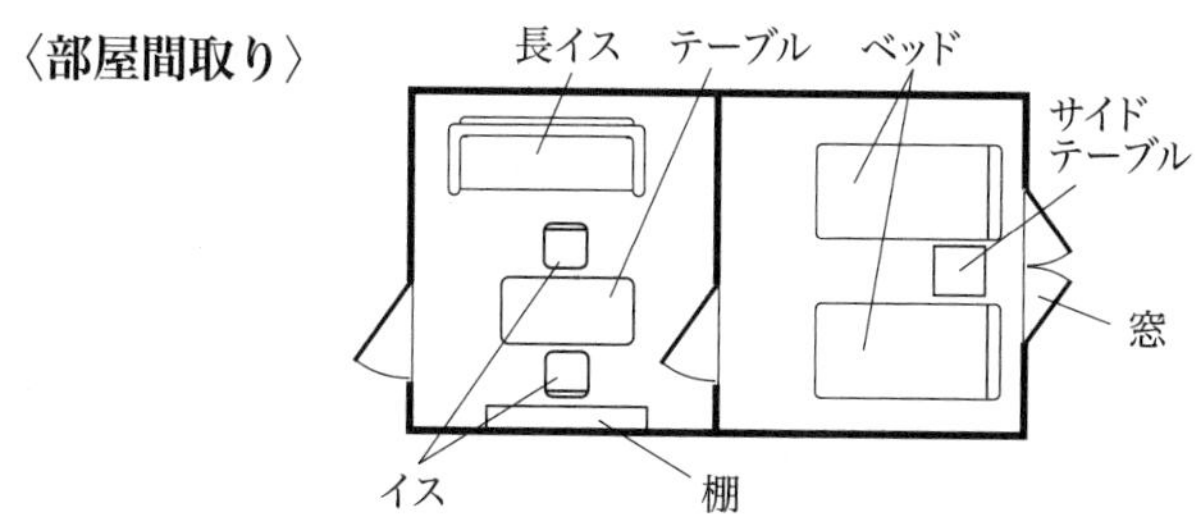

〈部屋間取り〉
長イス
テーブル
ベッド
サイドテーブル
窓
イス
棚

にベッドが並んでいる。二つのベッドの間には小さなテーブルが置いてあった。

「兄さんは……兄はどちらのベッドで死んでいたのですか？」

二つのベッドの間に立って菜穂子は尋ねた。胸の奥から熱いものがこみあげてきたが、それを悟られぬように押えた声を出したら、抑揚のない不自然な口調になってしまった。

高瀬はちょっと喉をつまらせたのか軽い咳をしたのち、左側のベッドを指さした。

「そっちです」

「そう……ここで」

菜穂子は掌をそっと白いシーツの上に触れさせた。一年前に兄はここで眠り、そして永遠に目を覚まさなくなったのだ。今こうしていると、兄の体温がかすかに感じられるような錯覚にとらわれるのだった。

「死体を発見したのは、どなただったのですか？」

真琴の問いに対し、「僕です」と高瀬は答えた。

「その場には何人かいましたが、一番最初に部屋に入って見つけたのは僕です」

「このベッドで寝ておられたのですね？」

「ええ……毒の苦しみがあったのか、多少シーツは乱れていましたけどね。全くお気の毒です」

その時のことを思いだしたのか、高瀬の声も急に沈んだ。姿勢もうつむき加減になる。菜穂子は、「ありがとうございます」と礼を述べた。なぜか礼を言いたくなったのだ。だがいつまでも感傷にひたっている場合ではなかった。自分はここへ花を供えに来たのではないのだ。

「部屋には鍵がかけてあったと聞きましたけど」

精一杯、気丈な声で菜穂子は訊いた。

「ええ」

高瀬は寝室のドアを差した。「あのドアにはもちろんのこと、外に出るドアにも鍵がかかっていました」

部屋の出入口のドアは鍵が無ければ内側からしか施錠できないもので、寝室のドアについている鍵は、ノブのところにボタンがついていて、それを押してドアを閉めれば自動的にロックされるタイプのものだった。真琴はそれをちらりと見たあと、窓に近づいた。

「そこの錠もおりていましたよ」

彼女の考えを読みとったように高瀬が言った。

「その錠が結構問題になったんですから、僕も警察で何度も確認されました」

菜穂子も真琴の横にいって観察してみた。窓は二重になっていて、外側はヨロイ戸、内側はガラス戸だ。どちらも観音開きになっていて、ヨロイ戸は外に、ガラス戸は内に開く。そしてそれぞれにカケガネ式の錠がついていた。

「申し訳ないんですけど」

菜穂子は高瀬のほうをふりかえりながら言った。

「その……兄が死んでいるのを見つけた時のことを話していただけないでしょうか。あまり話したくないことだとは思うんですけど」

それに自分も本当は聞きたくはないのだが――。

菜穂子の言葉を受けて、高瀬はしばらく無言のまま二人の娘の顔を見ていた。迷いと戸惑いの入り混じったような目。やがて彼は絞りだすような声で、「そうか」と言った。眉間に深く皺を刻んでいる。

「あなたたちがここへ来た目的はそれだったのですね。つまり事件の顚末(てんまつ)について納得しておられないわけだ」

菜穂子は黙っていた。どう返答するべきか考えていたのだ。しかも高瀬が味方とはかぎらない。だが彼の協力なしに真相を究明することは不可能だった。

ピリオドを打ったのは真琴だった。「高瀬さんの言うとおりです」と白状したのだ。

菜穂子はおどろいて彼女の横顔を見たが、真琴のほうは平然と話を続ける。

「自殺という結論に対して、この妹は納得していません。その気持ちは無理ないと思うんです。知らない土地で、不思議な死にかたをしたと言われても、すぐには受け入れられないでしょう。我々がここにやってきたのは納得するためです。それ以上の目的も、それ以下の目的もありません。もちろん自殺という結論に対して不審を感じれば、とことん調べるつもりです」

「真琴……」

彼女は菜穂子にウインクしてみせた。「虎穴に入らずんばっていう故事があるけど、誰かに背中を押してもらえなきゃ入れないってことはよくあることさ」

「……ありがと」

なぜ真琴が女なんだろうという全然関係のない疑問が菜穂子の頭にふっと浮かんで消えた。

菜穂子の決心を感じとったからか、両腕を腰にあて下唇をかんだままだった高瀬も、やがて大きく肩で息をすると「お話ししましょう」と大きく頷いた。

「公一さんがここに来られて五日目の夜でした。そのころになるといつもの常連客ともかなり親しくしておられて、カード・ゲームなんかも一緒に楽しんでおられました。それであの夜も、ほかのお客さんがポーカーをするのでメンバーを集めたいとおっしゃったので、僕とそのお客さんとで公一さんを誘いに来たのです。ところがノックをしても返事がないんですよね。ためしにドアをひいてみたら、その時は開きました。つまり鍵がかかっていなかったんです。そこで寝室のドアもノックしてみたのですが、ここでもやはり返事がありません。そしてこの寝室のドアには鍵がかかっていました。それで僕と一緒にいたお客さんが、もしかしたら中にいないのかもしれないと言われて、窓からのぞいてみようということになったんです。それで裏にまわったところ、窓にもしっかり錠がおりていたというわけです」

「室内は見えましたか？」

真琴の質問に高瀬は首をふった。

「ヨロイ戸が閉まっていましたからね。それで結局、たぶん眠っているんだろうということになって、そのまま僕たちはひきあげたんです」

「それは何時ごろですか？」

「八時ごろです。そのあと三十分ほど経ってからでしたかね、人数が足りないのでもう一度呼びに行こうということになったんです。ところが今度は入口のドアにも鍵がかかっていました。どうやら本格的に眠るつもりなのかと思って、またまた僕たちはひっかえしたんです。それから更に三十分ぐらい経ったころです。従業員の女の子が、ちょっと様子がおかしいとか言いだしたんですよ。それまでの公一さんの生活ぶりから考えて、いくらなんでもこんなに早く寝るはずがないし、全く物音も聞こえないってね。それでなんだか急に不安になってきて、再度ノックしたのですが相変わらず反応がありません。そこで思いきってマスター・キーを使って中に入ったんです。寝室の鍵もかけてありましたから、それもあけて中に入りました。そうすると……」

「公一さんが死んでいた、というわけですか」

「そうです」

と高瀬は真琴を見た。

菜穂子は、その兄が死んでいたというベッドに腰をおろし、掌を白いシーツに置いたまま高瀬の話を聞いていた。密室の中で、兄は何を考え、何を感じながら死んでいったんだろう？

「無論、警察はずいぶん調べていたようですよ。他殺の可能性があるんじゃないかということで。でも結局何も出てこなかった」

「毒はどうだったんですか？　トリカブトの毒だったという話ですが、高瀬さんはそれについて何か心当たりはなかったのですか？」

高瀬はきびしい顔つきのまま首をふった。「まったくないですね。そのことも警察にはしつこく訊かれたんですがね」

そうですか、と真琴は菜穂子と顔を見合わせた。

「以上が発見した時の状況です。これ以上のことは僕も知らないし、他の誰も知らないはずです」

気がすんだか、と尋ねるように高瀬は二人を見た。その視線に応えるように真琴は頷いた。

「ありがとうございました。また何かお尋ねすると思いますが」

「協力はしますよ。ただし、条件があります」

「条件？」

「あなたたちが去年の事件について調べているということは他の誰にも言わないこと。他のお客さんはここへくつろぎに来ておられるのですから、いろいろ嗅ぎまわられるようで、いい気はしないでしょうから。それから、何か新しい発見があった場合には僕には話してくれること。これは当然の権利だと思いますからね」

「他の誰にも話さないという条件はいいでしょう」

真琴は答えた。最初からそのつもりだ。「調査の結果を高瀬さんにもお話しするというのも、基本的にはオーケーです。でももし話せないような内容が出てきたらどうします？」

するとと高瀬は口元に苦笑を浮かべた。

「僕があやしいという事実が出てきたら、という意味ですか？」

そうです、と真琴も唇の端を緩めた。

「その場合はやむをえないですね。僕には嘘を報告するしかないでしょう」

「ではそうします」

真琴は真顔になって答えた。

そのあと高瀬は食事時間や入浴について簡単に説明すると、部屋の鍵を菜穂子に渡して部屋を出ていった。鍵がひとつしかないので菜穂子が、

「寝室のドアの鍵はないのですか？」

と訊くと、

「基本的にはそこの鍵はかけないようにしてもらっているのです。鍵をふたつお渡しするというのは何かとトラブルが多いものですから」

という答えが返ってきた。「今までもそうだったのですか？」と真琴が訊くと、「ずっとそうです。去年もね」と彼は片目を閉じた。

高瀬が出ていったあと、菜穂子はしばらくベッドに横になっていた。去年の今頃、兄がこうして死んだのだと思うと不思議な感慨におそわれてくる。なつかしい、という気持ちに近い感情だった。

「真琴、ごめんね」

「なんだよ、急に」

「いろいろな質問を全部してもらっちゃった」

「かまわないよ」

真琴は窓際に立ってじっと外を眺めていた。だがやがて感情のない声でつぶやいた。

「さっきの夫人は、何もないからここに来るんだって言ってたけど、じつは逆なんじゃないのかな」

「逆？」

菜穂子は身をおこした。「どういう意味？」

「よくわからないけどさ」

真琴は鋭い目を菜穂子に向けてきた。

「ここにみんなが集まってくるのは何もないからじゃなくて、何かがここにはあるからじゃないだろうか？　なんだかそんな気がしてきた」

第二章 『ロンドン・ブリッジ』の部屋と『オールド・マザー・グース』の部屋

1

菜穂子と真琴が着替えてラウンジに行くと、髭面のマスターがカウンター越しに若い女性と話をしているところだった。歳は二十代半ばぐらい、やや丸顔で髪をポニーテールにしている。ふたりの姿を見てその女性は軽く会釈した。この宿に泊まっている客なのかなと菜穂子は思ったが、

「ここで働いている子でね、クルミちゃんというんですよ」

とカウンターの中からマスターが紹介した。

「珍しいわ、こんなに若い女性に泊まっていただけるなんて」

クルミはうれしそうに胸の前で手を合わせた。その胸のところで銀色のペンダントが

揺れている。鳥を形づくったもののようだ。見かけ以上に明るい彼女に、都会にいけばモテるタイプの人だなと、瞬間的に菜穂子は思った。真琴はあまり興味がなさそうな顔をしている。

ミックス・サンドとオレンジ・ジュースをオーダーすると、二人は窓際の丸テーブルに席をとった。しばらくしてクルミが料理を持ってきた。

「二人とも大学生なんですってね？」

盆を抱えて、テーブルの脇に立ったままクルミは訊いてきた。真琴が「そうです」と答えている。

「もしかして……体育科？」

クルミがこのように訊いたのはたぶん真琴の体格から判断してのことだろう。だが真琴は表情をなごませて、「社会科学です」と言った。聞きなれない言葉にクルミはちょっと怪訝（けげん）そうな顔をしたが、「そう、むつかしそうね」と言ったきりで、それ以上は大学については訊いてこなかった。

「今回はどうしてこの宿に来たの？」

真琴はほんの少し間をおいてから、「ただ、なんとなく」と答えた。よけいなことを喋ると却（かえ）ってボロが出るから、できるだけ曖昧（あいまい）に返事しておこうということは二人で打ち合わせたことだった。

「どうしてここを知ったの？　誰かの紹介？」

真琴ばかりが答えるので気を利かしたつもりだろうか、クルミは菜穂子の顔を見て訊いてきた。菜穂子は、知り合いの紹介だとでも答えようとしたが、そうなるとそれは誰だと必ず訊いてくるだろう。この時点で公一の名前を出すのは絶対にまずいし、かといってでたらめな名前を出せばすぐにバレてしまう。

「本で知ったんです」

菜穂子は無難な答えをみつけだした。クルミも納得したようだ。「そう、結構いろんな雑誌に載せてもらってるものね」と頷いていた。

「クルミさんはいつからここで働いているんですか？」

菜穂子のほうから質問してみた。

「三年前からなの」

とクルミは答えた。「ただし、あたしの場合は冬だけ。一番忙しい夏は、自分のレジャーが忙しくって、サボってるの」

「肝心な時にいないんだからな、クルミは」

カウンターで話を聞いていたらしいマスターが大声で言った。クルミはそちらをふりかえって口をとがらせる。

「だから冬には大車輪で働いてるじゃない。女子の労働基準は、絶対にオーバーしてるはずだわ」

「誰が大車輪だって？」

突然通路のほうから声がした。見ると、黒いセーターを着た男が、菜穂子たちが出てきた通路からゆっくりと現われた。マスターと同じぐらいの年代の、痩せた男だ。髪をポマードか何かでぴったりと固めており、七、三の分け目は定規でひいたように真っすぐだった。やや植物的な感じを菜穂子は受けた。

「上条さん」

とクルミはその男のことを呼んだ。

「何か文句でもあるんですか？」

「いやいや、とんでもない。初耳なもので聞き違いをしたのかと思っただけですよ」

上条は髪の分け目を手で押えながら、まるでそれがあたりまえのように菜穂子たちのテーブルに近づいてきた。そして、「僕にはブルー・マウンテンをブラックで下さい。ミス・ナッツ」とクルミに言うと、にっこりと菜穂子に微笑み、掌で二人の前の席を差した。

「ご一緒していいでしょうか」

「どうぞ」

相手の顔も見ず、無愛想に返事したのは真琴だ。だが上条のほうは気にした様子もない。足を組み、二人がサンドウィッチを食べるのをしばらく観賞した後、

「ミセス・ドクターから聞きましたよ。あなたがたは例の『ハンプティ・ダンプティ』の部屋に泊まっておられるそうですね」

と尋ねてきた。「ええ」と菜穂子が答えた。

「あの部屋がどういう部屋かもご存知だとか……」

「知っています」

ヒューと彼は口笛を鳴らした。

「勇敢そうなのは外見だけではないということだ。あのクルミさんなんてのはね、いまだにあの部屋に一人で入るのを怖がっているぐらいなんですよ」

「上条さんも事件の時はここに泊まっていらしたのですか？」

サンドウィッチを食べ終え、ジュースのストローを口に運びながら真琴が訊いた。上条は、勿論（もちろん）と言って指を鳴らした。やかましい男だと菜穂子は思った。

「僕は『ミル』の部屋というところに泊まっているんですがね、去年もやはり同じとこ

ろに泊まっていました」

「ミル？」

「風車という意味ですよ。この宿の中では一番つまらない名前の部屋です」

そして上条は何か英語をペラペラとしゃべった。どうやら『ミル』の詩のようだが、菜穂子にはほとんど聞きとれなかった。流暢すぎるのではない。菜穂子は英語には自信があるのだ。聞きとれないのは、上条の発音があまりにもブロークンだからだった。

「風が吹けば風車は回る、風がとまれば風車はとまる——ただそれだけのことです。もう少しいわくありげな唄ならおもしろいんですがね」

「上条さんは、その自殺したという人と話をされたのですか？」

彼の話が関係ない方向にそれていきそうになったので、菜穂子はあわてて話題をもどした。上条はそれが自慢になるかのように、「当然ですよ」と鼻をふくらませた。

「あなたたちもじきにわかると思いますがね、この宿に泊まったら、とにかく仲間意識が強くなるんですよ。去年死んだ彼もそうでした。途中までは楽しくやっていたんです。それだけに驚きましたね。まあノイローゼとあればしかたありませんがね」

「どんな話をしていたんですか？」

訊いてから菜穂子は、ちょっとしつこいかなと不安になった。だが上条は気にかかった様子もなく、「いろいろですよ」と答えた。

ここでクルミが彼のコーヒーを持ってきたので会話が途切れたが、彼女が行くとすぐに上条は続きを話しだした。

「この宿に泊まればすぐに共通の話題ができるんですよ。たとえばこの宿自体のことです。なぜ英国人はこの別荘を手放したのだとか、なぜ部屋にマザー・グースの唄が飾ってあるのかだとか……まあ、このへんはマスターあたりに訊けばわかることですが、去年の彼は特に興味を持っていたようでしたね」

そうして彼はコーヒー・カップを口に運ぶと、うまそうに啜りあげた。香ばしい匂いが菜穂子のほうにまで漂ってきた。

菜穂子は公一が英米文学を専攻していたことを思いだした。具体的にどのような方面の研究をしていたのかは知らないが、マザー・グースと聞いて興味をもったという話はたしかに頷ける。

「そうそう、それからこの宿にはもうひとつ気味の悪い話があるんですよ」

上条は二人の顔を交互に見ながら、身を乗りだしてきた。声も低くなる。気味の悪いのはあなたも同じだと言いたいのを我慢して、菜穂子は耳だけを男に向けた。

「たしかに去年ここで人が死んだんですがねえ、じつはその前の年にも人が死んでいるんですよ。だから二度目です」

「二年前にも……」

菜穂子は思わず身震いしていた。真琴をみると彼女も固い顔をしている。

「なぜ……死んだのですか？」

真琴の緊張した口調に上条は満足したようだ。

「一応事故ということになっています。一応……ね」

そうして彼は菜穂子たちの後ろにある窓を指さした。「あなたたちもこの付近を散歩しようって気になる時がくるでしょう。その時には是非この宿の裏側にまわってみるといいですよ。深い谷になっていて、ほとんど水が流れたことのない川を見下ろすことができます。その谷には古い石橋がかかっていたんですがね、どうやらそこから落ちたらしいです」

「一応、というのはどういう意味なんですか？」

真琴は、オレンジ・ジュースを飲みほしたあとのコップの底の氷をカラカラとふった。

上条はカウンターのほうをちらりと見て、それからさらに声を落とした。

「はっきりとした確証があるわけではない、という意味ですよ。転落死というのは、死体を見て事故か自殺か他殺かを判断するのは極めて困難ですからね。遺書がなかったから自殺ではない、犯人の見当もつかないから他殺でもない、だから事故だ……とまあこの程度の乱暴な理屈で片付けられたわけですよ」

「その時にも上条さんはここに泊まっておられたんですか？」

菜穂子もこの話にひきこまれていた。わけのわからない胸騒ぎが、心臓の鼓動を速めている。

上条は下唇を突き出し、渋い表情をつくった。

「残念ながら一足違いだったのですよ。僕がこの宿についたのは事件の三日後でしてね。死体はおろか、その人が泊まっていた部屋までもきれいに片付けられてありましたよ。マッチの燃えかすひとつ落ちていない。この話を聞いた時には、和製ホームズでも気取ってやろうかと思ったんですがね」

コーヒーを一口含んで、あははと彼は笑った。

「その人はどこの部屋だったのですか？」

まさか『ハンプティ・ダンプティ』の部屋じゃないだろうなと菜穂子はおそれた。そうなるとさすがに気味が悪い。

「どこだと思います？」

と上条は楽しそうだ。首をふった菜穂子の横で、真琴が冷めた声で、

「『ミル』の部屋」

と言った。上条は目を輝かせ、降参するような格好で両方の掌を上げた。

「ご明察ですよ。まったくあなたはすばらしい女性だ。ドクターと高瀬くんですか、あなたを男と間違えたってのは。まったく何を考えているんだか。それだから一方は夫人の尻に敷かれているし、もう一方はいまだに恋人のひとりもいないんだ」

「なぜ上条さんはその部屋に？」

菜穂子がきくと、「大した理由じゃありませんよ」と彼は笑いとばした。

「さっきも言ったように、ちょっとした興味本位で泊まってみただけなんです。ところがこの宿は常連になると、毎年同じ部屋を用意してくれるんですね。どうやら僕があの薄気味悪い部屋を気にいったものとマスターは解釈したらしい。以来、僕は毎回『ミル』の部屋というわけです」

言葉とは裏はらに、上条は何がおかしいのかニヤニヤ笑っていた。その『ミル』の部屋が、というより、この男がその部屋に泊まっているという事実のほうがよほど気味悪いと菜穂子は心の中で舌を出した。

「いや、つまらない話を長々としてしまった」

コーヒー・カップを置くと、彼は腕時計を見て立ち上がった。「お近づきになれてよかった。僕の部屋は、あなたがたの部屋よりも二つ奥です。気が向いたら遊びにきてください」

そして彼は菜穂子に右手をさしだした。握手を求めているつもりらしい。あまり気がすすまなかったが、これも作戦のひとつと手をだした。男の手は身体つきのわりにはごつごつしていた。

上条は真琴とも握手をしていた。菜穂子がもし、「強い女性は素敵だ」という彼のきざな台詞に気を奪われなければ、真琴の目が鋭く変わることに気づいていたかもしれない。

「二年前の事件についてはシェフにきくといいです。彼がよく知っているそうだから」

そう言って上条は通路の奥に消えていった。菜穂子がまわりを見ると、いつのまにかマスターやクルミの姿もなかった。

「嫌なやつ」

菜穂子は右手をジーパンでこすりながら真琴に同意をもとめた。真琴が男嫌いだということを菜穂子は知っている。とくにああいうタイプは。

「まあ、そうだね……」

だが真琴は菜穂子の言葉は上の空のように、しばらく右の掌をながめていた。やがて、ぽつりと言った。

「だけど……油断はできないな」

2

谷底まで数十メートルほどあるだろうか。谷というより崖っぷちといったほうがぴったりくるような鋭い角度で、端に立って見下ろすと、まるで吸い込まれてしまいそうだ。高所恐怖症気味の菜穂子は、数秒間みているだけで気分が悪くなった。

上条が言ったとおり、『まざあ・ぐうす』の宿の真後ろは谷だった。向こう側との距離は二十メートルぐらいだろうか、その斜面に生えた樹木が覆いかぶさってきそうなほど近くに感じられた。

「それが例の石橋のようだな」

真琴が指さしたのは、斜面につきささった巨大な岩のようなものだった。橋というよりも、橋の残骸だ。全体の七〇%は向こう側に、二〇%はこちら側に残っている。そしてあとの一〇%は谷底に落ちていったらしい。

「ここから落ちたんじゃ、即死だな」

菜穂子が声をかける間もなく、真琴は石橋の上に乗っていた。二メートルほどいったところで、それは途切れている。その先端で真琴はしゃがみこんだ。

「あぶないわ、やめなさいよ」

うしろから菜穂子が声をかけたが、その声は震えてしまった。石橋の上には雪がかぶっていて、今にも真琴が足をすべらせそうに見えるのだ。橋の手前に打ちこんである『キケン』と書かれた立て札も迫力があった。

「橋が壊れたのはかなり昔のようだな」

真琴はたちあがるとゆっくり戻ってきた。菜穂子は顔を覆っていた手を離して訊いた。

「それがどうかしたの?」

「さっきの話だけど、なぜこんなところから落ちたのかなと思ってね。もしかしたら渡っている最中に橋が壊れたのかなとも考えたんだけど、上条氏からはそんな話も出なかったし。もし二年前の事件の時、すでにこの橋が壊れていたのだとしたら、いったいなんのためにその人はこんなところに来たんだろう?」

「なんのためって……」

菜穂子は一瞬橋の下に視線を持っていって、すぐにそらした。それだけで膝小僧がむず痒くなった。

「散歩かなにかじゃないの。それで足を滑らせたのよ」

「散歩？　石橋以外は何もないところを？　しかも一人で？」

「上条氏は一人だったとは言わなかったわ」

「事故か自殺か他殺かは曖昧だったという言い方だったよ。つまり目撃者はいないって
ことさ。二人以上で散歩していたのなら、目撃者がいるはずだ」

「何が言いたいの？」

「何も言いたくはないさ」

来た道をもどりながら真琴は言った。「ただ気にかかっているだけさ。二年前の事件
と、去年の事件は無関係なのかどうかってことが」

「兄さんは去年初めてここに来たのよ」

「自殺説に疑問があるって言いだしたのは菜穂子だろ、あらゆる可能性を考えなきゃ……

おや」

真琴は足を止めて谷のほうを見下ろした。こちら側の斜面で、二十メートルほど下の
ところだ。「誰かいる」

菜穂子もおそるおそる覗きこんだ。すると、なるほど木々の間から白い物がちらちら
見え隠れしていた。

「一人だな。何してるんだろ、あんなところで？」

「バード・ウォッチングじゃないの？」

「さあ」

と真琴は一回だけ首をひねってまた歩きだした。何の話をしていたのか忘れてしばらくふたりとも黙っていたが、やがて菜穂子が何か言おうとした時、「お散歩？」とどこからか声が聞こえた。宿の正面に出る角を曲がりかけた時だった。

「ここよ、ここ」

声の方向がわからず菜穂子たちがまわりをみていると再び声がかかった。最初に上に視線を移したのは真琴だった。「ああ……」

真琴につられて菜穂子も上を見た。すると尖った屋根の下の二階の窓で、ドクター夫人が手をふって笑っていた。この宿で二階があるのは、この棟ともう一部屋だけだ。

「奥さんたちはその部屋なんですか？」

ききながら菜穂子は、さぞかし見はらしがいいだろうなとうらやましい気がした。

「ここの下の部屋よ。どう、ちょっと遊びにこない？」

「いいんですか？」

「いいわよ、もちろん。ねえ」

最後の「ねえ」は室内のドクターに言った言葉のようだ。菜穂子は真琴を見た。彼女も頷いている。

「それじゃあ、お邪魔します」

菜穂子は上に向かって言った。


ドクターたちの部屋は菜穂子たちの部屋がある建物とは独立していて、いわば「離れ」のような形をとっていた。本館とは渡り廊下でつながっており、ここだけが玄関を使わずに出入りできる。菜穂子たちが入ろうとした時に、この部屋専用の扉を見ると、そこには次のように書いた札がかかっていた。

“London Bridge and Old Mother Goose”(ロンドン・ブリッジとオールド・マザー・グース)

「長ったらしい名前の部屋だな」

「二階建てだからじゃないの？」

菜穂子が安直な意見を述べたが、迎えに出てくれた夫人は、「そのとおりよ」と微笑みながら彼女たちを招きいれた。

入ったところには応接セットが置いてあった。乳白色のテーブルが中央にあり、それ

を囲むようにブラウンの落ち着いたソファがある。そこから立ちあがったドクターも、

「いらっしゃい」と相好を崩した。ドクターはブルーのカーディガンに着替えていた。

「今、お茶でも入れるわ」

部屋の隅にはホーム・バーまであった。夫人は日本茶の入った缶を取り出しながら、

「これだけは東京から持ってくるのよ」と言った。

菜穂子は首をまわして、室内を見回した。壁や家具の色は、すべて渋い茶系統で統一してある。カーテンだけが、濃く深い緑色だ。

「あいつがこの部屋を気にいっていてね」

煙草の灰をテーブルの上の灰皿に落としながら、ドクターは妻のほうにちょっと首を曲げた。「マスターも気を利かしてこの部屋を空けておいてくれるらしい」

「あら、気にいってるのは私だけじゃないでしょ。あなただって、ほかの部屋は嫌だっておっしゃってたじゃない」

「慣れた部屋のほうが、いろいろと勝手がわかっていいと思ってるだけだよ」

「そんなこと言って……すぐに強がるのよ」

夫人はティー・カップに入れた日本茶をテーブルの上に並べた。こういう場所で嗅ぐその香りは、なんだかとてもなつかしいような錯覚を与えた。

「この一階の部屋が、『ロンドン・ブリッジ』の部屋なんですね」
菜穂子は正面の壁にかかっている壁掛けに気づいて言った。自分たちの部屋にかかっているものと同じ材質で作られており、同じようなレリーフが施してある。中に書いてある英文の筆跡も同一のようだ。

“London Bridge is broken down.
Broken down, broken down,
London Bridge is broken down,
My fair lady.”

「ちょっといいですか」
夫婦の返答を待つまでもなく、真琴は壁掛けに近づくと、それを裏返していた。菜穂子が見ると、そこにもやはり日本語の訳が彫ってあった。

『ロンドン・ブリッジがこわれた、
こわれた、こわれた、

ロンドン・ブリッジがこわれた、
マイ・フェア・レイディー。』

(平野敬一訳)

真琴は壁掛けを再び元に戻すと、「菜穂子、わかるかい?」ときいてきた。菜穂子は小さく首をふった。「英語はもちろんわかるけど……何が言いたいのかはさっぱり」

するとドクターは、カップを両手に持ったまま、眉も目もふだん以上に下げて、

「意味不明なのはマザー・グースの専売特許みたいなものなんだよ」

と解説した。「感覚で捉えるものらしいんだね。歌うのに調子がいいだとか、なんとなく面白いとかね」

真琴はソファに座りなおした。「歌うってことは、メロディもあるんですか?」

答えたのは夫人だ。「あるわよ。マザー・グースってのは、イギリス伝承童謡のニックネームみたいなものなんだもの。たとえば『メリーさんの子羊』ね」

「あっ、それ知ってる。『メーリさんのひつじーひつじーひつじー』っていうのでしょう?」

菜穂子は歌ってみた。ずいぶん前に覚えたメロディだ。

「ほかにも聞いたことのある曲はずいぶんあるはずよ。それがマザー・グースだという

ことを知らないだけで。この『ロンドン・ブリッジ』にもメロディはあるでしょうね。でもこの唄の詩が何となく奇妙なのは、ただ単に調子がいいからという理由以外に、ちゃんとしたわけがあるらしいわ」

気をもたせる効果を狙ったわけでもないだろうが、夫人は茶を一口啜って、「やっぱり日本茶がいいわね」と頬をゆるめてから続きを話しだした。

「実際にイギリスにロンドン橋というのがあって、造っては流されたということが繰り返されたらしいの。十世紀から十二世紀のことだそうだけど、テムズ河に何度橋をかけても流されるというイギリス人の実感が唄になったんだって。じつはこの唄には続きがあって、粘土で造ったら流れたから今度はレンガでつくれ。レンガは壊れるから鋼でつくれ——というぐあいにエスカレートしていって、最後には結局石で造ることになるわけなのよ。で、実際に十三世紀になって石橋がかけられて、これはその後とりこわされるまで六百年の間大丈夫だったという話よ」

「くわしいんですね」

真琴が夫人の博識ぶりを褒めた。菜穂子も感心していたところだった。

「あら、そんなことないのよ」

夫人はうれしそうに照れたが、その横でドクターは、「なあに、マスターの受け売りだよ」と、いかにも何年も前から興が醒めているといった顔をした。夫人は夫のほうを向いてふくれた。「でも覚えているだけえらいと思いません？　あなたなんて、去年、駅のホームで転んだことさえお忘れになっているんですから」

「ここへ客が来るたびに同じ話をしていれば、いくら物覚えの悪い人間でも覚えてしまうだろうさ」

「まあ、私が物覚えが悪いとおっしゃるの」

「あの……」

こんなところで夫婦喧嘩をされてはかなわないとばかりに、真琴が割ってはいった。

「マスターがマザー・グースにくわしいんですか？」

夫人は真琴たちの存在を思いだしたように顔を少し赤らめた。「そうよ、各部屋にかかっている壁掛けの英文を翻訳したのはマスターだという話だし、その時に詩の内容を少しは勉強したらしいわ。この人の言うように、ロンドン・ブリッジの話も、マスターから教わったの。でもふつうなら、すぐに忘れちゃうわよねえ」

夫人はどこまでもしつこい。そうですね、と真琴は愛想笑いをしていた。

菜穂子は先刻の上条の言葉を思いだしていた。なぜ各部屋にマザー・グースの詩を書いた壁掛けがあるのかはマスターが知っていると言っていた――。

一度マスターから詳しい話を聞く必要があるかもしれないと彼女は思った。

「ここが『ロンドン・ブリッジ』の部屋だとすると、二階が『オールド・マザー・グース』の部屋ですか？」

真琴が訊いた。夫人は「そうよ」と言った。

「ちょっと見せていただいてよろしいですか？」

「どうぞ、どうぞ。二階がまた、なかなかいいのよ」

まるでこの台詞を待っていたかのように、夫人はいきおいよくソファから立ち上がった。「特に見るものなんてありませんよ。こいつは大げさなんだ」とドクターが例の白けた口調で言うのを、彼女はふりかえって睨んだ。

二階は寝室になっていた。窓があってベッドを二つ置いてある配置は菜穂子たちの部屋と同じだったが、面積が広いぶんだけ洋服ダンスなどの家具調度品が充実しているようだ。部屋の隅にはドクター夫妻の荷物らしい鞄がまだそのままにして置いてあった。駅で見た時よりも荷物の量が多いようなので菜穂子が首を傾げていると、「大きな荷物は先に宅配便で送っておいたのよ」と夫人は言った。夫人は菜穂子の背中を押すようにして窓のほうに歩みよった。そして、

「ここから眺める景色が最高なのよ」

と妙にもったいぶった手つきで窓を開け放った。

「ほら、どうあの稜線(りょうせん)。まるでシルクの布をひろげたようでしょう？　山は不思議よねえ、太陽の光の加減で幾様にも表情を変えるんだから。さっきまで、うすいブルーの山だと思っていたら、今度は水墨画で描いたように変わってしまうってことがあるのよ」

たしかにこの付近の雪山を眺めるには、この場所は最高だろうと菜穂子は思った。真っ白な山のキャンバスに太陽がおりなす光の芸術に感動を受けることもあるかもしれない。しかしそれは受けとめる側の人間に心のゆとりがある場合だ。先程からずっと壁掛けを見つめている真琴のほうに気持ちが奪われている菜穂子にとっては、雪山からの照り返しがただやたらに眩しいだけだった。

「ほんとに眺めもよくって……いい部屋ですね」

菜穂子は窓から離れて、たくみに室内に視点をもどした。「あら、何を見ているの、真琴？」

真琴は壁掛けをひっくりかえして、その日本語訳を読んでいるところだった。

「これも相当わからない詩だよ」

「英文のほうを見せてみて」

「うん」

真琴は壁掛けの表を菜穂子のほうに見せた。

"Old Mother Goose,
When she wanted to wander.
Would ride through the air
On a very fine gander."

「母鵞鳥（マザア・グウス）のお婆さん、いつも出あるくその時は　綺麗な鵞鳥（がちょう）の背に乗って、空をひょうひょう翔（か）けてゆく（北原白秋訳）……だってさ」

裏を見ながら真琴は読みあげた。

「たしかにわかんない詩ね」

菜穂子は腕を組み、首をひねった。「グースってのは鵞鳥という意味のはずなのよね。どうして鵞鳥が鵞鳥の背にのってとんでいくのかしら？」

いつのまにか夫人も菜穂子の隣りに来ていた。

「これはマスターもはっきりとは知らなかったようだけど、絵本の挿絵を見たかぎりでは、このマザー・グースというのは母鵞鳥のことじゃなくて、人間のお婆さんだったそうよ。だからたぶんあだ名かなんかだろうってマスターは言ってたわ」

「この詩にも『ロンドン・ブリッジ』のような意味があるんですか？」

菜穂子はきいてみた。

「意味は知らないけれど、これもやっぱり続きがあって、どんどん話が続いていくらしいわ。でもこっちのほうはロンドン橋みたいな歴史的な背景はないだろうというのがマスターの説よ」

「なるほど……でも本当に奥さんは記憶力がいいんですね」

マスターの受け売りばかりを話すことに対しての皮肉だったが、夫人は「ありがとう」と純粋によろこんだようだった。

「ねえ、それよりこっちに来て大自然の絵画を鑑賞しない？　これだけ晴れるのはめったにないことだから、このチャンスを逃す手はないわよ」

夫人はあくまでこの特別席からの展望にこだわっているようだ。しかたなく菜穂子もつきあうことにした。真琴も気乗りのしない顔つきで横に並ぶ。だが窓際に立って真琴が指さしたのは、夫人自慢の遠大な風景にではなく、足元の山道だった。

「あの人は？」

菜穂子も彼女が指したほうに目を向けてみた。登山の格好をした男がひとり、うつむき加減に黙々とあがってくるのが見える。さっき谷にいた人影にちがいないと菜穂子は思った。

夫人もそっちのほうを見るとすぐに、「ああ」と懐かしそうな声をあげた。

「江波(えなみ)さんだわ、相変わらずやってるのね」

「相変わらずって?」と真琴。

「変わった虫だとか、植物だとかを観察するのが趣味なのよ。バード・ウォッチングもするらしいわ。もちろんこの宿の常連よ」

「お一人で泊まっておられるんですか?」

「そうよ、いつも一人ね」

「そうですか……一人でね」

真琴はいぶかしげにその登山姿の男を見おろしていたが、菜穂子はその心理が読めるような気がした。上条といい江波といい、こんなに何もないところになぜ毎年一人で泊まりにくるのだろう。自分なら絶対いやだ。いやだから真琴に来てもらったのだ。

さっき真琴がもらした言葉が菜穂子の耳に蘇(よみがえ)った。何もないからではなく、何かがあるから皆が集まってくる——。

3

夫人たちの部屋を出ると、二人は渡り廊下を通って本館にもどった。部屋がひとつあって、その先がラウンジだ。テーブル席には誰もいなかったが、カウンターではマスターと太った男が談笑していた。プロレスラーのように大きな男で、脂肪が多いぶんだけ寒さに強いのか、半袖のシャツを着ている。だが菜穂子たちに気づいて向けたその目は、動物園の象を思わせるほど穏やかだった。

「当宿のシェフです」

とマスターは菜穂子たちに紹介した。太った男は窮屈そうな格好でカウンターの椅子から降りると、大きな頭を丁寧に下げた。

「料理に対する不満や注文があれば遠慮なく言ってください。せっかくこんな遠いところまで来ていただいたのだから、後悔するようなことがあっては申し訳がない」

「彼の名前は覚える必要はないでしょう。シェフといえば彼しかいない。それに彼はそういうふうに呼ばれることに誇りを感じているのです」

「冷やかすなよ、マスター。あんただって、七面倒臭い名字……なんといったかな、キリギリス……違った」

「霧原」

「そうそう、似たようなものだ。そんな虫みたいな名字で呼ばれるより、マスターとすっきりした呼ばれかたをしたいのだろう。そんなことより、お嬢さんがたは嫌いな食べ物はないかな？」

ありません、と真琴ははっきりと答えた。彼女の体格から予想していたのかシェフは納得したように頷いている。菜穂子もほとんどないと答えた。実際、料理のメニューを気遣ってもらうほど嫌いなものはない。

「それが何よりだ。痩せるための本が巷に溢れているがまったくナンセンスだね。好き嫌いせずにバランスよく食べてりゃ、スタイルなんて自然によくなる。もっとも俺が言ったんじゃ、ちっとも説得力がないだろうけどね」

太ったシェフは、そう言うとニヤリと笑ってカウンターの奥のキッチンに入っていった。その後ろ姿を見送った後、「腕はたしかですよ」とマスターはウインクした。

「ところでマスターにちょっと訊きたいことがあるんですけど」

真琴は今までシェフが座っていた椅子に尻をのせながら言った。菜穂子もすぐに彼女の意図を知って、横に座った。

「マザー・グースの詩のことなんです」

「ああ」

とマスターは強ばったような笑い顔を浮かべた。

「誰かに聞きましたね、各部屋にかかっている壁掛けの文句は何か曰(いわ)くがあるんだとか何か」

「上条さんから……」

やっぱり、という顔を彼は髭の中につくった。

「しようがないな、すぐに話を大きくしちゃうんだから。いや、お聞かせするような話ではありません」

「でもここの常連客の共通の話題だっておっしゃってました」

しようがないな、とマスターは繰り返した。「そんなことはありません。上条さんが勝手に言っておられるだけのことです」

「でも……」

「本当に……」

とマスターはちょっと言葉を詰まらせた。「どうという話ではないのです。マザー・グースの唄にも大した意味はありません。単なるインテリアです。センスがないと言われるのでしたらお二人の部屋だけでも壁掛けを外しましょうか」

彼の口調はなんとなくムキになっているように菜穂子には感じられた。

「とんでもない」と真琴は掌をふった。「そういうことじゃないんです」

「だったら」

と彼はコーヒー・カップを拭いていた布巾を流しの中にほうりこんだ。「まあいいじゃないですか。じゃあ、仕事があるものですから」

不機嫌そうな声でそういうと、彼はカウンターを出て廊下の向こうに消えていってしまった。何か悪いことでも言ったのだろうか？　あっけにとられたように二人がその背中を見送っていると、やがてキッチンからシェフの大きな身体が現われた。シェフは短い首を伸ばしてマスターの姿が見えないことを確認すると、「タイミングが悪かった」と顔をしかめて見せた。

「なにか気に触るような言い方をしたかしら？」

菜穂子が心配して尋ねると、「気にしなくていい」と彼は首を小さくふった。

「ヤツだって酒をのんでいたり機嫌のいい時なんかは自分から喋ったりもするんだけどな、今日は悪い目の日らしい」

「どういうことなんですか？」

真琴が訊くと、シェフはもう一度マスターが消えていった方向に目をやったあと、太く短い人さし指を唇にあてた。

「俺が言ったってことは内緒だぜ」

菜穂子と真琴は顔を見あわせ、そしてシェフのほうに身を乗りだした。

「もう八年になるな」

こう前置きをしながら彼は壁に貼ってあるカレンダーを見た。細かい海図に、デザイン化した文字で一年の日付が印刷されているカレンダーだった。彼はその年度の数字を見て言ったらしかった。

彼はまず次のような話をした。

八年前、マスターは会社勤めをしていた。特にどうということのない、説明の必要もない会社だとシェフは表現した。一方シェフはそのころからコックをしていた。腕はすでに一流だったというのが本人の話だ。二人は当時もう親友であったが、彼らのほかにもう一人親しい仲間がいた。六つになる男の子を持った英国人の女性で、亭主を交通事故で亡くした未亡人だった。じつは彼女の夫とマスターとは山登りの仲間で、その関係から三人が親しくなったということだった。そして現在の『まざあ・ぐうす』は、彼女の夫の別荘だったのだ。

「ところがこの六つになる男の子が死んでね」

とシェフはこの時少しだけ声をつまらせた。「俺とマスターと二人してこの別荘に遊びに来た時のことさ。雪の降る夜だったが、その男の子が帰ってこなくてね。救助隊も呼んで、みんなで探しにいったんだが、結局見つからなかった。見つけたのは翌日の朝さ。母親の執念はすごいね。夜の明けないうちにたった一人で出発して見つけたんだ。崖からすべり落ちて木にひっかかっていたんだそうだ」

その時のことを思いだしたらしく、しばらく言葉を切ると、シェフは深いため息をついた。

彼女が別荘を売りたいと言いだしたのはその直後だった。故郷に帰るから手放すのだというのが、彼女の言い分だった。一方、当時会社勤めをしていたマスターの夢は、脱サラをしてペンションを経営することだった。学生時代から山にとりつかれていた彼にとって、デスク・ワークは苦痛以外の何物でもなかったのだ。彼女が提示した金額は建物の質から考えれば信じられないほどの破格といってよく、しかもほんの少し手を加えるだけでペンションとして立派に使えそうだった。

「マスターにとっちゃ人生最大の転機だったわけだ。もちろん俺にとってもね。ヤツが晴れてペンションのオーナーになった暁(あかつき)には、俺が料理長になるって約束だったからな。もちろんヤツはオーケーした」

　そう言ってシェフはウインクをして見せた。

　マスターの決断を英国人の彼女はよろこんだ。これで安心して故郷に帰れる、とも言った。だがその時に彼女はひとつの条件を出した。それがじつに不思議な条件だった。

「各部屋にひとつずつ壁掛けが飾ってある。それを外したり、つけかえたりしないでほしい——というのが彼女の条件だった。それから、部屋の増築や取り壊しもしないでほしいとも彼女は言った」

　菜穂子は思わずつぶやいた。「妙な話ね」

「妙な話さ。そこで俺たちはその理由をしつこく彼女に質問してみた。しかし彼女は何も話しちゃくれない。ただ黙って笑っているだけってところさ」

　それからシェフは不自然な笑いを取り除き、真顔で目の前の二人の娘を見た。「彼女が自殺したのはそのすぐあとさ」

　菜穂子は息をのんだ。そして真琴もしばらく声を発しなかった。シェフは感情を押えたように抑揚のない声で続けた。

「東京の自宅のマンションで、薬を飲んで死んだんだ。そばには俺たちあての遺書もあってね、そこにはこういうふうに書いてあった。『別荘に関する約束は是非守ってください。あれは幸福への呪文なのです』……とね。それから彼女が愛用していたペンダントも形見として封筒に入れてあった。小鳥の形をした骨董品だけどね」

ああ、と菜穂子は首を縦に動かした。「クルミさんが首にかけていた物ですね」

「さすがに女性は目が早いな。そうだよ。野郎が後生大事に持っていてもしまらないからあの娘にあげたんだ。ちょっとダサイんだけど、気を利かせてつけてくれてるんだろう」

「幸福への呪文……どういう意味なのですか？」

真琴の質問にシェフは力なく首をふった。

「彼女は息子を失ったショックから自殺をはかったらしいんだが、やっぱりあまりまともな精神状態じゃなかったのかもしれないね。それで正直言うと、マザー・グースの唄も呪文も、すべて幻想の産物じゃなかったのかなという気がしているんだ。ただ約束したことだし、何を言っても彼女の遺言だからな、俺もマスターも無視したくなかったんだよな。それに、あの壁掛けはなかなか雰囲気がいいだろ？　それでまあ、ああしてあるってわけさ。だからマスターが言うように、大した意味がないって言えばたしかにそうだわな」

「そういう経過があったんですか……」

菜穂子はうつむき加減の顔を真琴に向けた。「それじゃあ、マスターが話したがらないのも無理ないわね」

「それだけじゃないんだ」

シェフはさらに声をひそめて言った。「マスターは惚れてたんだよ、そのイギリスの彼女にね。おっとこれは極秘中の極秘」

そして再びウインクする彼の顔には、つくりものでない本物の笑顔が蘇っていた。

4

「八時頃、来る。寝室のドアに鍵がかかっている。窓側にまわる。窓にも錠がおりている。八時三十分、再び来る。外のドアに鍵がかかっている。九時、もう一度来る。外のドアに鍵がかかっている。外して入る。寝室のドアにも鍵がかかっている。外して入る。兄さんが死んでいた。窓の錠もしっかりおりていた……」

高瀬から聞いた話を書きうつしたメモを手に、菜穂子は部屋の中を歩きまわっていた。兄を発見した時の状況を再現しようというわけだ。そうすることによって、ほんとうに現場が完全な密室だったかどうかを確かめようという考えだったのだ。だがその結論は、何度繰り返しても変わらなかった。

「だめだわ、やっぱり。どう考えても誰も出入りできない」

菜穂子は兄が死んでいたというベッドにごろりと身体を投げ出した。隣りのベッドでは、この部屋に戻ってきた時からずっと、真琴が寝転んで天井を見つめている。

「だから無駄だって言ったんだ。もし兄さんが自殺じゃなくて誰かに殺されたのだとしたら、その時の他の客のすべての行動を把握して分析しないとこの密室トリックは解けないさ。菜穂子がここでちょこちょこっと考えて解明できるものなら、事件が起きた時に警察がそれをやってるはずだ」

「それは……そうだろうけど」

しかし菜穂子は何かをせずにはいられないのだった。この宿が持つ、得体の知れないムードが彼女を焦らせていたのだ。シェフの話も少し気味悪かった。

「焦ったところでしかたがないさ。それより今はデータ収集の段階だよ」

腹筋運動をするような格好で真琴は身体を起こした。「ただ気になっているのは、例の二年前の事故だ。それと菜穂子の兄さんが死んだ事件とは、全く無関係なのかどうか……。それから兄さんのハガキだな」

「これね」

菜穂子は公一の絵ハガキをジャケットのポケットから出した。

「ここに来てから感じたことなんだけど、その意味不明の文章も、なんとなくこの宿には似合ってているような気がするんだよな」

「似合ってるって？」

「つまりさ」

真琴は菜穂子からハガキを受けとると、それを読みあげた。「マリア様が、家に帰るのはいつか？――なんていう文章は、東京にいる時は奇妙にしか思えなかったんだけど、この宿の各部屋に飾ってある壁掛けの文句と照らしあわせると、なんとなく雰囲気が似かよっているように思えてくるんだよな」

「この、『マリア様が――』っていうのは、マザー・グースの一節かもしれないというわけね」

「もしかしたらってところだけどね」

「もしそうだとしたら、兄さんはマザー・グースについて何かを調べていたってことになるわね。それは何か？」

「単純に考えると……」

呪文、と二人は声をあわせて言った。菜穂子は大きく頷いた。

「兄さんがさっきのシェフの話を聞いたとしたら、間違いなく興味を持ったと思うわ」

そこまでしゃべった時、入口のドアを誰かがノックする音が聞こえた。寝室を出て菜穂子が、「はい」と返事すると、「食事の用意が出来ています」という声が返ってきた。高瀬の声だ。

「はい、すぐに行きま……」

す、と答えようとした菜穂子の声に覆いかぶせるように、後ろから真琴が「高瀬さん」と彼の名を呼んだ。そして菜穂子を押しのけるようにしてドアをあける。

「少しだけ時間をください。お尋ねしたいことがあるんです」

彼女のいきおいに高瀬は身をのけぞらせた。「なんですか?」

「とにかく、入ってください」

真琴は彼を招き入れると乱暴にドアを閉め、今まで手に持っていた絵ハガキを彼の顔の前につきだした。「これを読んでみてください」

驚いた彼は目をはげしくしばたたいて、「なんですか、急に」と言いながら、そのハガキを手にした。やや茶色がかった瞳が文面にそって動くのがわかる。やがて彼はその目を二人に向けた。

「これが何か?」

「兄のハガキなんです」

と菜穂子は言った。「兄が死んだあと届いたんです」

「……そうでしたか」

一年前の客でもやはり思いおこすことは多いのだろうか、高瀬は固く口を結んだまま、何度も文面をながめていた。

「で、訊きたいことというのは?」

「その中の文章なんです」

高瀬が持っているハガキの面上を、真琴は人差し指で押えた。「マリア様が、という文があるでしょう。これがどうも不可解なんです。それで、もしかしたらマザー・グースの一節じゃないかというふうに菜穂子と話していたんですけど」

「なるほどねえ」高瀬は再度ハガキに目を移した。さすがにマザー・グースと聞いて、興味をひかれたらしかった。

「たしかにそれらしい文章ではあるけれど、僕は知らないですね。それとなくマスターにでも訊いておきましょう」

「兄が何かを調べてた、なんてことはありませんか?」

調べていたことは確実なのだ。そしてその協力を菜穂子に頼んだのだ。高瀬は「さあ、どうだったかな」と記憶を探っているようだったが、やがて何かに思いあたったように、その目を宙に向けた。

「そうだ、一度絵を描いてくれって頼まれたんだ」

「何の絵ですか？」

兄が絵画などに興味がなかったことは、妹の菜穂子が一番よく知っている。強いてあるとすればマンガ程度だ。

「この宿の絵ですよ。平面図でも立体図でもいいから描いてくれって頼まれたんです」

「宿の絵を……」

考えこんでいたのはほんの二、三秒だった。菜穂子は真琴と顔を見合わせた。そして行動を起こすのは、やはり真琴が先だった。彼女は高瀬の手をひくと強引にテーブルの横の椅子に座らせ、自分もその向かいに腰をおろした。

「菜穂子、紙とエンピツあったかな？　なるべく大きな紙」

「便箋があるわ」

菜穂子は寝室にはいると、バッグから便箋と万年筆を取りだした。右上のほうにウッドペッカーのイラストが入っている便箋だった。

それをテーブルの上に置くと、真琴は便箋を一枚切りはなして高瀬のほうに向けた。そして万年筆のキャップを外してその横に置く。

「なんですか、いったい？　何かの誓約書でも書かせようっていうんですか？」

高瀬の冗談に真琴は笑わなかった。「絵を描いてください。菜穂子の兄さんに描いてあげたのと同じ絵です」

「同じ絵って、単なる宿の見取り図ですよ。それが何の役にたつんですか？」

それから高瀬はしばし二人の顔を見つめたのち、なんだ、そんなことかというように表情を緩めた。

「例の呪文の話を聞いたんですね。情報源はマスターかシェフですか？」

こっくりと真琴は首を縦に動かした。「それから上条さんもね」

高瀬は吹きだしてみせた。

「上条さんと話をしたんですか。なるほどね、あの人の影響ですか。いや、さほど誰も気にとめていなかった呪文の話を流行らせたのはあの人なんですよ。でも聞かれたと思いますけど、呪文なんていう大それたものじゃないということですよ。あれは前の持ち主の単なる空想だという話で」

「いいんです」

真琴は便箋を高瀬のほうに押した。「とにかく描いてください。重要なのは原公一さんも、その呪文に興味を持っていたということなんです」

口元は笑っているが、眼光は鋭い。高瀬は困ったように菜穂子のほうを見た。だが菜穂子の目も真琴に負けないくらい真剣だった。

「お願いします」

と彼女は言った。感情を押えたつもりだったが、絞り出すような声になった。それで高瀬も観念したようだ。「兄さんの事件とは無関係だと思いますよ」と言いながらも、ペンを動かしはじめた。

——最初の第一歩

高瀬の手元を見つめながら、菜穂子はそんな言葉を思い浮かべていた。

第三章　角（つの）のあるマリア

1

夕食後のラウンジ。

この時点での宿泊客は全員ここに集まっていた。部屋に戻ったところですることもないのだろうが、こうしていつもの顔ぶれと久しぶりに話をするのが彼等の大きな楽しみのようだった。菜穂子と真琴も自分たちの席を探した。

ポーカーをしているのは、マスター、クルミ、夫人、高瀬に、夕食の時に菜穂子たちが初めて顔を合わせた大木（おおき）という男を加えた五人だった。かなりやり慣れているらしく、全員カードさばきはなかなかのものだ。特にマスターの手つきは素人ばなれしている。チップも相当貯めこんでいるようだ。

菜穂子の姿に気づいた大木が小さく手をふったが、彼女は見なかったふりをした。夕食時の第一印象が極めて悪かったせいだ。

「僕も大学は東京でね、君たちの先輩とも親しくしたものだよ」

食事中、菜穂子の正面に座りに来ると、彼はこういうなれなれしい口調で話しかけてきたのだった。三十前と思えるこの男は、そのあとで名前を言った。適度にウエーブした髪を無造作に後ろになでつけており、背が高く、よく日に焼けた容姿はいかにもスポーツマン・タイプといったところだ。芸能人といっても通用しそうなほどマスクも甘い。欠点は、そういった長所を鼻にかけていることが第一印象でわかってしまう点だと菜穂子は思ったが、本人はそのことに気づいていないようだ。

「大学時代はテニスをしていたんだけどね、今でもたまにやってるんだよ。ちょっとしたコーチぐらいならできると思うよ。テニス、やるんでしょ？」

テニスと言えば、若い娘なら誰でもついてくると信じているような口ぶりだ。事実この手で今までは成功してきたのかもしれない。だが、と菜穂子は息を吸った。そんな低級に見られたくはない。吸った息を「テニス、嫌いなんです」という言葉に変えた。口調は厳しく、しかし表情は穏やかなまま言ったつもりだ。大木はいまだかつてこんな馬鹿な娘は見たことがないという顔をつくってみせた。

「嫌い？　そんなはずはないよ。食わず嫌いじゃないのかい？　まずやってみることだよ。今どきテニスをやらないようじゃ、若者とは認めてもらえないよ」

自信満々という感じだ。だいたい人の好みに対して「そんなはずはない」なんていう言いぐさがあるものだろうかと、菜穂子は内心憤慨していた。こんな時真琴がいてくれれば強烈な一睨みを与えて相手を退散させてくれるのだが、彼女がちょっと席をたった隙に大木はやって来たのだった。

「大木さんも毎年こちらにいらっしゃるのですか？」

話題を変える目的で菜穂子はきいた。

「まあね、この時期はどこも混んでるし、一人で旅行するにはこういう場所のほうが風情があるから」

「じゃあ幸福への呪文の話もご存知なんですね？」

さっきシェフから聞いたばかりの話を彼女が出すと、大木はちょっとふいをつかれたような顔をして、「呪文？」と聞きなおした。

「マザー・グースの……」

すると彼は、ああと合点したように頷いた。そのぎくしゃくした顔の動きが、菜穂子には少し気になった。

「例のお伽話のことですか？　なあんだ、いったい何のことかと……あんなものには興味はないよ。大きい声じゃいえないけど、僕はね、あの話はこの宿を流行らせるための宣伝だろうと踏んでるんだよ。真面目に受け取ったらばかを見る」

「でもよくできた話でしたわ」

「嘘ほどよくできているものだよ。でも夢を壊したくないというなら、こういうふうに考えたらいい。つまり幸福はもう他の人の手に渡っちゃって、呪文の効果はなくなったという具合にね」

「他の人の手に？」

「そう考えるだけだよ」

その時真琴が戻ってくるのが見えた。大木はちらりと彼女のほうを見ると、「じゃ、またあとで」と言い残してたっていった。そして真琴とすれ違う時、まるでそういう訓練を受けたのかと思うほど、菜穂子と対している時と全く同じ微笑みを彼女にも向けた。油断のできないやつ——菜穂子は彼のことをこういうふうに認識したのだった。

「ところで今日おもしろい光景を見ましたよ」

カード片手に大木が喋っている。ひときわ高い声を出しているのは菜穂子を意識してのことだろうか。

ドクター夫人が相手をしている。

「何を見たの？」

「夕方なんですけどね、裏の谷のほうを散歩していたらカラスが一羽やってきましてね、土の中をつついているんですよ。何かの死骸でもついばんでいたのかもしれない」

「カラスが？　何よ、それ。気味の悪い話ねえ。こういうことは江波さんに訊くといいのよね。どうかしら、江波さん」

夫人が昆虫や鳥の博士だと賞賛した江波は、カウンターの椅子に座って、シェフの相手をしながらバドワイザーを飲んでいるところだった。ピーナツを時折り口にほうりこみ、シェフが言う冗談に笑っているという感じだ。先程夫人にポーカーの誘いを受けていたようだから、一応ゲームのメンバーには入っているようだ。

彼は突然声をかけられたからか、びっくりしたように振り向き、「いや、よくわからないですね」と少し吃りながら答えた。

菜穂子は食事の時、席が近かったので江波とも少しだけ言葉を交わした。低音でボソボソ喋るタイプだが、話し下手というわけではないらしい。質問に対する返答は的確で、しかも無駄がなかった。職業を訊くと建築会社に勤めているとしか言わなかったが、もうすぐ三十歳だと漏らしていたから中堅社員といったところだろう。線がやや細く、色も白いほうだ。顔の輪郭にマッチした二重瞼から、昔は美少年だったろうなと菜穂子は想像した。

江波は宿に戻るとすぐに風呂に入ったらしく、石鹼の匂いを全身から発散させていた。

「昼間は何をしていらしたんですか？」

宿の裏を散歩していた時に彼の姿を見かけたことを菜穂子は言ったのだった。江波はちょっと口ごもった後、

「いや、何か鳥でもいないかと思ってね」

と答えた。この時だけ彼は相手から視線をそらせた。

暖炉の前の特等席でチェスの盤を睨んでいるのはドクターだった。相手は上条だ。この二人はまだ日が高いうちから、こうして額をつきあわせているのだった。菜穂子と真琴はお互いだけがわかる程度の合図を目で行なうと、二人の脇に寄っていった。

「観戦させていただいていいですか？」

菜穂子の言葉に、上条は感激したように鼻の穴をふくらませた。

「どうぞ、どうぞ。美人の応援があれば頭の冴えも違ってくるというものです。何か飲み物でも……」

「結構」

と真琴が無感情な声で答えた。だが彼は気にした様子もなく、真琴の顔を見ている。

「チェスはご存知ですか？」

「多少は」

「それはいい」

と彼の言葉が途切れたのはドクターが駒を動かしたからだった。上条は盤面を一瞥すると、一、二秒後にはもう手を動かしていた。そして再び真琴を見る。「今度是非お相手したいですね」

「そのうちに」と真琴は気のない返事をしていた。

それからしばらくは菜穂子たちも指し手の二人もほとんど声を出さず、静かにゲームが進行していった。といっても、大抵の場合ドクターがむずかしい顔をして悩んでいるだけだった。上条は煙草を吸う合間にチェスの駒をちょっと動かす。それだけでドクターは眉間に皺を寄せるのだ。

「君のチェスは本当に変わっているね」

腕組みしながらドクターは言った。声を出しているのは大抵ドクターで、先程から何度もこの台詞を繰り返しているのだ。感心しているというより、皮肉っているように菜穂子には聞こえる。

「そうですかね」

のんびりと上条が答えている。自分の盤上の戦いよりも、隣りのポーカーの戦況のほうが気になるといった表情で、ドクターが考えこんでいる間は、そちらのほうを眺めている。

「定跡を無視しとるのじゃないのかね」

「そんなことはないですよ」

「しかし、ふつうの人間はそんなところにナイトを動かしたりしないよ」

「そうですか。でもいい手だと思いますが」

そうかね、と呟いてドクターはまた考えこんだ。暇を持てあました上条は菜穂子と視線が合うと、にやっと歯を見せた。気味が悪いほど奇麗にそろっていて、通常よりも本数が多いのではないかと錯覚するほどだ。菜穂子は彼の口元からピアノの鍵盤を連想した。

「部屋の名前の由来について聞きました」

盤上の動きが止まったのを見計らったように真琴が切りだした。こういうふうに上条に話しかけるのがこの場所に座った理由なのだ。

上条は、ほうと口を丸めた。「マスターから?」

「いいえ」と真琴は言った。「シェフから聞きました」

するとは彼はポーカーのテーブルのほうを気にしながら、クックッと笑いをかみしめた。

「じゃあマスターの機嫌が悪かったんだ。彼はあの話題になると気分屋に変貌するんですよ」

「何の話かね？」

ドクターがビショップを持ったまま訊いた。自分が手を考えているというのに上条が無駄口を言っているのが面白くないのだろう。

「例の呪文の話ですよ。こちらのお嬢さんたちにも教えてあげたのです」

ドクターはうんざりした顔を見せた。

「なんだ、またあの話か。カビのはえた話題だね。いまだに興味を持っているのは君ぐらいなものだよ」

「疑問を持つという純粋な心を失っていないと言ってもらいたいですね。……で、そのビショップをどこに置かれるつもりですか？　ああ、そこですか。そこならば……こう、と」

上条は即座に自分の駒を動かした。

「呪文に大した意味がないということはシェフも言っておられました。それなのに上条さんはなぜこだわっておられるのですか？」

　これがこの場で菜穂子や真琴が一番知りたいことだった。上条は、彼には珍しくちょっと真面目な顔つきになって言った。

「意味がないなんてことはありえないと思うからですよ。特に英国人にとってマザー・グースは生活の一部みたいなものですからね。何かを訴えたかった、僕はそう思っているんです。ところが他の人はなかなか興味を示してくれない。無関心、これもまた現代病ですかね」

「去年亡くなった方はどうでした？」

　菜穂子が言った。さりげなく訊いたつもりだが耳が少し熱くなるのがわかる。「だって、そういう話題でよく話をしたって上条さんがおっしゃってたでしょう？」

　これに反応したのは上条よりもドクターのほうが先だった。「そういえばあの青年も呪文にこだわっていたようだが、あれもやっぱり君の影響だったのか？」

「それもありますが、彼は壁掛けの唄に呪文以上のものを見いだしていたようですね」

「呪文以上のもの？」と真琴は訊きなおした。

「ええ。彼は呪文を暗号だと解釈したようですね。マザー・グースの唄は、じつはある場所を示す暗号で、そこには何か宝物が隠されているんじゃないか――という具合にね。

だから幸福への呪文、ということになるのだと言ってました」

やっぱり、と菜穂子は自分たちの予想が的中していたことに対して、小さな感動に似た気分を味わっていた。公一は呪文について調べていた、というのが、ついさっき真琴と二人で導き出した結論だったのだ。高瀬に宿の詳細な見取り図を描かせたこと、意味不明の絵ハガキがその根拠だった。それに上条が言うように、英米文学を専攻していた公一が、マザー・グースと聞いて無関心でいられるはずがないだろう。

――しかも上条は『暗号』という表現を使った。

その言葉を聞けば、たとえマザー・グースでなくとも公一はとびついたかもしれないと菜穂子は思った。彼は推理小説にもうるさいほうだったのだ。

「それで……その人は結局呪文の意味を理解したのですか？」

真琴が訊くと、二人とも首をふった。それは理解していないということではなく、知らないということのようだった。

「そういえば何度か私たちの部屋に来て、壁掛けを睨んでいったことがあるな。あの時たしか妙なことを言っていた」

ドクターは何かを思いだそうとする時の癖らしく、人さし指を立て、口をもごもごと動かした。「そうだ、黒い種がどうとか言っていたんだ。黒い虫だったかな……いや、やっぱり黒い種だ」

「黒い種？　ほかには何か？」

菜穂子は精一杯なにげなく訊いたつもりだったが、どうしても声が上ずった。

「さあ、なにしろ一年前だからね」

「一年前ぐらいのことは覚えておいてくださいよ。はいチェック」

上条が王手をかけてしまったのでドクターの話はここまでとなった。だが収穫は多かったというのが菜穂子の感想だった。少なくとも自分たちの方向は間違っていない。

「行こうか」

真琴に促されて、菜穂子も腰を上げた。

2

二つ並んだベッドに、それぞれがもぐりこんだのは十一時すぎだった。灯りを消してしばらくすると真琴が寝息をたてるのが聞こえてきたが、菜穂子はずいぶん長い間毛布の中で身体を動かしていた。疲れていないはずがない。今朝東京を出てから、ずいぶんいろいろな活動をしているのだ。だがなぜかペパーミントの葉っぱをかじったように頭は冴えていた。さまざまな思いが無秩序に脳裏に現われては消えていく。ハンプティ・ダンプティ、二年前の事故、石橋、ロンドン・ブリッジ……。

――石橋？　ロンドン・ブリッジ？

その連想に、菜穂子はほんの数秒心を奪われた。夫人が何か喋っていた。ロンドン橋は何度造っても壊れるから、おしまいには石で造った……そうだあの話だ。偶然？　だろうなあ、たぶん。第一、それがどうしたっていうの？

メリーと羊の唄を思い浮かべる。

妙な客ばかりだ。上条、大木、江波、ドクター……、高瀬……、いや彼は客じゃなかったっけ。そしてポーカー、チェス……。

ペパーミントの効果がようやく薄れてきたようだ……。

目がさめても朝じゃなかった。眠る前と同じように、真琴の規則正しい呼吸が闇を通って聞こえてくる。菜穂子は熱い息を吐いた。舌がスポンジになってしまったように喉が渇いている。だから目がさめたのだろう。こんな夜は喉が渇くものなのだろうか？　つまり一年前に兄が死んだベッドで眠る初めての夜なんかは。

そっとベッドをぬけ出た。素足にスニーカーを履き、かなり苦労してドアまでたどりついた。とにかく真っ暗なのだ。リビング・ルームに入ると灯りをつけ、置き時計を見た。大昔のスピーカーみたいな格好をした時計は、二時ちょうどを指している。

パジャマの上からスキーウェアを羽織ると、菜穂子は静かに部屋を出た。常夜灯がところどころについてはいるが、廊下は薄暗い。後ろからぽんと肩に手をのせられそうな恐怖を感じつつ、彼女は早足でラウンジに出た。

ラウンジの空気は止まっていた。あそこはチェス、そこはポーカー、そしてここはバック・ギャモンといったように、それぞれの匂いを残したまま淀んでいる。バック・ギャモンの空気を横切って、菜穂子はカウンターに近づいた。

どこかの扉が開くような音を聞いたのは、彼女がコップに水を汲んで蛇口をしめた時だった。音は厨房の中から聞こえた。そこに裏口があることを菜穂子は知っていた。こんな時刻にいったい誰が？　そんなふうに思いながら、彼女はカウンターの中に身を隠していた。その行動の根拠は彼女自身にも答えられなかった。

厨房の出口はカウンターの横と、廊下側の二つである。音をたてぬように慎重に歩いている気配が、断続的にする。もしカウンターの横に現われたらどうしようと菜穂子は考えた。見つかったら何と言ってごまかそう？　だが彼女の心配をよそに、裏口から入ってきた人間は廊下側から出た。廊下を歩いていく気配がする。足音というほどはっきりしたものではない。気配だ。そしてその気配が遠ざかり、しばらくしてから菜穂子は立ち上がった。

まわりには、さっき彼女が来た時と、何の変化もなかった。空気が乱れているように思えるだけだ。ポーカーとチェスとバック・ギャモンの空気が混ざっている。彼女はコップの水を飲みほすと、急ぎ足で戻った。コップの水は彼女の掌で暖められて、ずいぶんぬるかった。

部屋に戻るとすぐにベッドにもぐりこんだ。何かわけのわからない胸騒ぎが彼女を襲っていた。胸騒ぎの原因がわからないことが、ますます彼女を不安にさせた。

その時、隣りで物音がした。

隣室だ。ドアを閉める音と、歩き回る音。菜穂子は思わず息を止めた。

「セント・ポールの部屋だな」

ひっと菜穂子は声をもらした。闇の中で突然真琴が喋ったからだ。

「左隣りはたしかセント・ポールの部屋だっただろう？」

見取り図を思い浮かべながら菜穂子は頷いた。もっともそんなしぐさが真琴に見えるはずはなかったのだが。

「誰が入っているのかしら？」

すると真琴はそんなことはとっくに調査済みだというように、大きなあくびをした。
「大木だよ。こんな夜中に誰とデートしていたんだろうね」

翌朝菜穂子は嫌な夢を見て目をさました。ひや汗で全身がびっしょりになるほどの夢だが、身体を起こした時にはそのひとかけらさえも頭の中に残っていなかった。それがなんだか悔しくて、彼女はしばらくベッドの上で記憶をまさぐってみたが、まるで風が吹いたあとのように何も存在しなかった。

真琴のベッドは空だった。彼女のバッグは開いたままになっていて、ビニール製のブルーの小物入れが顔をのぞかせていた。見覚えがあった。真琴の洗面具入れだ。大学の生協で、三百五十円で売っている。それを見て菜穂子もあわててベッドからとびおきた。

菜穂子がいくと、ちょうど真琴は顔を洗い終えたところだった。彼女は白いタオルで顔をふいていたが、菜穂子を見ると軽く右手を上げた。前髪に付いた水滴が朝日を浴びて光っている。
「おはよう」
菜穂子が声をかけると真琴は小さくうなずいたあと奥のほうを顎で示した。そこに立っているのは大木だった。

大木は水道の栓をひねって洗面器に湯を入れながら、ぼんやりと窓の外に目を向けていた。何か考えごとでもしているのか、洗面器から湯があふれ出ていることに気づかないようすだった。

菜穂子はゆっくりと近づくと彼の横顔に向かって、「おはようございます」と声をかけた。彼はまるでしゃっくりでもしたように身体を痙攣させ、それからあわてて蛇口を閉めた。

「ああ……おはよう」

「どうかなさったのですか？」

菜穂子が顔をのぞきこむと、彼は歯を見せて首をふった。

「なんでもないよ。ちょっと立ったまま夢を見てたってところかな」

「ゆうべ遅かったからですか？」

「まあね」

「お出かけのようでしたね」

彼女としては何気なくいったつもりだが、「えっ」と大木は驚いたように目を見開いた。そしてその黒目が不安定に揺れているところにも彼の狼狽ぶりが滲んでいる。

「見たの？」

「いえ、あの……」

今度は菜穂子があわてた。自分がうろたえる必要なんかないのだが、大木の真剣な顔をみていると、昨夜のわけのわからない胸騒ぎが蘇ってくるのだ。

「夜中に帰ってこられる音を聞いたものですから」

ようやく彼女はそれだけいえた。大木は、「そう……」と答えたが息をのんだような表情は変わらない。気圧されたように菜穂子はうつむいた。

「眠れなくてね」とやがて彼はやや固い口調でいった。「夜中にちょっと散歩に出たんだよ」

「そうですか」と菜穂子。気まずい空気が流れた。

大木は自分の洗面具を手にとると、「それじゃ」といって廊下を歩いていった。まるで逃げるような足どりだった。

彼の姿が見えなくなってから、真琴が菜穂子のそばにやってきた。「へんだね」

「そうね」

「何かあるのかな?」

「うん……」

菜穂子もうなずいて、彼が残していった洗面器いっぱいの湯を見つめていた。

スクランブル・エッグ、ベーコン、グリーンサラダ、パンプキンスープ、クロワッサン、オレンジジュース、コーヒー――以上がこの朝のメニューだった。彼女たちと一緒に食事をしているのは、ドクター夫妻と上条だ。江波と大木はもうすでに済ませて、でかけていったらしい。高瀬が時々現われては、クロワッサンとコーヒーの補充をしていった。

「ゆうべはよく眠れたかしら？」

隣りのテーブルから夫人が話しかけてきた。化粧をしていない彼女の顔は、まるで下町の町内会のおばさんといった雰囲気を持っている。

「眠れました」

真琴が答える。菜穂子は黙っていた。

「大したものだ、あの部屋で眠れるとはね。やっぱり若さだな」

指先でちぎったクロワッサンを口に運びながらドクターは妙な感心のしかたをした。うまく話のきっかけができた、と菜穂子は思った。兄の事件について常連客にいろいろと質問したいのだが、唐突にきりだすのも変に思われそうだからだ。

「去年の自殺騒ぎの時、ドクターはどうしておられたのですか？」

ちょっと世間話、という調子で訊いたつもりだが、声が少し上ずった。だが不自然にはとられなかったようだ。ドクターは口をもぐもぐさせて頷き、そして細い喉を動かしてクロワッサンをのみこんだ。

「どうしていたもなにも、検視に立ち会ったくらいだよ。こんな場所だからね、たまたま客の中に医者がいて助かったという顔を刑事たちはしておったよ」

「格好よかったですよ」

上条が横からひやかした。「刑事ドラマのようでした」

「そうよ、刑事に指示したりして」と夫人。

「指示なんかしていないよ。診た結果を話しただけだ」

「自殺というのはドクターの判断ですか?」

いい質問だと菜穂子は真琴の横顔を見た。ドクターは苦い水を口に含んだような顔をして首を二、三度横にふった。

「わからない、というのが正直で客観的な意見だったね。死体のそばには毒物が置いてあって、それを飲んで死んだことは明らかだった。しかしそれだけだ。自分の意思で飲んだのか、誰かに飲まされたのか、それとも何かの薬と間違えて飲んだのかまで判定する材料はそこにはなかった。動かず喋らない死体、存在するのはそれだけだった」

「詩的だ」

　上条はコーヒー・カップを掲げた。菜穂子は彼のほうにちらりと目をやったあと、無視するようにドクターのほうに顔を戻した。

「じゃあ自殺というのは警察の判断なのですね？」

「もちろんだよ。ただ個人的意見として事故や他殺のセンは薄いだろうとは述べたがね。薬と間違えて毒物を飲んだというのは考えにくいし、初対面の人間を殺すような狂人が我々の中にいるとも思えなかったからね」

「意見というより希望に聞こえますがね」

　上条のこういう受け答えには慣れているのか、ドクターは不快な顔もせずに彼に言った。

「希望だよ。信じているといってもいいね。もっとも、君の言うとおり警察は我々の希望を捜査ノートに記録するほど甘くはなかったがね。決め手になったのは現場の状況と、ホトケさんに関する何種類かの情報だった。状況というのは部屋の鍵のこと……」

「内側から鍵がかかっていたのよ」

　亭主にばかり喋らせるのはシャクだと思ったのか、夫人が言葉をひったくるようにして口を出した。

「それにマスター・キーはそう簡単には持ち出せないの。もし他殺なら密室殺人ということになるわね」

まるでそれが自分の自慢話のように夫人は目を輝かせた。

彼女の口が閉じるタイミングをはかったという感じでドクターは話を再開した。

「警察は関係者の話をいろいろと聞いてまわっていたようだが、結局部屋に鍵をかけたのはホトケさん自身と考えざるをえなかったようだね。それから彼に関する情報だが、かなりノイローゼ気味だったという話だった。だから自殺する動機はあったわけで、警察としてもカタをつけるふんぎりがついたのじゃないだろうか」

「ドクターの目から見てどうでしたか？」

つい菜穂子の声はリキんで大きくなった。それを自覚して今度は意識的に小声で続ける。「つまり、その人はノイローゼっぽかったですか？」

彼女の言い方が面白かったからか、ドクターはようやく、いつもの穏やかな表情をのぞかせた。

「医者の目から見てもふつうだったと記憶しているね。警察からその話を聞かされて意外に思ったくらいだよ。少なくとも私の見た限りではノイローゼっぽくはなかった」

「あたしもそう思ったわ」

夫人が言った。「いい青年だったのよ。あたしとトランプもしてくれたわ。あまり上手ではなかったけれど」

「ノイローゼ説に同意したのは、たしか大木君一人ですよ。僕も、いい青年だったという夫人の意見に賛成です」

なんでもないことのように上条はいったが、この話は菜穂子の心にひっかかった。

「大木さんはその人のことをノイローゼだと主張されたんですか？」

「主張というほどでもありませんがね。その人はなかなか頭の切れる人で、博識ぶりを披露（ひろう）したりして皆から感心されたりしていましたから、肉体派の大木君としては面白くなかったんでしょう。彼はなかなか自己顕示欲の強い性格ですからね。それでノイローゼ説に同意することで、その人のイメージ・ダウンを狙ったんだと思いますよ」

「………」

そうだろうか、と菜穂子は考えていた。大木がそんなことをいったのには何かほかの狙いがあったのではないか？

彼女が黙りこんでしまったので、その場をとりつくろうように、「まあ、旅先ではいろいろなことが起こるものですね」と真琴が言った。「楽しいことだけならいいんですが」

「ほんとに」

と夫人はスープの残りをすすった。彼女のスープはずいぶん冷めたのではないかと菜穂子は心配したが、夫人はうまそうに飲みほしたあと、「ところで今日はどこへ行くつもりなの？　ちょっと足を伸ばせば、スケートだってできるんだけど」と訊いてきた。

真琴がまだ決めていないというと、黙ってコーヒーを飲んでいた上条が、たった今思いだしたというような顔を作って、

「そういえば昨夜は大木君がはりきっていましたよ。今日はお二人を案内するつもりだとか言っててね。彼はご覧のとおり、積極派だから」

と言った。

真琴が菜穂子の横で首をすくめた。「本当に積極派だ」

「皆さんはどうなさるおつもりなんですか？」

菜穂子はドクター夫妻に訊いたつもりだったが、答えたのは上条だった。

「まずはチェスの決着をつけなけりゃいけない」

「チェス？」

「ドクターとの勝負ですよ。まだついていない」

菜穂子は驚いてドクターの顔を見た。

「ゆうべの勝負はどうなったのですか?」

ドクターは目尻の下がった片目をつぶった。「あれは単なるワン・ゲームだよ」

「一回勝ったぐらいじゃあきらめてもらえないんです」

上条はうんざりした声を出した。「あと十九回勝たなきゃいけない」


朝食後、二人は宿のまわりを散歩した。宿の前から林に向かって、クネクネと遊歩道が続いている。昨夜のうちにまた雪が降ったのか、遊歩道には十センチほどの新雪が積もっていた。スノー・ブーツで踏みつけると、プリプリと軽い音がした。彼女たちの前方に足跡がないところを見ると、江波や大木に会うことはないようだ。

「どう思う?」

つまさきで雪を蹴りながら、真琴が訊いた。

「どうって?」

菜穂子が問い返すと、真琴はちょっと言いにくそうに頭に手をやった。

「兄さんのことだよ。ドクターたちの話では、ノイローゼには見えなかったってことだけど」

「そうねえ」

菜穂子はジャケットのポケットに手をつっこんだ姿勢のまま、しばらく黙って足を運んだ。時折り雪のかたまりを踏みつぶす感触が足の裏にあって、思考を中断させた。

「その印象を信じたいと思うわ。兄さんは自殺したんじゃないという、あたしの考えを裏付けるものだから。それに、死ぬ時までノイローゼだなんて、なんだかかわいそうだもの」

真琴は何も言わなかった。だいぶ経ってから、「納得」と独り言を漏らすみたいにしてつぶやいた。

「ただ気になるのは大木氏のことね。彼だけが兄さんのことをノイローゼだと言ったってことがひっかかるわ。そういうふうに言うことによって、自殺説をより確実なものにしようとしたとは考えられないかしら」

「彼が公一さんを殺したっていうわけ?」

「断言はしないけど……でもあの人は何か妙なところがあるわ。ゆうべのことだってそうよ。あんな夜中に散歩だなんておかしいと思わない? それにさっきから考えていることなんだけど、大木氏が部屋に帰ってきたのはあたしがベッドに入ってからだったでしょう? ということはあたしがカウンターに隠れていた時に裏口から入ってきたのは、彼とは別の人間ということになるわ。ということは……」

「大木氏は一人ではなかった、ということになるね」

「平然といわないでよ」

菜穂子はちょっと膨(ふく)れてみせた。

遊歩道は宿の前からつながっている車道に並行して伸びている。二百メートルばかり歩けば、メイン・ストリートに出ることができる。メイン・ストリートといっても大したことはない。上れば、どんどん細くなって登山道につながるだけだし、下れば、例の馬小屋みたいな駅に行きつくだけだった。

メイン・ストリートに出る少し手前で二人はひっかえした。どこまでいっても同じ景色だ。雪、白樺、そして林の間から漏れる朝の光。そして口笛を吹いているような小鳥の鳴き声が、つかず離れず聞こえてきていた。

半分ぐらいまで戻った所で、高瀬が運転するワンボックス・ワゴンと出会った。彼は慎重に車を止めてから、窓ガラスをあけた。

「お客さんを迎えに行くんです」

と彼は言った。「四人みえます。これで全ての部屋が埋まりますよ」

「どういう人が来るんですか?」

真琴が訊いた。

「ご夫婦がお泊まりになります。『ガチョウと足長じいさん』という部屋です。あとのおふたりは男性です。スキーヤーですよ」

「部屋は？」

「『旅立ち』の部屋です」

そう言って高瀬は再びアクセルを踏んだ。ワンボックス・ワゴンは鈍重そうだが、それでも確実に道を踏みしめて進んでいった。

菜穂子と真琴は遊歩道を出たあと、きのうと同じように宿の裏にまわった。こちらのほうには何人かの足跡が残っている。だが二人ともそれについて感想は漏らさなかった。

石橋は相変わらず壊れたまま、そこにじっとしていた。間が崩れ落ちた石橋は、巨大な龍の親子が首を付き合わせているように菜穂子には見えた。首を付き合わせて、何か内緒話をしている——そんなふうに見えた。

「気がつかなかったな」

東のほうを見て真琴が言った。菜穂子もつられて顔を向けた。

「あんな近くに山が迫っている」

「そうね」

それほど高い山ではない。同じような格好をした山が、東に二つ並んで立っている。

太陽はそのほぼ中間に浮かんでいた。

「ラクダの背中みたいだ」

真琴が感想を述べた。菜穂子も同意した。

菜穂子はおそるおそる崖の縁に立って谷底を見下ろした。朝日を受けた石橋の影が、谷底を這っている。影のほうの龍の親子は、少し鼻先を近づけていた。

もう一歩足を踏みだすと身体が震えてしまいそうだったので菜穂子は引き返した。高い所は苦手。高くて寒いのはもっと苦手だった。

真琴は石橋の根っこのところにしゃがみこんで、橋の下をのぞきこんでいた。菜穂子が近寄っていくと、彼女は石橋の裏側を指さした。

「何だろうね、これ」

真琴の肩越しに菜穂子ものぞきこんでみた。橋の下には太い材木が隠すように置いてあった。真琴は足元に気をつけながら身を乗りだすと、その材木を引っ張り出し始めた。かなり重量のあるものらしいということは、彼女の力の入れようでわかった。

出てきたのは長さ二メートルぐらいの角材だった。角材といっても厚さ約五センチ、幅が四十センチぐらいだから板といってもいいようなものだ。木の材質など菜穂子には判別できなかったが、わりに新しいものだということは彼女にもわかった。

「何に使うものなのかな」

真琴は右の拳でその板を軽く叩いた。乾いた音がした。

「家具や調度品をつくる材料じゃないかしら。この宿は手づくりのそういったものが多いでしょう？」

菜穂子が言うと真琴は首をひねりながら、「そうかもしれない」とつぶやいた。そしてそれをまた元のとおりに橋の下に押しこんだ。

宿に帰ると、ラウンジではやはりドクターが上条にチェスの相手をさせていた。夫人の姿は見えない。暖炉の前で新聞を読んでいたマスターが、「おかえりなさい」と二人に声をかけた。

冷たい廊下を歩いて部屋にむかう。ドアの前に立った時、真琴は唇を奥のほうに向けてつきだした。

「あっちのほうに行ってみようか。まだ一度も行ってないだろ」

二人が行ったのは『ロンドン・ブリッジとオールド・マザー・グース』の部屋だけだ。その他は見取り図で知っているだけにすぎない。菜穂子も賛成した。

廊下の一番手前は『旅立ち』と称されている部屋である。その向こうが『セント・ポール』の部屋、ここには大木がはいっている。次が菜穂子たちの『ハンプティ・ダンプティ』の部屋。そしてさらにその次が、『ガチョウと足長じいさん』という部屋である。ドアのところの札には、“Goosey and Old father Long-Legs”と記してあった。ここが『ロンドン・ブリッジ――』と同様二階建てだということは菜穂子たちも知っていた。

『ガチョウ――』の部屋の向こうは『ミル』の部屋だった。風車、という意味である。上条がここに泊まっているということだった。

「風が吹けば風車は回り、風がやめば風車は止まる、と上条氏は言ってたわね」

思いだして菜穂子が言った。たしかに覚えやすい唄だ。

「ずいぶんあたりまえのことを唄にするんだな」

「それもマザー・グースの特徴なのよ、きっと」

二人は『ミル』の部屋を通りすぎた。

その先は廊下が左に折れ曲がっているのだが、その手前に――つまり『ミル』の部屋の向こう側に――四メートル四方ぐらいのスペースがあった。そこには黒光りした、いかにも年代物といった丸テーブルが置いてあり、壁には油絵の具をでたらめに塗りたくったような抽象画がかけられてあった。

「菜穂子、これ」

壁際に置いてある棚を見ていた真琴に呼ばれて菜穂子も歩み寄った。真琴は何かボウリングのピンのようなものを手に持っていた。よく見るとそれは木彫りの人形のようで、大きさはちょうど一リットルサイズのコーラ瓶ぐらいだった。

「マリアだよ」

「え？」

それが何を意味するのか咄嗟に菜穂子の脳裏に響いてこなかった。マリア……いつ帰る？……兄のハガキ……。

「ちょっと見せて」

菜穂子はそれを手にとった。経過した年月を含んだように、ずっしりと重い。頭からすっぽりと布をかぶったような格好に彫られた人形は、両手で赤ん坊を抱えていた。

「マリアね、間違いないわ」

「公一さんのハガキに出てきたマリアというのは、これのことなのかな？」

「さあ……」

菜穂子はもう一度じっくりとそのマリア像を眺めた。おだやかな表情に仕上がっている。素人細工だとしたら、なかなかの腕前だと菜穂子は思った。だがそのうちに、このマリアにはひとつだけ奇妙な部分があることに気づいた。それは世界中のどのマリア像と比較してみても絶対におかしいことだった。

菜穂子は言った。

「このマリア……角があるわね」

「えっまさか」

マリアと角という組み合わせがあまりに突飛なせいか、真琴は気づかなかったようだ。

菜穂子は像を彼女のほうに向けた。

「この額のところよ。小さな突起があるでしょう？　これは角じゃないかしら」

「そんな……角のあるマリアなんて聞いたことがない……」

それでも真琴の言葉がここで途切れてしまったのは、自分にもその突起物に対するはっきりした説明がつかなかったからだろう。指先でその部分を撫でながら首を傾げた。

「よくわからないけど、飾りみたいなものじゃないのかな。いくらなんでも角はおかしいよ」

「そりゃあそうだけど」

菜穂子は再びマリアを自分のほうに向けた。額の上に米粒ぐらいの大きさの突起が出ている。こんな飾りがあるだろうか？　だがこれ以上議論したところで納得のいく答えが出るとも思えなかった。「気になるな」とつぶやきながら、彼女はそれを棚の上に戻した。

廊下を左に曲がると最後の部屋がある。渋い茶色の木製ドアには、“Jack and Jill”と書いた札がかかっていた。

「『ジャックとジル』か」

「ここは江波氏の部屋だな」

こういうことは、真琴はいつのまにかちゃんと調べているのだった。


高瀬が新しい客を連れて帰ってきたのは、菜穂子と真琴が部屋に戻って見取り図を眺めている時だった。彼が描いてくれた図が極めて正確だということを確認し、そして感心している頃にラウンジのほうからにぎやかな話し声が聞こえてきたのだ。そして、それから十分ぐらいたってから、「すいません」という高瀬の声とともにノックの音がした。真琴が立っていって鍵を外した。

「今夜はちょっとしたパーティをやるものですから、よかったら是非参加していただけませんか？」

高瀬はやや眩しそうに二人の顔を見ながら言った。

「いつものメンバーがそろったものですからね。恒例なんですよ。それに大木さんが明日の朝早くここを出られるものですから、今夜でないと拙いんです」

「大木さんが？」

菜穂子が問い直した。「そんなこと言ってなかったみたいだったけど」

「予定ではもう少しいるみたいなことを言ってたんですがね、突然なんですよ」

大木の予定変更については高瀬も戸惑っているようすだった。

パーティの参加を承諾したあと、二人は高瀬に近くのスキー場まで運んでいってもらえるように話をつけた。東京の両親への手前、ゲレンデに立っている写真を一枚ぐらいとっておこうということになったのだった。

スキー場に向かうワンボックス・ワゴンの中での会話。

「何か収穫はありましたか？」

ハンドルを握り、目は前方に向けたまま高瀬は尋ねてきた。腫れ物に触るような喋り方だと菜穂子は思った。後部シートに座っている彼女には彼の表情までは見えない。

「さあ」

と真琴が答えている。「いろいろな話は聞きましたけど、どれが収穫といえるのかどうかまではわからないというところですね。もしかしたら無意味なことばかりしているのかもしれない」

「マザー・グースの呪文については何かわかったのですか？」

昨夜突然見取り図を描かされたものだから、彼としても気にかかっているようだった。

「いえ、まだなにも」

「そうですか」

そうだろうな、という響きがその言葉にはこめられていた。過ぎ去った自殺事件について未練がましく嗅ぎまわっている探偵気取りの女子大生のことを、この純朴そうな青年はどんなふうに見ていることだろう——だが菜穂子はそれは考えないことにした。

「高瀬さんは『まざあ・ぐうす』で働き始めて、何年になるんですか？」

ふと思いついて菜穂子が訊いてみた。彼はしばらく間をおいたあと、「二年ですね」と言った。間があいたのは年数を勘定していたのだろうと菜穂子は解釈した。

「ずっと宿で生活しているんですか？」

「まあ、ほとんどそうですね」

「ほとんどっていうと？」

「たまに静岡のほうに行くことがあります。お袋が大学の寮で飯炊きをやっているんです。でもめったに行きませんけどね」

「ご実家はどちらなんですか？」

「前は東京にいました。でもお袋以外に身内がいないものですから、実家なんてない、ということになりますね」

高瀬の年齢から察すると、高校を出て二年目ぐらいに『まざあ・ぐうす』に来たのだろう。そしてそれまでの二年間も、遊んでいたわけではないはずだ。それでも悪びれずに自分の経歴を淡々と語る彼に、菜穂子は今までとは違った一面を見せられた気がした。

「二年前というと転落事故のあった頃ですね」

真琴が言う。高瀬はまた間をおいて、「そうですね」と小声で答えた。

「事故の時、高瀬さんはもう働いておられたのですか？」

「いえ……」

車体が大きく左にカーブして菜穂子は右のドアに身体を押しつけられた。左からは真琴の身体が寄ってきた。高瀬は「すみません」とあやまった。

「僕が働き始めたのは、事故からだいぶんあとのはずです。二カ月ぐらい経っていたんじゃなかったかな……」

「そうですか……」

菜穂子は真琴の横顔を見た。何か考え事をする時の癖で、彼女は下唇をかんでいた。

ワンボックス・ワゴンが到着したのは、緩い斜面を昇っていくリフトの出発点付近だった。道路の左にはリフト乗り場があって、十数名ぐらいスキーヤーが列をつくっている。右側は駐車場で、数十台ぐらいの収容能力はありそうだった。

「じゃあ五時ぐらいにここへ迎えに来ますから」

高瀬はそう言って車をUターンさせていった。その四角い車の後ろを見送りながら、真琴は何か言いたそうにしていた。だが菜穂子が訊いてみても、「いや、別に」としか答えないのだった。

近くの売店でスキーの道具を借りると、二人はリフトに乗ってゲレンデを昇っていった。家を出る時は親の目があるので自分のスキーを担いで出たのだが、荷物になるという理由でこっちへくる前に真琴のアパートに置いてきたのだった。

リフトの上から菜穂子は、カラフルなスキーウェア姿がまるでビー玉をころがしたみたいに散り散りにすべっていくのを見た。スキーを始めたのは大学に入ってからだが、すぐに虜(とりこ)になって、毎年五、六回は雪山に足を向けている。いつもなら浮き浮きした気分でこういった景色をながめているはずだった。

菜穂子が持参してきたポケットカメラでお互いの滑走ぶりを三枚ずつ撮りあい、メイン・ゲレンデの下のほうにあるロッジの前で、学生ふうの男に二人並んだ写真を撮ってもらった。その男はカメラを菜穂子に返す時に何か声をかけたそうにしていたが、真琴のほうをちらっと見て結局何も言ってこなかった。彼女が男か女か、つまり菜穂子の恋人かどうか判断がつかなかったのかもしれない。真琴はサングラスをかけていたし、体格の事情からスキーウェアは男物だった。

そのロッジの中にある喫茶店でビールを飲みながら軽い食事をして一時間近くつぶし、二時間ぐらい滑ってからまた別の喫茶店でコーヒーを飲んだ。そしてそれからさらに二時間ほど滑ったら、ちょうどいい時刻になった。

「たっぷり滑れましたか？」

二人が車に乗りこむ時に高瀬が訊いた。「まあまあです」と真琴が答える。訊くほうも答えるほうも感情のこもっていない会話だった。

3

パーティは六時から始められた。シェフ自慢の料理がすべてのテーブルに並べられ、椅子は壁際に移動されて、立食パーティの形となった。シャンパンで乾杯したあと、ワインの栓も次次に抜かれた。

今日着いたばかりという芝浦夫妻に菜穂子たちが会ったのは、この時が初めてだった。

亭主の芝浦時雄(ときお)は年齢が三十半ばぐらい、腰の低い話し方をする人の良さそうな男で、丸枠の、顔に比べてやや小さめの眼鏡を鼻の上にのせていた。妻の佐紀子(さきこ)は細面で美人だが無口な女だ。終始時雄の陰に隠れて自分から会話に加わろうとしない。だが笑顔を絶やすことはないので陰気な印象を受けることはなかった。結婚して五年目だということを、菜穂子は彼等の話の中から悟った。

職業は眼鏡の卸売りだと芝浦は言った。工場で出来たものを小売店に持っていくのだそうだ。「身入りの薄い仕事ですよ」と彼は眼鏡の奥の小さな目をほそめた。

芝浦夫妻のほかに今日着いたのは、二人の若いサラリーマンだった。二人はさりげなく近寄ってきたつもりのようだが、先刻からずっと菜穂子がひとりになるのを待ち構えていたことを彼女は目の端で捉えていた。真琴は少し離れた所でマスターと話をしていた。

「東京からですか?」

ありふれた話しかけかたをしてきたのは、四角い顔をしたほうの男だった。そして彼の横で品定めするような目で菜穂子をみている男は細長い顔をしており、目も眉も細く、唇も薄かった。どちらも菜穂子のタイプではなかった。彼女が一言答えると、二人は競うようにして自己紹介を始めた。それによると四角い顔のほうが中村(なかむら)といい、細長いほうは古川(ふるかわ)という名字のようだった。

二人とも会社に入ってまだ二、三年という感じで、社会人らしいところは見られなかった。それでも一人前の男だという点を強調したいのか、菜穂子にはしきりに会社の話をしてきた。何の会社でどんな仕事をしているのかも記憶に残らない、それぐらい面白くない話だった。

「学生時代から山スキーをやっているんですよ」

ようやく話題を変えたのは古川だった。「ゲレンデではなく天然の斜面を求めて毎年やってくるんです。昨今のゲレンデなんて新宿の延長みたいなものですからね」

何のことはない。自慢話に変わっただけだった。こういう男にロクなのはいないということを、菜穂子は高校生の頃から知っていた。教師のくせに生徒に手を出して妊娠までさせた男がこういう男だったのだ。そういえばあの教師は、その後どうなっただろう?

「中村さんも古川さんもダメよ、この人は」

さっきから料理運びに忙しく動き回っていたクルミが、ようやくエプロンをはずして仲間に入ってきた。「この人には恋人がいるんだから」

「えっ、だけど女なんだろ」

中村が口をとがらせて真琴のほうを見た。「おんな」と言った時の口調で、この男も大したことはないと菜穂子は見抜いた。馬鹿にした調子だったのだ。

「問題は魅力よ」

そう言ってクルミは菜穂子の肩を抱くようにしてカウンターのところへ連れていった。後ろで中村たちがどんな顔をしているのかはわからなかったが、想像すると楽しかった。クルミは菜穂子の耳もとで、「あの二人には気をつけたほうがいいわよ」とささやいた。

「あたしも彼らにはずいぶん誘われたんだから」

椅子に座り、菜穂子の分の水割りをつくりながら彼女はクスッと笑った。

「クルミさん、恋人はいないんですか？」

彼女は肩をすくめておどけてみせた。「真琴さんみたいな人がいればいいんだけど、できれば男性で」

菜穂子は笑った。

彼女とクルミがカウンター席に座っているのを見つけると、今度は大木がやってきた。

「若いのはずうずうしくて嫌だね」というのが彼の第一声だった。中村と古川のことを言っているつもりらしい。そのくせ自分は当然のような顔をして菜穂子の隣りに腰を下ろしているのだ。

「明日の朝帰ることになったんですよ。お会いできて喜んでいたのですが、仕事とあれば仕方がない。宮仕えのつらいところです」

「気をつけて」

クルミが水割りのグラスを持ちあげた。ありがとう、と彼は菜穂子の顔越しに答えた。

菜穂子は内心焦っていた。大木は今のところ最も不審な男である。このまま去られてはせっかくここまでやって来た意味がないのだ。しかし、だからといってひきとめる理由もないし、今すぐにシロかクロかを判定する妙案もないのだった。

彼女がそんなふうに思案していると、それを見てどう解釈したのか、大木は耳もとでささやいてきた。

「あとで連絡先を教えてもらえるかな。東京でまた会おうじゃないか」

菜穂子は彼の顔を見返した。通常なら絶対に無視する場面である。だが彼との糸を切らないためには首をたてにふるしかなかった。

彼は満足そうに口元をゆるめた。

「さて、じゃあ僕は一人で酔いをさましてくるとするかな」

大木は椅子から下りると、やや頼りない足取りで出入口のほうに歩いていった。横でクルミが、「あれもダメ」とつぶやいた。

九時を過ぎた頃からパーティはゲーム大会に変わった。ドクターと上条は例によってチェスの第何回戦かをやっているし、夫人とクルミはバック・ギャモンをしている。そしてポーカーはシェフ、マスター、芝浦夫妻、高瀬に珍しく江波が加わっていた。

菜穂子は真琴のビールの相手をしながら、バック・ギャモンを観戦していた。中村と古川は明日の準備があるからと、早々に部屋に戻っていった。

「チェック」

上条が呟ばらいでもするような軽い調子で言った。ポーカー・テーブルのほうでシェフが笑いを咬み殺した。

「一度ドクターが景気よくチェックをかける声を聞きたいものだ」

ドクターがむっとした顔を向けた。

「王手をかけたからといって勝つものじゃあない。楽しみは後にとっておく主義でね」

「でもチェックをかけなきゃチェック・メイトにはなりませんよ」

「だから王手は一度でいい。その一度をどこで仕掛けるか、それを考えているんだよ。だいいち君は人のことをかまっている余裕があるのかね？　さっきから見ているとチップが一向に増えていないようだが」

「増えていませんがね、減ってもいませんよ。その点ドクターの駒の数はずいぶん寂しくなっているようですが」

「なあにこれからさ。上条君は定跡を無視した打ち方をするんで、ちょっと戸惑っているだけだよ。これが大木君ぐらいの正統派だとやりやすいんだが」

「彼は初心者ですよ」

そういってシェフはカードを投げ出した。

「おりた」

バック・ギャモンをしている夫人は先程からのやりとりを楽しそうに聞いていた。おそらくこういう憎まれ口を叩きあうこともドクターの楽しみのひとつと心得ているのだろうと菜穂子は思った。

「ところでその大木さんはどうしたのかな？　さっき外に出ていったようだけど、まだ帰ってきていないのかな？」

カードを持つ手を止めて、マスターは皆の意見を聞くように首を回した。

「そういえば遅いですね」

高瀬も心配そうに鳩時計に目をやった。「まだ帰ってきていないはずですよ。僕はさっきからずっとこの席にいるんですから」

高瀬の席は出入口に一番近いところだった。外から帰ってきたとすれば必ずこのラウンジの横、つまり高瀬のすぐ横を通らなければ自分の部屋に戻れないはずだった。

「ヤバイな」

マスターはカードをおいた。「どこかで酔いつぶれているのかもしれない」

「彼は酒豪だぜ」

シェフが言ったがマスターの不安気な顔つきは変わらなかった。

「だからこわいんだ。酒は油断大敵だよ。高瀬君、ちょっと探しにいこう」

はい、と高瀬もカードをおいて立ち上がった。メンバーが二人も抜けるので、シェフはあわてたようすだ。

「大丈夫と思うけどな。そのうちに帰ってくるんじゃないか」

「大丈夫でなきゃ困るよ」

マスターと高瀬は防寒服を着て出ていった。

二人を見送ったあと、芝浦がおそるおそるといった調子で口を開いた。

「あのう……大木さんは何しに外へ行かれたんですか？」

「酔いをさましに……って言ってました」

クルミがふりかえって答えた。

「そうですか……それは心配ですね」

「最後の夜だから、羽目をはずしすぎたのかもしれませんね」

淡々とした口ぶりで江波が言った。ふだんあまり喋らない者が口をはさむと、なんだか妙な説得力があって、つられて何人かが首を縦に動かした。

皆がさすがに無口になりだしたのは、マスターたちが出ていってから三十分ほどたってからだった。カードをシャッフルする音も、上条のチェックの声もなくなった。全員鳩時計をにらんで、ただそこに黙って座っていた。

入口の戸が開く音に最初に反応したのは誰だったただろう。とにかくマスターが全身雪だらけで部屋に入ってきた時には、全員が椅子から立ち上がっていた。

「見つかったかね？」

最初に訊いたのはドクターだった。相手が医者なので無視するわけにもいかないと思ったからかどうか、マスターは顔をあげると口をもごもごと動かしかけた。だが結局何も言わなかった。言えなかったのかもしれない。青白い顔に目だけを血ばしらせて、皆をぐるりと見ただけだった。そして視線をそらせると一直線にカウンターに向かった。カウンターに歩み寄り、電話の受話器を取り上げた。ボタンを押す回数は三回、そのことが皆を更に緊張させた。

マスターが話し始めるのと高瀬が入ってきたのがほぼ同時だった。ある者は高瀬を見、そしてある者はマスターの声に神経を集中させた。

マスターは喋り始めた。汗が出ているわけでもないのにタオルで額をぬぐっている。なんとか冷静に事実を伝えようとしているのが誰の目にもあきらかで、そして言葉からも伝わってきた。

「あっもしもし、警察ですか。こちら『まざあ・ぐうす』というペンションです。ええ、あの道を入ったところの……。事故です、事故が起きました。……転落事故です。……被害者は一人です。……はい……はい。そうです。死亡していると思います」

第四章　こわれた石橋

1

真っ暗で、しかも雪の降る夜だというのに、マスターが連絡してから二十数分後には一台目のパトカーが到着した。そしてその直後に救急車のサイレンも聞こえてきて、さらに何分か後には複数台のパトカーが宿の駐車場をいっぱいにした。

菜穂子をはじめ客たちは、何かから取り残されたようにラウンジで待たされていた。パトライトの点滅は窓を通して見えるし、大勢の屈強な男たちが宿のまわりを精力的に動き回っているようすも摑めるのだが、外で何が行なわれ、どういう具合に展開しているのかは客たちにはまったくわからないのだった。事故の概要についてもほとんど知らなかった。一番よく知っているマスターと高瀬は、外に出て警察の協力をしているからだ。

外の騒ぎで目が覚めたのか、そのころになってようやく中村と古川が起きてきた。二人ともパジャマの上にスポーツウェアを羽織った格好だった。

「何かあったんですか？」

中村が頭をかきながら、ささやくような声で芝浦に尋ねている。大勢の中から芝浦を選んだのは、おそらく彼が一番訊きやすい雰囲気を持っていたせいだろうと菜穂子は推測した。それほど全員の顔つきは緊張で強ばっている。

芝浦は一、二度まわりを見、丸眼鏡を指でおしあげたあと低い声で、「事故があったんですよ」と言った。

「事故？　交通事故ですか？」

中村も声を落としている。事故と聞いて交通事故を発想するのは、都会生活の影響だろう。芝浦は首をふった。

「転落事故ですよ。大木さんが裏の崖から落ちたらしいんです」

「大木さんが」

中村と古川は顔を見合わせた。それは、こういう時にはどんな顔をすればいいのか戸惑っているように菜穂子には見えた。古川のほうが芝浦に尋ねる。

「それで、今何をしているんですか？」

「さあ……」

それはここにいる誰にもわからないのだった。気まずい雰囲気を察してか、二人はそれ以上は尋ねずに隅のほうの長椅子に並んで腰かけた。重苦しい雰囲気ではあるが、一刻も早く自分たちも溶け込まなくてはといった感じの座り方だった。

小一時間ほど経ってから、入口の戸が開いてマスターが帰ってきた。彼の後ろには数人の男がついてきており、そのうち何人かは高瀬の案内で部屋のほうに行き、二人の男がマスターと一緒にラウンジに残った。一方は太った中年の小男で、酒をのんだように赤い顔をしている。もう一方は頭を五分刈りにした、体格のいい若い男だった。どちらも菜穂子の目から見て人相がいいとはいえなかった。

「ここでパーティをしていたわけですね」

小男のほうが右手をズボンのポケットにつっこんだまま確認した。かん高い声がなんとなく菜穂子の予想外だった。マスターは腕組みした格好で頷く。

「そうです」

「パーティは何時から始まっていたのですか？」

「六時頃から始めました」

「参加者は？」

「ここにいる全員です」

するとと小男は下唇を突き出し、人さし指を小さくふった。そして今度は親指を立てるとそれを玄関の外に向けた。「ここにいる全員と大木さん……ですな」

マスターはまばたきしながら二、三度頷いた。

「そうです、大木さんもです」

「正確にお願いしますよ」

「すいません」

マスターはうんざりしたような顔を見せた。先刻からずっと、この刑事のこういう話し方につきあわされているのかもしれない。

「大木さんは何時頃ここを出ていかれましたか？」

マスターは答える代わりに皆の顔を見まわした。やがてクルミと目が合ったようだ。彼女は答えた。

「七時半頃だったと思います」

そして彼女は確認するように菜穂子のほうに首を曲げた。だいたいそのぐらいの時刻だったという記憶がある。菜穂子も小さく頷いた。

「何と言って出ていかれたのですかな？」

小男はクルミと菜穂子の顔を見較べた。

「酔いをさましてくると言ってです」

クルミが答えた。

「ふむ、かなり酔っておられるようでしたか？」

「さあ……」

クルミは菜穂子を見た。「どうだったかしら？」

「あたしはそうでもなかったと思います」

菜穂子はきっぱりとした口調で言った。あの時の大木は、酔っている顔つきではなかった。どちらかというと冷めた目をしていた。

「するとほろ酔い気分で、ちょっと頭を冷やしに、というところだったのですかね？」

「そうですね……」

そうとしか言えなかった。

「大木さんはひとりで外に出ていかれたんですかな？」

これにはマスターが返答した。「そのはずです」

「大木さんと一緒でなくとも、そのあと外に出られた方はおられませんかな？」

この質問はラウンジの客全員に投げかけられた。客たちは首を動かさず、目だけでお互いの様子をさぐりあった。だが、名乗りでるものは誰もいなかった。

この沈黙をマスターがフォローした。

「八時頃からゲームが始まったのです。ポーカーだとかチェスだとか……。だから外に出るようなことはなかったはずです」

そしてマスターは誰が何のゲームに参加していたかを詳しく説明した。八時半頃に中村と古川が部屋にもどったという話や、菜穂子と真琴は夫人とクルミのバック・ギャモンを見ていたという説明も正確だった。

「なるほどねえ」

小男の刑事はマスターの話にはあまり興味がないような素振りで、その丸い顎をこすっていた。そして若いほうの刑事に何か耳うちすると、マスターに軽く手をあげてから宿を出ていった。

「どこから落ちたんですか?」

刑事の姿が見えなくなるのを待ちかねて真琴がきりだした。皆の視線はマスターに集中している。

「石橋の上からのようです」

彼は疲れた目を真琴に向けた。「なぜあんなところに行ったのか……」

「やはりあの橋は危険なんですね」

遠慮がちに江波が言った。「あそこから人が落ちたのは二度目でしょう。取り壊したほうがいいのかもしれない」

「それでこれからどうするつもりだい、マスター？　我々はいつまでこの場所に監禁されてなきゃいけないんだ？」

シェフが訊いたが、自分のためというよりも客の心理を代弁したという感が強かった。だからマスターも彼のほうではなく、ラウンジ全体を見渡して言った。

「皆さんにはこれ以上ご迷惑をおかけしません。どうか今までどおり旅行プランを進めてください」

お願いします、と彼は頭を下げてしめくくった。彼が頭を下げなければならない理由なんかどこにもなかったのだが……。

菜穂子と真琴が部屋に戻った時には、棚の上の置き時計は十二時を示していた。宿の外は一応静かになり、パトカーもほとんどひきあげたようだった。客たちもそれぞれの部屋に帰って、ようやくほっとひと息ついた頃だろう。

二人は寝室に入るとそれぞれのベッドに身体を投げ出した。しばらく何を喋る気にもなれず、お互いの息使いだけがベッドの上を行き来した。

「どう思う？」

というのが真琴の最初の言葉だった。「どうって？」と菜穂子。

「だからさ」

少し呼吸をおいたあと、「事故かな」

菜穂子は首を曲げて真琴を見た。真琴は腕枕をした状態で真っすぐ天井を見つめている。息が少し荒い。

「事故じゃなきゃなんなの？」

「わからない。何が考えられるかな？」

「たとえば自殺」

わざと気持ちと逆のことを菜穂子は言ってみた。その気持ちを見抜いたのか、それとも最初からそんな考えは無視しているのか、真琴は沈黙したままだ。

「じゃあ……他殺？」

真琴の顔色をうかがってみる。だが彼女は二、三度まばたきしただけだ。

「宿の者は全員ラウンジにいたんだよな」

よ」
「そうだわ」
菜穂子は首だけでなく身体全体を真琴のほうに向けた。「だから他殺はありえないの
「いや全員じゃないな。中村と古川の両氏は先に部屋に戻っている。そうすると裏口か
どっかから出て……ってことも考えられなくはない」
「あの二人が大木氏を殺したっていうの？」
「考えられなくもないって言っただけだよ。まだ何もわかっちゃいないんだからね」
「じゃあ、やっぱり事故かもしれないわね」
「もちろんそうさ。それはそうだけど、大木氏のことを考えるとね、事故だとか自殺だ
とかっていうのは何かイメージが合わなくてね」
それは菜穂子も同感だった。印象からすれば大木は運動神経が鋭そうな感じだった。
その彼が、たとえ多少酔っていたにせよ足を滑らせて落ちたというのはなんとなくしっ
くりしない。また、彼のその直前までの言動を思い起こすと、自殺などという考えもず
いぶん的外れに思えるのだ。
「考えすぎなのかな」
真琴が言った。そうかもしれない、と菜穂子も思った。だが公一が死んだ事件と、

いったい何が違うというのだ。

「寝るか」

思考を中止するような調子で、真琴は身を起こした。「すべては明日になってからだ」

2

翌朝食事を知らせにくるのを待ちうけて、二人は高瀬を部屋に引っ張りこむと、昨夜の出来事について質問した。それは問い質すというよりは、ほとんど詰問調だった。

「見つけたのはマスターです」

と死体発見の状況から彼は話しはじめた。

「いくら探しても見つからないので、もしかしたらと思って谷を下りていったんです。落ちるとしたら橋の上からだろうと思ってだいたい見当をつけて歩いていたら、先にマスターが声を出したんです。僕もすぐに見てしまいました」

見てしまった、という彼の表現から死体の状況がいかに無残なものであったかが推測された。そして、その時の映像が網膜に焼きついたままなのか、話しながら高瀬は何度も顔をこすった。

「服装はどうでしたか？」

真琴が訊いた。「ラウンジにおられた時のままでしたか？」

高瀬は眉間に皺を寄せ、横目で宙を見ながら、「そうだったと思いますが……」と言いかけたが、やがて何かを思いだしたように顔を上げた。「いや、少し違ったな」

「違う？　どこが違ったのですか？」

「上着です」と高瀬は言った。「ラウンジにいた時の格好はスラックスにセーターだったと思うのですが、死体を見つけた時にはセーターの上にゴアテックスの上着を着ておられました。一瞬しか見ていないんですけど間違いありません」

菜穂子は大木が出ていった時のことを思い起こした。その時の服装……そうだ、彼は別に何も羽織らずに玄関に向かったのだ。

菜穂子がそれを話すと真琴は唸りながら腕を組んだ。

「すると大木氏はどこでその上着を着たのだろう？　菜穂子や高瀬さんの記憶に間違いがないとすれば、彼は宿の外にその上着を隠しておいて、それを羽織ったことになるけど」

「なぜ、そんなことをしたのかしら？」

「どこかに行こうとしたのじゃないですか」

高瀬が思わずといった調子で口をはさんで、それから頭をかいた。「いや、そんな気がしたものですから。ほんの思いつきです」

「とんでもない」と真琴が手をふった。「なかなかいいセンですよ。問題はどこに行くつもりだったか……ですが」

それについて菜穂子は何も思いつくことがなかったので、別の質問を投げた。

「警察はどういう判断をしているのですか？」

高瀬はテーブルの上で組んだ指先を見つめながら答えた。「どういう見解なのかは話してくれないのですが、口ぶりから察すると酔っぱらったすえの転落事故と片付けそうな気配ですが……。まあ、ゆうべは暗くて満足な調査もできなかったようですから、今日あらためて調べることで結論を出すつもりなのだろうと思います」

「事故……ね」

高瀬の言葉に失望したようにため息をつくと、真琴は菜穂子の意思を尋ねるように目線を向けてきた。だが菜穂子は、今回の出来事について自分がどういう意思を持っているのか、自分でもまだよくわかっていない状態だった。

「お二人は去年のことについて疑問を持っておられるぐらいだから、今回の事故についても何か関係があるんじゃないかというお考えなんでしょうが、今度のは他殺の可能性はないですよ」

真琴の言い方が気になったのか、高瀬はちょっとムキになったような顔をした。対照的に真琴は冷めた表情で見返す。なぜ、と言いたげだった。

「だって大木さんが落ちたと思われる時刻には、宿の人間は全員ラウンジにいたんですから。離れていて人を崖から突き落とすなんてことはできないでしょう?」

「時刻? 死亡推定時刻がはっきりしているんですか?」

菜穂子などはあまり口に出したことのない言葉だが、真琴はまるでこんなことは日常会話だというようにスムーズに口にした。高瀬は頷いた。

「正確に言うと大木さんが落ちたと思われる時刻ですが、話によるとほとんど即死だったろうということですから、死亡推定時刻と言って差し支えないと思います。大木さんは腕時計をしていらしたのですが、転落のショックでそれが壊れて止まっていたのです。それがだいたい七時四十五分を指していたそうですから、落ちたのもその時だろうというわけです」

「七時四十五分……」

昨夜の情景を思い浮かべるためか、真琴は軽く瞼(まぶた)を閉じた。「その時刻なら全員ラウンジにいたというわけか」

中村と古川は途中で皆より先に部屋に戻ったという事実がある。だがそれは八時三十分頃のことだった。つまり彼等にもアリバイが成立したわけだ。

「少しの間だけでも誰かが席をはずしたってことはなかったかしら？」

「ちょっとトイレへ、とでも言って立つわけか。うん、それはわからないな。だけど玄関を通って出るのは無理だよ。みんなの目がある」

「部屋の窓から出られるわ。トイレの窓からだって出られるかもしれない」

「なるほど、窓からか」

「でもそれはありえないと思いますよ」

菜穂子の考えに真琴が納得しかけたところで、高瀬が遠慮がちに口を挟んだ。「その場合だと長くてせいぜい数分間でしょう？　そんなわずかの時間に人殺しなんてできるものでしょうか？　相手はなにしろスポーツマンの大木さんですしね。もし何かの方法でそれができたとしても、犯人はすぐにラウンジに戻って平然とゲームや話を再開しなければならない。たった今人を殺してきた人間が、そんなふうにすぐまわりに溶け込めるものでしょうか？　必ず何か異様な雰囲気みたいなものを発散させていると思うんですよね。そして、まわりの人間はきっとそれに気づいたと思います」

そして彼は、「非科学的でしょうか？」と二人を見た。

「いいえ」

真琴が答えた。「充分に説得性のある、科学的見解だと思います」

菜穂子も同じ意見だった。

二人が黙りこんでしまったので、「あの、もういいでしょうか？」と高瀬はためらいがちに立ちあがった。「そろそろ朝食の時間ですから」

「あっ、どうもありがとう」

菜穂子はあわてて礼を述べた。真琴も軽く頭を下げる。「考えすぎるのも良くないと思いますよ」と、やや緊張気味の笑い顔をつくりながら高瀬はドアを開けて出ていった。


菜穂子と真琴が食事を終えてラウンジで雑誌を読んでいる頃、警察の人間が無神経に足音をたてて宿にやってきた。マスターを呼んでふたたびいろいろとしつこく聞いているのは昨日の小男だった。カウンターの所で話しているのだが、断片的に菜穂子たちの耳にも入ってくる。宿泊者名簿、という言葉が会話の中に出てきた。

「まずいな」

菜穂子の耳もとで真琴がささやいた。「客の身元を洗う気だよ。あんたの名字、嘘だってことがバレちまう」

菜穂子の名字は『原』だが、兄・公一との関係を知られないように、『原田』という名字で宿泊している。

「やっぱりバレるかな？」

「当然だよ。刑事は大木氏と他の客との利害関係だとか、怨恨の有無みたいなものを調べるつもりなんだと思うよ。で、そういうものはないってことを証明してから、事故だっていう結論にもっていくつもりなんだろうな。菜穂子の兄さんの自殺のケースと一緒のパターンだよ」

たしかに兄の時の捜査手順もそういうものだったという話を聞いている。

「困ったわ、どうしよう？」

「ジタバタしてもしかたがないさ。開きなおるしかないよ。だけど高瀬さんと話を合わせとかなきゃいけないな」

そして真琴は読んでいた雑誌を本棚に戻すと、刑事の存在などまったく気にしていないという調子で、カウンター席にいる彼等の後ろを通って廊下を歩いていった。この時間は高瀬は浴室やトイレの掃除をしているはずだ。

十分ほどして真琴は帰ってきた。トイレにでもいっていたという顔つきで、本棚からさっきの雑誌を抜きとると菜穂子の横に座った。雑誌を開くと、モノクロのグラビアページに目を落とした姿勢で、「打ち合わせはしてきたよ」と小声で話しかけてきた。

「基本的には身元は警察に白状することにしたよ。隠したってすぐにわかることだからね。我我がここに来た理由は、菜穂子の兄さんが死んだ場所を見ておきたいという純粋な動機から。偽名を使ったのはほかの人に気を使わせたくないという気持ちからだってことにしたから」

「いろいろごめん」

本を見ながらの、顔つきも無表情のままの言葉だったが、菜穂子は心から真琴に感謝していた。彼女がいなければ何ひとつ対処することができなかっただろう。

「肝心なのはこれからだよ」

真琴の言葉は厳しかった。

制服警官が例の小男の刑事を呼びにきて、それから三十分ほど経った頃である。刑事はふたたび入ってきて、ゆうべのようにラウンジの入口付近に立ち、「ちょっと皆さんすいません」と大声を出した。これもまた例のかん高い声で、菜穂子はなんだか頭が痒くなるような錯覚を感じるのだった。

「少しだけご協力をお願いします」

ラウンジ全体というよりも宿中に聞こえるような声で小男は怒鳴った。もしかしたら各部屋にいる人間も呼び出そうという魂胆なのかもしれないと菜穂子は思った。この時菜穂子と真琴のほかにラウンジにいたのは、芝浦夫妻と江波だけだったからだ。ドクター夫妻は朝の散歩に出かけているし、中村と古川は事故が起きたことなどおかまいなしに早々に山スキーに行っている。そして上条は珍しく行方不明だ。

小男の大声は多少効果があって、キッチンからシェフとクルミが現われ、そして高瀬が廊下を走ってきた。

全員が自分に注目したことを知ると、刑事は満足そうに頷き、そして背後に控えていた制服警官に目で合図した。すっかり小男にいい格好をされている制服警官は、唯一目立つところだとでも考えているのか、ずいぶん大袈裟な身のこなしで出ていった。

「すぐに、終わります」

もったいぶった口調で喋りながら、刑事は両手をこすりあわせた。ポアロ、という歴史的名探偵のことを菜穂子は思いだしたが、この刑事とイメージが一致したわけではない。こういう場面を映画で見たような気がしたからだ。

やがてさきほどの制服警官が何か汚ない板きれのようなものを持って戻ってきた。長さは約一メートルほどあり、一方の端はまるでプロレスラーに叩き折られたようにささくれだっていた。小男の刑事はそれを受け取ると、ささくれたほうを上にして自分の横に立てた。そしてしばし黙ったまま皆の反応を見る。不安げに、しかし興味深げにその板きれを凝視している観客に彼は満足したようだ。掌を丸め、それを口の前に持っていくと、わざとらしい咳ばらいをひとつした。

「これに見覚えのある方はおられませんかな？」

ガタンと椅子がずれる音がした。身をのりだした芝浦がけとばしたらしいのだ。一瞬だけ皆の視線を集めて、彼はあやまるように何度も頭を下げた。

「それはなんですか？」

江波が訊いた。「何かの破片みたいですけど」

刑事は彼を見てにやりと笑うと、「わかりません」と答えた。「わからないから皆さんにお尋ねしているのです」

「どこにあったのですか？」

今度は芝浦がやや吃りながら訊いた。だがこれに対しても刑事は無愛想だ。「まずこちらの質問に答えてください」と言葉使いはおだやかであるが。

「近づいて見ていいですか？」

これは真琴だ。刑事は彼女を見てほんの一、二秒だけ真顔になった。そしてすぐ不敵そうな笑い顔に戻る。

「その質問にはお答えしなければならんでしょうな。どうぞそばに来てじっくりとご覧になってください」

真琴は立ち上がりながら菜穂子の背中をぽんと叩いた。一緒に来いという意味らしい。やや気まずいような雰囲気の中を二人はゆっくりと出ていった。

菜穂子は制服警官が板きれを持って現われた時から少なからずショックを受けていた。この板きれは、昨日の朝真琴が石橋の近くで見つけた物と酷似していたからだ。一見して違うところといえば長さであるが——昨日見た物は約二メートルあった——これは途中で折られたようだからそれを問題にすることはできない。

だが——。

前に出ていって、それが昨日見たものとまったく別物であることに、菜穂子はすぐに気がついた。それほどよく覚えているわけではないが、昨日見たものは比較的新しい材木だったという印象がある。しかし今こうして目の前にあるものは、人前にさらすのがあわれなぐらい朽ち果てていた。よく見ると折れた部分は虫に食いあらされて、内部が空洞のようになっている。これならたやすく折れてしまうだろうと菜穂子は思った。

自分の見覚えのあるものとは違うということは真琴も確認したようだ。黙ったまま刑事に首をふった。

「ご存知ないですか」

「残念ながら」

刑事が菜穂子に視線を移したので彼女も真琴にならった。しかし刑事に失望した様子はない。皆のほうに向き直ってふたたび同じ質問を繰り返した。

「ほかの方はどうですかな?」

芝浦夫妻も江波も何も言わなかった。困ったように刑事の顔と板きれとを見較べているだけだ。やがて小男はあきらめたようにマスターの名を呼んだ。

「やはり、あなたのおっしゃるとおりのようですな」

「私は嘘など言ってません」

マスターは少し苛立っている様子だった。

小男の刑事は制服警官に合図すると、その板きれを持たせて自分も一緒に出ていった。収穫がない場合は礼を言う必要もないといった後ろ姿だった。

彼等がいなくなるのを待っていたように、江波がマスターのいるカウンターに歩みよった。

「何なのですか、あの汚ない板っきれは?」

マスターは一瞬だけ不快そうに眉をひそめたが、江波だけでなく他の客の視線も自分に集中していることを知ると、喋らざるをえないと感じたようだ。

「大木さんのそばに落ちていたのです。今朝になって発見されたのですが」

「大木さんの死因に、何か関係があるんですか？」

真琴も立ち上がって加わった。

「あの板は割れていましたが、その片われと思われるものも同時に見つかっています。じつはそちらのほうには靴底の型がついていて、調べたところ大木さんが履いていたスニーカーと一致したそうです」

「ということはつまり……」

「ええ」とマスターは冴えない表情で真琴に頷いた。

「大木さんは例の石橋の、途中途切れたところにあの板を渡して、橋を渡ろうとされたようなのです。ところがさっきご覧になったように腐った板だったものですから体重で折れてしまった……というわけです」

「どうしてそんなあぶないことを」

つぶやくような声で言ったのは芝浦佐紀子だった。彼女は今の言葉で皆が自分に注目したことを知ると、何か悪いことでもしたみたいにうつむいてしまった。

「あぶないことです」

マスターの低く、重い声がラウンジに響いた。

「だからなぜそんなことをしたのかがわからなくて……。警察はこの宿の人間がしばしばそういう手段で石橋を越えているんじゃないかと推理したようです。それで、あの板きれに見覚えはないかと、皆さんに確認したのだと思います。私はそんなことは絶対にないはずだと言ったのですが」

刑事とマスターとのやりとりを思いだして菜穂子は納得した。

「さっきの板だけどさ」

マスターの後ろに立っていたシェフが首をかしげた。「あれ、もしかしたら前に捨てた木材のひとつなんじゃないか、マスター」

「たぶんね」

と彼は了解しているような口ぶりだった。そして今の会話について怪訝そうにしている客たちに、

「ここでは、ハンド・メイドで物を作ることが多いので、常に木材を物置にストックしているんですが、虫がついたので、その一部を谷に捨てたんです。一年ぐらい前のことです。だから大木さんはたぶんその中から拾ってきて渡し板に使おうとしたのだと思います」

と説明した。

「そのことは警察には？」

真琴が訊くと、「話しました」という答えが返ってきた。

質問が途切れると、客たちは間をもてあましたようにその場に立ちつくしていた。気まずい空気が流れはじめる。こういう時にどういう行動をとればいいのか、全員が戸惑っているといったところだった。

「とにかく」

とマスターが声の調子を少し高めた。重い空気を一掃しようという意思がそこにはこめられていたようだが、菜穂子などには変に上ずって聞こえただけだった。

「皆さんにご迷惑をおかけするのはこれが最後です。昨日も申しあげましたが、皆さんは皆さんの旅行を最優先してください。くり返しますが、ご迷惑は絶対におかけしません」

真琴が外に出ようというので菜穂子は散歩かと思ったのだが、彼女は当然のように宿の裏側に回った。ものものしくロープが張られ、そこにはまだ数人の警官が残っていたが、二人が近づいてもちらりと見ただけで注意する気配はなかった。彼等の頭の中では、この事件は事故という形ですでに処理されてしまっているのかもしれないと菜穂子は思った。

真琴は石橋に用があるようだった。ロープがあるのであまり近寄れなくなっているが、身を乗りだしてじっと石橋の下のほうを見ている。そして手の甲で口元を強くこすったあと、菜穂子だけに聞こえる程度の声で言った。「ないよ、やっぱり」

「ない？　何が？」

「昨日の木材」

「あ」と菜穂子は声を漏らした。警官の一人がちらりと彼女たちを見た。

「部屋に帰ろう」

真琴は菜穂子の腕を握ると強い力で引っ張った。

部屋に入ると、真琴は廊下に人がいないことをたしかめてからドアを閉めた。何がこれほど真琴を慎重にさせているのか、それがわからず菜穂子はただ緊張するしかなかった。

「大木氏はやっぱり殺されたんだ」

椅子に座った真琴は菜穂子と向き合うと、宣告するような口調で言った。

「昨日石橋の下で見つけた木材が、今はなかっただろう。かわりに大木氏の死体のそばから見かけはよく似ているが朽ちた板きれが発見された。これは何を意味するだろう？」

菜穂子は首をふった。わからない、という意味だ。「質問のしかたを変えよう」と真琴はテーブルの上で指を組んだ。

「朽ちた板きれを使って大木氏は石橋を渡ろうとしたという話だった。ここで二つの疑問が生じてくる。一つは、なぜ石橋を渡ろうとしたのかということだ。そしてもう一つは、なぜよりによって朽ちた板きれなどを使ったのかということ。今ここで問題にしているのは二番目の疑問だ。なぜ朽ちた木を使ったか？」

「それは……つまり、朽ちているということを知らなかったからじゃないかしら。よくわからないけど、外観だけじゃ判断しにくいかもしれない」

しかも夜で暗かったから、ということも菜穂子は付け加えた。外観だけでは判断しにくく、暗かったから朽ちていることに気づかなかった——咄嗟の思いつきではあったが、この考えは菜穂子自身を満足させた。そうだ。そうに違いない。

だが真琴の台詞は意味ありげだった。「結果だけを見ればそうだろうね」

「結果だけって？」

「朽ちた木を使って渡ろうとする人間はいないだろうから、そのことに気づかなかったのだろうと考えるのが妥当だとは思うよ。だけどあの高さの所を渡ろうっていうんだから、ふつうもっと慎重になるはずじゃないだろうか。たとえばこの木は腐っていないだろうかだとか、充分に体重を支えることができるだろうかとか、いろいろ確認するものじゃないかな」

「そりゃあ……ね」

自分ならそうする、いやもっと慎重になるだろうと菜穂子は思った。

「それが当然だと思うよ。だけど大木氏はそれをしなかった。なぜか？　それは、この木は大丈夫だという確信が彼にはあったからだと思う」

「なぜそんな確信があったのかしら」

「そこで思い出すのが昨日石橋の下に隠してあった木材だ。新しかったし、厚みといい、幅といい、人ひとりぐらいの体重は充分支えられると思う」

真琴の言わんとしていることが、だんだん菜穂子にもわかってきた。と同時に身体の中で何かがむずむずと動きだし、じっとしていられないような気分になってくる。

「あの新しいほうの木を石橋の下に隠したのは大木氏で、彼はそれと朽ちた木を間違えた……ということ？」

真琴はしっかりと頷いた。

「だけどここでもう一つ、なぜそんな重大なことを間違えたかを考える必要がある。そしてこの解答は簡単だ。自分がしっかりした木を隠したはずのところに、違う木が置いてあったからだ」

「誰かがすりかえたって言うの？」

「それしか考えられない」

感情を押し殺した声だったが、それだけに重量感を持って感じられた。

「他殺……」

菜穂子はその意味を考えた。その言葉の中には、彼女の気持ちを強く引きつけるものがあった。

「しかし謎はそれだけじゃない。なぜ大木氏は石橋を渡る必要があったのか、それがなぜパーティの途中だったのか、そして犯人はなぜそういう彼の行動を予測できたのか、という問題が残っている」

「石橋の向こうに行く用があったんでしょうね」

「しかも人に見つからずに……ね」

ふいに菜穂子の脳裏に蘇ってきたのは、この間の深夜のことだった。眠れなくてラウンジに水を飲みにいった時、誰かが外から戻ってくる音を聞いたのだ。さらに部屋に帰った直後に、大木が隣室に戻る音が聞こえた。

「あの夜も大木氏は石橋を渡ったんじゃないかしら」

「たぶんそうだろうと思う」

菜穂子は唐突に思いつきを口にしたのだが、真琴は彼女の心を読んでいるように同意した。「例の頑丈なほうの板きれをつかってね」

「石橋の向こう……」

そこにいったい何があるのだろう?

ドアにノックをされたのは、菜穂子の気持ちがまだ充分に静まっていない時だった。昂ぶった気持ちが表情に表われたのか、ドアの向こうに立っていた高瀬は「どうしたんですか?」と訊いてきた。

菜穂子は両手を頰にあてた。「いいえ、なんでもないんです。ご用ですか?」

「ええ、じつはあまり面白い話じゃないんです……マスターなんかは宿泊客に迷惑をかけない約束だと警察に文句を言うと憤慨しているんですが……」

いたずらをした子供が言い訳をするように、彼の声はだんだん小さくなっていった。

「なんですか?」

すると高瀬は唾を飲みこんだようだ。

「村政警部が宿泊者全員から一応事情聴取しておきたいとおっしゃるんです。すぐに終わるからといって……。今、芝浦さんのところが終わったところです」

村政警部というのは例の小男の刑事のことらしい。

「それで、次はあたしたちの番というわけですか？」

「いいじゃないか」と背後から真琴の声がした。「つきあってやろうよ。情報収集にもなるしさ」

「それもそうね。場所はどこですか？」

「ラウンジの一番奥のテーブルです」

「すぐに行きます」

ああそれから、と高瀬は右手を小さく上げた。

「公一さんと菜穂子さんの関係についてはすでに話してあります。そうしてくれということでしたから」

「そうですか……」

一年前の事件のことを、警察はどの程度覚えているだろう？　人間の少ないところだからまさか忘れてはいまい。死んだ男の妹が供養にやってきていると知って、どんな反応をしめしたのか？　興味本位で見られるのは嫌だし、無関心なのもくやしい気がした。

「わかりました、どうもありがとう」
彼に礼を言って菜穂子はドアを閉めた。
「問題は木材のことを警察に話すかどうかだね」
真琴がテーブルに頬杖をついたまま言う。菜穂子もその向かい側に座った。
「警察もプロなんだから、いずれ他殺だということは見抜くと思う。でもそれまでには
もう少し時間がかかるだろうから、その間にあたしたちだけで独自の調査をやるという
手があるわ」
「なるほどね。警察が本格的に動きだすと、こっちも自由な動きができなくなるから
な」
真琴はこの問題に決着をつけるようにテーブルをばんと叩いた。「よし、しばらく
黙っていよう。ただし手におえなくなったら警察に話す。それでいいね」
自分の気持ちを再確認するように菜穂子は頷いた。

3

小男で、酒を飲んだように赤い顔をした村政警部は、高瀬が言っていたように、ラウ

ンジの一番隅のテーブルに、若くて体格のいい男と並んで腰を据えていた。他のテーブルには誰も座っていない。カウンターの内側でマスターが、髭面の下に不機嫌そうな表情をにじませながら、いつもと同じようにグラスをみがいているだけである。菜穂子はグラスを扱う丁寧な手つきに、刑事たちに対するマスターの意地のようなものを見た思いがした。

菜穂子たちの姿を見ると二人の刑事はあわてたように腰をあげ、そしてちょっと大げさな感じのする会釈をした。

「せっかくのご旅行の邪魔をして申し訳ないですなあ」

かん高い声が鼓膜をびんびんと震わせるので、菜穂子は露骨にいやな顔をつくった。だが小男は気づきもしないようだ。

真琴が村政の前に座り、菜穂子がその横に腰をおろした。このポジションはどちらが中心になって答えるかを打ち合わせた結果だった。テーブルの上には二人の刑事の前にそれぞれ水をいれたグラスが置いてある。若い刑事のほうはほとんど減っていなかったが、村政のほうは残りが三分の一ほどになっていた。

「沢村真琴さんと原田菜穂子さん……いやいや違った。原菜穂子さんですな」

村政はわざとらしい言い直しをした。偽名を使っていたことを皮肉っているのだろうが、このぐらいの嫌味は覚悟していた。

「去年お亡くなりになった原公一さんの妹さんだそうで」

やや背を丸め、菜穂子の顔をのぞきこんできた。彼女は小さく顎を引いた。

「ふむ、こちらへこられたのはやはりその関係ですか？」

話は高瀬から聞いているはずなのに改めて尋ねてくる。菜穂子は軽く呼吸を整えたのち、真琴らと打ち合わせたとおりの答え方をした。つまり兄が死んだ宿を見ておきたかったからという極めて単純な理由からここへ来たのであり、偽名を使ったのは他の客に気を使わせたくないという配慮からだったというふうにである。刑事は彼女の口元に視線を集中させて聞いていたが、特に疑問を持った様子はなかった。「ほう、なんとなくその心情は理解できるような気がしますなあ」と一向に同情しているふうでもない口調で言っただけである。

「大木さんもあなたが原公一さんの妹さんだということはご存知なかったわけですか？」

「そのはずです」

去年の事件について大木とは一度も話をしなかったことを菜穂子は思いだした。彼が死ぬ前に少しは話を聞いておけばよかったと今さらながら後悔する。

「大木さんと最後に話をしたのはあなただということですが、何を話したんですか?」

「最後に?」

聞き直してから菜穂子は思いだした。パーティの時のことを言っているのだ。

「東京でまた会おうと誘われたんです。それで、あとで連絡先を教えてくれって」

彼が菜穂子を誘ったという点に刑事は興味を示したらしく、ちょっと身を乗りだしてきた。

「ほう、それで?」

「一応承諾しました」

「なるほど。それで死ぬとは、もったいないことをしましたな、大木さんも」

村政は愉快そうに顔を崩した。若い刑事も歯を見せている。こういう時にはおかしくなくても笑えといわれているのだろう。菜穂子は笑う気になれない。

「それ以前に話をされたことは?」

「一昨日の夜です。食事の時に少しだけ。話したのはその時が初めてです」

「どちらから?」

「あの人のほうから話しかけてこられました」

自分から話しかけるはずがないという響きをこめたつもりだったが、この刑事はこういうことには全く鈍感なようだった。

「どんな話ですか？」

「つまらないことです」

大木が菜穂子にテニスをやらないかと言っていたことを彼女は話した。彼の自信過剰気味の目つきが一瞬だけ蘇った。

「大木さんは初対面の時からあなたに興味がおありだったようですな。まあこれだけの美人なら無理もないかもしれませんが」

こんなことを言う刑事の目は嬉しそうだった。「さあ」と菜穂子はわざと不機嫌そうな声を出した。

「しかし、その話をうかがった限りでは、大木さんは東京に帰るつもりだったようですな」

村政は何気なさそうに言った。だがこの言葉は、自殺の可能性は少なくなったということを暗示しているのだと菜穂子は解釈した。

このあと刑事の質問の矛先（ほこさき）は真琴に移った。刑事は菜穂子にしたのとだいたい同じ質問を繰り返している。だが真琴は大木とほとんど会話らしきものを交わしていないので、特に刑事も気にとめるようなことはなかったようだ。

「大木さんをどういう人だと思いましたか？」

最後にこう質問がなされた。真琴は即座に答えた。

「寿命の短い人だと思いました」

刑事たちはこの答えが気に入ったらしかった。

「いやどうもすいませんでしたね、結構です」

村政はグラスの水を一口飲むと、こう言いながら丸い頭をぺこりと下げた。それで真琴は腰を浮かしかけたのだが、菜穂子はなんとなく釈然としなくて、思わずこう問いかけていた。

「あの、兄の事件とは関係ないんですか？」

隣りで真琴が少し驚いたように菜穂子の顔を見るのがわかった。そしてそれ以上に呆気にとられたらしいのは目の前の二人の刑事だった。村政はグラスを持ったまま、そして横の若い刑事はペンを構えたまま菜穂子の顔を数秒ほどながめていた。やがて村政の顔がゆっくりと和(なご)んでいった。

「どういう意味ですかな？」

「だから……去年の事件との関わりとか……そういったことは調べないのですか？」

菜穂子自身は、そういう類(たぐ)いの質問が出ることを待っていたというのが正直なところだった。兄のことをすっかり忘れているかのような刑事たちの態度も不満だったのだ。

すると村政はようやく合点がいったというように何度も首をたてに振った。

「何か関連があると思われる根拠でもあるんですか?」

「いえ、それは……」

それはなかった。今の彼女の手持ちカードは、公一が自殺などするはずがないという信念と、大木は殺されたのだという確信だけだった。しかも大木事件のほうは、まだ警察には知らせないということになっている。

彼女が言葉をつまらせたので村政はほっとしたような表情をした。そしてわけ知り顔に言う。

「あなたにとってはショックなことが二年続いたわけですからな。何か関係があるんじゃないかという気持ちはわかります。しかしこういう偶然は時々ありましてね。やがてこの宿には死神がとりついているんじゃないかとかのデマがとびかったりする」

自分が言った冗談が気にいったのか、小男の刑事は無神経な笑い声をあげた。若い刑事も例によってお愛想で笑っている。菜穂子の中で、何かが湧きあがってきた。そして気づいた時には、その熱いエネルギーは口からほとばしっていた。

「警察がそんなふうだから人がどんどん殺されるんだわ」

自分の意思を無視して、菜穂子の口は勝手に動いていたのだ。猛烈なスピードで頭に血が上っていくのがわかる。だが彼女はもはや自分で自分を抑制することができない状態になっていた。

村政はさっき以上の驚きを、瞬きもせずに菜穂子の顔を凝視することで示していた。その目は真剣で、そしてやや充血していた。菜穂子も刑事から目をそらさなかった。緊迫した空気をはさんで、娘と小男が睨みあう形となった。

刑事は気を落ち着けようと深い呼吸をひとつしたようだ。

「聞き捨てなりませんな」

刑事はそれまでよりもずっと低い声を出した。

「大木さんは殺されたとおっしゃるわけですか？　加えてあなたの言葉から察すると、お兄さんも自殺ではなかったと……」

かすかな後悔と、こうなればとことんやるしかないという開き直りに似た気持ちが交互に菜穂子の心を支配していた。警察に情報を流すのはしばらく様子を見てからにしようと、ついさっき真琴と約束したばかりなのにという自己嫌悪も彼女を襲っていた。

「菜穂子がその気なら仕方がないな」

その時、真琴があきらめたように、もう一度椅子に腰を落ち着けた。そして真っすぐに刑事を見る。

「大木さんは事故ではなく、殺されたのです」

「真琴……」

申し訳ない気持ちで菜穂子が見上げると、「小細工するよりもぶちまけちゃったほうが早いさ」と彼女はウインクした。

村政は咄嗟に言葉が出ない様子だった。彼女らの顔を見る目が、不安定にそしてせわしなく動いた。

「君たちは……何か知っているというわけだ」

「知っています」真琴は続けた。「大木さんは殺されたのだということを」

「しかし昨夜は大木さんのほかは誰も宿を出なかった……そのこと自体に嘘があるというのかね？」

さきほどまでのわざとらしい敬語が出なくなっていることが、彼の狼狽ぶりを如実にあらわしていた。真琴はかぶりをふった。

「いえ、そうではありません。犯人は巧妙なトリックを使ったのです」

彼女は先刻部屋で菜穂子に聞かせた話を、ここでもう一度繰り返した。歯切れよく、要領のいい説明に刑事はただ黙って耳を傾けていた。

「以上が大木さんは殺されたという根拠と、その手段です。何か疑問点はありますか？」

村政は閉じた目をかすかに開き、そして腹から絞り出すようなうなり声をもらした。

「なるほど、被害者は石橋を渡れる程度の板を用意して隠しておいたが、犯人がそれを古い腐った板とすりかえておいたというわけか。うむ、たしかにその手なら……」

彼は隣りの部下のほうを向くと、早口で何人かの人間の名前を言った。そしてその者たちにすぐにここへ来るようにと命じている。若い刑事は話の突然の変化にうろたえながら、あわてて ラウンジを出ていった。村政は彼の背中を見送ったあと菜穂子たちのほうに顔を戻したが、その表情はもうさっきまでの小狡(こずる)い中年男のものに変わっていた。

「もう少し早く教えてもらいたかったですが、まあそれは言わないでおきましょう。あなたたちにもいろいろと事情があったんでしょうからな。で、あれですか？　今度のが他殺となれば去年の事件も、巧妙に自殺に見せかけた殺人だとおっしゃりたいわけですか？」

「可能性は強いと思うんです」と菜穂子はいくぶん押えた言い方をした。

「しかしそれを主張されるということは、あなたのお兄さんも大木さんも同一犯人に殺されたのだと主張していることになりますが、お二人に共通している点などありますかね？」

「それは……」

菜穂子は言い淀んだが村政はしつこく突っ込もうとはせず、「まあそれは我々が調べることとなんですがね」と言い添えた。

「二年前にもここで人が死んでいますね」

真琴が突然言った。村政はちょっと息を止め、それからしばらくしてから「ええ」と返事した。その呼吸が菜穂子は気になった。「三年連続で人が死んでいるわけですね、しかも同じ時期に」

「偶然とはおそろしいものですな」

「いいえ」

真琴は刑事の顔を正面から見据えた。「偶然じゃないほうがおそろしいと思います」

第五章　『ガチョウ』と『足長じいさん』の部屋

1

菜穂子と真琴の証言から警察の捜査の方向は急変した。県警本部から機捜隊、鑑識などが到着し、石橋付近の現場検証が一から徹底的に行なわれたのだ。特に彼等が懸命になって探したものは、菜穂子たちが前日に見たという比較的新しい木材である。それを発見することで捜査は大きく前進するはずだというのが彼等の計算のようだった。

ただし、他殺の疑いが濃くなった——村政はこういう表現を使った——ことについては、他の宿泊客にはまだ教えないという方針がとられた。もう少し犯人を泳がせておいて、うまくすればしっぽを摑めるという考えなのだろう。菜穂子たちにもその点は協力してほしいと村政から頭を下げられた。

宿の人間たちは警察の動きが急に活発になったので怪訝そうに外の様子をながめたりしていたが、自分たちには特に何の説明もないし、スキーに行ったり散歩に出たりすることを咎められることもないので、知らない顔をしているのが賢明と判断したようだった。昼食時には菜穂子たちのほかに四人の客——芝浦夫妻とドクター夫妻である——が残っていたが、誰もこのことを口にしなかった。口に出すのがこわかったのかもしれない。とにかく、それよりも話題に上ったのは菜穂子が公一の妹だったということだった。

「いや、あの事件に関しては私たちにも責任があると思っているんです。原さんの精神状態が少し不安定だということに気づいていればあんなことにはならなかったのですから。まったくもって、何とお詫びを申し上げてよいのやら」

こう言って芝浦は何度も頭を下げ、佐紀子も横ですまなそうに目をふせていた。

「いいえそんなこと。兄も死ぬ前に皆さんと楽しく過ごせてよかったと思います」

菜穂子は言った。半分は本心で、残り半分は大嘘だった。その「皆さん」の中に、兄を殺した犯人がいるのかもしれないのだ。

「でもそれならもっと早く言ってくれればよかったのに」

コーヒーを運んできたクルミがちょっと不満そうに言った。彼女としては同じ立場の高瀬だけが知っていたというのが少し面白くないのかもしれない。

「そうよ、私たちに隠し事するなんて水臭いじゃない」

ドクター夫人も言う。だがそれをドクターがたしなめた。「彼女は私たちに気を使わせまいとして黙っていたんだ。それをわかってあげなさい」

「しかしそれにしてもあの原さんが強度のノイローゼだったという話を聞いた時には驚きました。全然そんな感じじゃなかったんですよ、ねえドクター」

芝浦に同意を求められてドクターも頷いた。「そのことは前にもお話ししたよ」

「本当に、すごく元気だったんですよ。僕もよく話をさせていただいたんです。原さんもしょっちゅう我々の部屋に遊びに来られました」

「あら、私たちの部屋にもよくみえたわ。そうしてお茶を飲んでいかれたんです」

ドクター夫人が口を出した。こういうことになると黙っていられない性格らしい。

「そちらにも行かれたでしょうが、こちらのほうがよく来られました、はい」と芝浦。

「そうだったかしら」

「そうです」

「あなた、やめなさいよ」

人の良さそうな顔をしているくせに芝浦は妙なことでムキになる癖があるらしい。佐紀子に注意されると、ふっと我に返ったように菜穂子を見、そして顔を赤らめた。「どうもすいません、みっともないところをお見せしちゃって」

いいえ、と笑いながら菜穂子は考えていた。公一はそれほど社交的なほうではなかった。それが人の部屋を積極的に訪ねていくというのは何か理由があったからではなかったか。そしてその理由としては、今のところ例の壁掛け以外に考えられない。

「芝浦さんの部屋はたしか、『ガチョウと足長じいさん』の部屋でしたね」

菜穂子が訊くと、芝浦夫婦は二人そろって頷いた。

「一度遊びにいっていいでしょうか？　兄がよく行っていたというところを見ておきたくて」

すると芝浦は一呼吸おいたあと、「どうぞ、どうぞ」と言葉に力をこめた。「是非いらしてください。なかなかいい部屋なんですよ。といっても別に我々の家ではないんですが」

「私たちの部屋とおんなじよ」

ドクター夫人が口を挟んだが、ドクターに肘でこづかれ、それ以上は言わなかった。

「じゃあ、あとでお伺いします」

芝浦は夫人を睨んでいたが、菜穂子に言われてすぐに愛想のいい目で頷き返した。

席を立つ時、真琴が素早くウインクするのが菜穂子にわかった。うまい話の運びだったという合図らしい。

『ガチョウと足長じいさん』の部屋は、菜穂子たちが泊まっている『ハンプティ・ダンプティ』の部屋の右隣りだった。ドアの前に立ち、真琴と頷き合ったあと菜穂子は軽くノックした。「はいはい」という声と、せわしない足音が近づいてきてドアが開かれた。

「これはどうも、さっそく来ていただきまして」

芝浦はホテルのボーイのように、ドアのノブを握ったまま大げさにお辞儀をした。今までソファに座っていたらしい佐紀子も立ち上がっていた。

菜穂子が室内に入ると、木の香りと洗濯したてのシーツの匂いが混ざりあった空気が鼻孔にとびこんできた。彼女の後ろで真琴がつぶやいた。「ドクター夫妻の部屋と同じ構造のようだね」

菜穂子も室内を見回して頷いた。ソファ、ホーム・バー、本棚、すべて『ロンドン・ブリッジとオールド・マザー・グース』の部屋と同じだった。

「まあドクターの奥さんが言われるように、違うといえば窓から見える景色と壁掛けに書いてある文句ぐらいのものですがね。ま、お楽にどうぞ、お楽に」

芝浦に勧められて二人はソファに腰をおろした。座ると真正面に壁掛けが見える。

『ガチョウ』の唄ですか?」

真琴が訊いた。彼女らと向かいあって座った芝浦は、身体をひねって後ろの壁掛けを見た。

「一応そういうことらしいです。そういえば原公一さんもこの唄をよく見ておられました」

"Goosey, goosey gander,
Whither shall I wander?
Upstairs and downstairs
And in my lady's chamber."

「ちょっと失礼」

真琴が立っていって壁掛けの裏を読みあげた。

「があー、があー、鵞鳥さん、わしはどこへ行こう。上がったり、下りたり、奥さんのお部屋へ(平野敬一訳)……だってさ。よくわからない唄だね」

「いや、じつは本当の唄は、もっとよくわからないんですよ」

芝浦が言った。

「本当の唄？　どういうことですか？」

菜穂子が訊くと芝浦は、菓子の準備をしていた佐紀子を呼んだ。彼女は馴れた手つきで紅茶と菓子を運んだあと、「マザー・グースに『ガチョウ』の唄として載っている唄はもう少し長いんです」と説明した。

「二番とか三番の歌詩があるということですか？」

『ロンドン・ブリッジ』や『オールド・マザー・グース』の唄は、そうやってどんどん話が続いていくのだとドクター夫人が言っていたことを菜穂子は思いだした。だが佐紀子は、「いえ、そういうことではなく」ややや遠慮がちに小声で否定した。

「この唄の後に全く別の唄がくっついて、それを含めた唄がマザー・グースには載せられていないんです」

「別の唄がくっつく？　そういうことがあるんですか？」

真琴が訊くと、

「そうなんです。マザー・グースの唄には、そうやって出来たものがたくさんあるらしいですね。それでこの『ガチョウ』の唄に続く残りの半分はどこにあるのかと言いますと」

　と芝浦はおどけたしぐさで天井を指さした。「二階の壁掛けの『足長じいさん』の唄というのがどうやらそれらしいんですな」

「二階？」と真琴。

「ごらんになります？」と佐紀子が訊いたので、「ぜひ」と二人そろって言った。

　二階もドクター夫人に見せてもらった部屋とほとんど同じ造りになっていた。違う点といえば、さっき芝浦が言ったように窓を開けた時に眺められる景色だろう。夫人たちの部屋は南側に窓があるが、この部屋の窓は西側になっている。

「壁掛けはあそこです」

　先に上がった佐紀子が、部屋の中央に立って、階段と反対側の壁を指さした。焦げ茶色の、なんだかもう見飽きた壁板が、あたりまえのようにそこに飾ってあった。

「足長じいさん……か」

　菜穂子と真琴も彼女の隣りに並んでそれを読んだ。

"Sing a song of Old father Long Legs,
　Old father Long Legs
　Can't say his prayers:

Take him by the left legs,
And throw him down stairs."

「日本語訳は、『足長じいさんの唄をうたおう、足長じいさん　祈りも言えない、左脚つまんで　ほうり下ろせ（平野敬一訳）』……だって」

板の裏面に彫ってある文章を読みあげると、菜穂子はふたたび真琴と並んでその英文を眺めた。

「この唄が『ガチョウ』の唄の後に続くんですか？」

菜穂子が佐紀子に訊くと、

「そうなんです」と彼女は小さい歯切れのいい声で答えた。「さきほどもご説明したように、現在のマザー・グースに採録されている『ガチョウ』の唄というのは、一階の壁掛けに書いてある唄と、この唄とをくっつけたものなんです。ですから、一番最初に世に出てきた時には、『ガチョウ』の唄といえば一階の壁掛けにあるように前半部だけだったんです。これは後でマスターの霧原さんから聞いた話なんですけど、この二つの唄の和訳には困ったということです。だって本に載ってないんですものね」

「くっつけるって、ただ単純に並べただけなんですか？」

　真琴が訊いた。

「基本的にはそうなんですけど……ちょっと待っていてください」

　そして佐紀子は一階にいってメモ帳のようなものを取ってくると、菜穂子たちの見ている前ですらすらと次のような唄を書いた。

“Goosey, goosey gander,
　Whither shall I wander?
Upstairs and downstairs
　And in my lady’s chamber.
Old father Long Legs
Can’t say his prayers:
Take him by the left legs,
And throw him down stairs.”

「まず二つの唄はこのようにくっついたのです」

「ふうん、要は『足長おじさん』の唄の、“Sing a song of Old father Long Legs,”と

いう行だけを除いて、あとを『ガチョウ』の唄にくっつけたわけなのですね」

メモ帳と壁掛けを見較べながら真琴は言った。

「まあこの壁掛けの唄から考えるとそうなんですけれど、『足長じいさん』の唄には元々“Sing a song of Old father Long Legs,”などという文はなかったそうですから、ただ単純にくっつけただけと考えたほうがいいと思います」

「なるほど」

納得したように真琴は何度も首を縦に振った。

「で、今ここに書かれた唄がマザー・グースに採録されているわけですか？」

メモ帳を指しながら菜穂子が訊くと、「いいえ、少しこれから変化しているんです」と言って、佐紀子は再びペンを走らせた。

“Goosey, goosey gander,
　Whither shall I wander?
Upstairs and downstairs
　And in my lady's chamber.
There I met an old man

Who would not say his prayers.
I took him by the left leg
And threw him down the stairs."

「たしかこれがマザー・グースに載っている唄だと思います」

佐紀子はなんでもないことのように言ったが、菜穂子にしてみればこの唄そのものよりも、彼女がすらすらとこれだけの文章を書いてみせたことのほうに驚異を感じていた。真琴も同様とみえて、何も言えずにただ佐紀子の端整な顔を見つめている。芝浦だけがこの二人の反応に対し、愉快そうに笑った。

「うちの女房は女子大の英文科を出ているものですから、こういうことに関しては多少イケるんです」

彼にとってそのことは自慢のひとつと見えて、小さな目が丸眼鏡の奥で輝いていた。

「いやそれでも大したものです」

真琴が驚嘆したように首をふった。「ふつう、こうは書けないでしょう」

「そんな、恥ずかしいわ。そういうんじゃないんです」

佐紀子は頬を少し赤らめて、掌を小さくふった。

「大学の時に少しだけマザー・グースをやったんですけど、その時にこの唄も出てきたんです。それで初めてこの宿に泊まった時にこの壁掛けを見て、ちょっと違うなあと思って家に帰ってからも調べたものですから印象に残っただけです。ほかの唄なんかはぜんぜん覚えていないんですから」

「それに去年原公一さんもこの唄に興味をお持ちになって、その時にも佐紀子がこうして教えていたようです。そのせいでよけいにスラスラと書けるようになったのでしょう」

芝浦の言葉に、そのとおりですと佐紀子も言った。

「それで、これはどういう訳になっているんですか？」

菜穂子が訊いた。この程度の英語なら自分で訳せないこともないが、言葉使いなどにはマザー・グース独特のものがあるらしいからだ。佐紀子はゆっくりと日本語訳を語りながら、英文の下にそれを書いていった。右上がりの、きれいな文字だった。

『があがあがちょうのおでましだ
ぶらりとどこへでかけよう？
かいだんあがってかいだんおりて

おんなしゅじんのへやのなか
そこでひとりのじいさんみつけた
おいのりしようとしないから
ひだりのあしをひっくわえ
かいだんのしたへほうりなげた』

（谷川俊太郎訳）

「なるほど、たしかにさきほどおっしゃったように、更にわけのわからない唄になっている」

菜穂子の隣りに戻ってきていた真琴が佐紀子の手元を覗きこんで言った。

佐紀子がそれに答えた。

「この後半の『足長じいさん』の唄というのは、イギリス伝承童謡集にはふつう採録されていないようですね。本来はイギリスの子供たちがガガンボという虫の、長い足をもぎとりながら口にする唄のようです。なぜこの唄が『ガチョウ』の唄と合体したのかは不明です」

意味不明なのがマザー・グースの特徴だと言ったドクターの言葉を菜穂子は思いだした。筋道よりも、メロディや調子のよさを優先させるのだという。この二つの唄が付着した理由も、そういったたわいないものなのかもしれない。そして子供たちはそれを抵抗なく受け入れる柔軟性があった。

それにしても一見地味な感じのする佐紀子の博識ぶりに、菜穂子は舌を巻く思いだった。そう言うと彼女は照れたように頬を押えた。

「そんなことないんですよ。この『足長じいさん』に関する話なんかは、すべて菜穂子さんのお兄さんから教わったことなんですから」

「兄から？」

「ええ。原さんは各部屋の壁掛けの唄にかなり興味を持っておられるようでしたけど、そのうちに町に出て、マザー・グースの本を買ってこられたんです。その本でいろいろと勉強されていたようです」

「兄がマザー・グースの本を」

これで公一がマザー・グースの暗号を解読しようとしていたことはさらに確実になったわけだ。だがそれ以上に菜穂子の心を捉えたことは、兄がマザー・グースの本を手に入れていたということだった。彼の遺留品の中にはそんなものはなかったのだ。

「原さんは例の呪文の意味を調べておられたようですなあ」

芝浦が眼鏡の位置を直しながら話に加わってきた。

「よくは知らないのですが上条さんの影響もあるのでしょうね。呪文の話には最初は誰もが興味を持つんですけど、そのうちに忘れてしまうというのが常なんですが」

「原公一さんは、ドクターの部屋とこの部屋によく出入りされていたという話でしたが、そのほかにはどこの部屋に行かれていましたか？」

真琴が訊いた。

「だいたいどこの部屋にも一度は入られていると思いますわ。順番に唄を読んでいくのが呪文の意味を知るコツだとおっしゃってましたから」

「部屋の唄を順番に……」

菜穂子は考えこんだ。順番とはどういうことなのだろう？　端から順に、という意味なのだろうか？

「ああ、しかし」

芝浦が何かを思いだしたように左の掌を右手の拳で叩いた。「たしか公一さんはこんなことを言っておられましたよ。ただし、この部屋から先は順に読むだけじゃだめなようだなって」

「この部屋から先はだめ？」

二人は顔を見あわせた。

2

村政警部に呼ばれたのは、二人が部屋に戻って今後の作戦を検討している時だった。芝浦夫婦の話などから、暗号を解く以外に真相解明の道はないという結論が出たところだったのだ。

制服警官のあとについて、二人は石橋の近くまでやってきた。そろそろ日は傾きかけている。石橋の影が谷の底に長く伸びていた。

「ご面倒をおかけしますなあ」

菜穂子たちの顔を見て、村政は声をかけた。しかし一向に申し訳ないと思っていそうにない声だ。

「じつはようやく板きれが見つかったのですよ」

彼はそばにいた警官に目で合図した。その警官はしゃちほこばった動作で、脇に抱えていた木材を村政の前に出した。

「昨日の朝あなたがたが見た木材というのは、これではありませんか？」

菜穂子は顔を近づけてそれをよく眺めた。多少汚れているが、厚みといい長さといいまず間違いない。真琴は見るまでもないといったかんじで腕を組んでいる。

「間違いないと思います」

目線で真琴と確認し合ったのち菜穂子が言った。村政は満足したように何度も頷きながらそれを警官に渡した。

「向こう側の林の中から見つかったんですよ。木は林に隠せというセオリーどおりですが、犯人としては忠実過ぎましたな」

村政は石橋の向こうの山を指して笑った。重要な証拠品が見つかって機嫌が良さそうだ。

「これで他殺は確実なわけですね」

真琴が言うと、小男の刑事は鼻の頭をこすって、

「まあこのままでいくと、そのセンで進めるということになるでしょうな」

と答えた。慎重というより、断定的な意見を口にしないのが彼等の習性のようだ。

「菜穂子の兄さんの事件との関連についてはどうですか？　もう一度検討していただけますか？」

すると刑事はふっと真顔になって菜穂子の顔を見た。そして言う。

「今のところは今回の事件は独立したものとして捜査する方針です。その過程の中で去

年のこととの繫がりが感じられるようでしたら、当然そちらのほうも攻めていくつもりですが」

「二年前の事件ともですね？」

念をおすように菜穂子が訊いた。村政はやや厳しい顔つきをした。「ええ、二年前の事件ともです」

「その二年前の事件については、村政さんはどの程度ご存知なのですか？　できればくわしい話を伺いたいのですが」

ズブの素人からまさかこんなことを言われるとは思ってもみなかったのだろう。村政はしばらく真琴を凝視していたが、やがて「参りましたな」と頭をかきだした。

「捜査は我々の仕事です。あなたがたは知っていることを正直に話してくれればいい。それがあなたがたが捜査に協力するということです」

そして彼はにんまりすると身体をくるりと反転させて歩き出してしまった。その背中に菜穂子は思わず「ケチね」とつぶやいたが彼のほうは立ち止まりもせずに行ってしまった。

「ケチね」

菜穂子は今度は同意を求めるために真琴に言った。真琴はちょっと肩をすくめた。

「まあ、しかたがないだろう。二年前の事件についてはシェフあたりに訊けばいいと上条氏も言っていたから、そっちをあたることにしよう」

菜穂子たちが宿に戻る途中、中村と古川が帰ってくるのと鉢合わせした。二人は朝からの山スキーでかなり体力を消耗したのか、ストックとスキー板をひきずるようにして歩いている。だが、彼女たちに気づくと精一杯といった感じの愛想笑いをつくってみせた。

「散歩ですか?」

それでも中村の菜穂子にかけてくる言葉には元気があった。「事故さわぎも一段落したころでしょうね」

朝から出かけていたからこういう呑気な台詞が出るのだろう。菜穂子は深い意味を込めて微笑んで見せたのだが、彼のほうは好意的に受け取ったらしい。突然足取りが軽くなったようだった。

ラウンジに行くとドクターと上条が早くもチェスの盤を挟んでいた。夫人はつまらなそうに亭主の横で頬杖をついて見ている。菜穂子たちが入っていくと、上条がピアノの鍵盤を連想させる歯をむいて笑った。

二人は本棚から雑誌を抜きとると、今朝、村政警部が事情聴取に用いたテーブルのところに腰を落ち着けた。今後の作戦会議のためである。だが彼女らが座って間もなく、それまでドクターたちのそばの長椅子に横になっていた江波が、ややためらいがちに近づいてきた。

「あの、ちょっといいですか？」

「どうぞ」

まさかことわるわけにもいかず、菜穂子は椅子をすすめた。

「原公一さん……の妹さんだそうですね」

「ええ」

彼もおそらく村政警部あたりから聞いたのだろう。

「去年は本当に気の毒なことで……仕事のほうがあったものですから葬式にもいけなくて、どうもすいませんでした」

「いいえ」

「僕も原さんには親しくしていただいたのですが、ノイローゼだなんて、いまだに信じられない気分なんです。というより、本当に自殺だったのかどうかも疑わしいと思っているんです」

菜穂子は彼の顔を見返した。今までこんなふうに言ってきた人間はひとりもいなかったからだ。「どういうことですか?」と極力冷静な口調で問いなおした。

「部屋が密室だったことはご存知ですか?」

ドクターたちのほうを気にしながら彼は訊いた。

「知っています」

「自殺説の大きな根拠のひとつにあの密室があるわけですが、あの密室は今から考えると少しおかしかったのではないかと僕は思っているんです」

「と言われますと?」

「じつはあの夜、一番最初に公一さんを呼びにいったのは僕と高瀬君なのですが、その時入口には鍵がかかっていなくて、寝室の自動ロックだけがしてあったんです」

菜穂子は頷いた。高瀬から聞いた話と一致している。彼は「ひとりのお客さんと一緒に」と言っていたが、それは江波だったのだ。

「で、そのあとしばらくして高瀬君たちが再び行ったところ、今度は入口に鍵がかかっていたということでした。このあと騒ぎが起こるまでかかったままでしたから、結局入口の鍵をかけたのは公一さん自身としか考えられなくなりました。あの鍵は自動ロックではないので、キーがないと内側からしかロックできませんし、キーは公一さんのズボンのポケットに入ったままでした。また、マスター・キーは持ち出されていないということでしたからね。そしてこれが自殺説の決め手にもなりました」

「そこまではあたしも聞いています」

「ただ僕はおかしいと思うのです。いくら自殺する前とはいえ、最初に寝室を訪ねた時にあれほど呼んだにもかかわらず、まったく反応がなかったということが。警察はノイローゼで片付けてしまったようですが」

「その時すでに兄は死んでいたとおっしゃるのですね」

「そうです」と江波ははっきり言った。「ただそうなると、誰がどうやって入口の鍵をかけたのかという疑問が残ります。キーなしでも内側からならロックできますが、そうすると当の本人が部屋の中に閉じ込められてしまいますからね」

「何か名案があるんですか？」

真琴が初めて口をきいた。

「名案ということもないのですが……僕はポイントは寝室の鍵だと思うんです。あそこに鍵がかかっていると誰も寝室に入れないわけですよね。部屋を出るのは入口しかないことになる。しかしキーがなければ入口は内側からしかロックできない。そうなると考えられることはひとつ、僕と高瀬君が寝室のドアを叩いた時、中に誰かが潜んでいたということです」

「すると犯人は、江波さんと高瀬さんが行ってしまってから寝室を出て、入口を内側からロックしたというわけですか？」

真琴がすぐに応じた。さすがに頭の回転が早い。

「でもその人はどうやって部屋から出るの？」

「窓からしかないだろうね」

真琴の意見に江波も頷いた。

「なんらかの方法で、外から窓の錠をおろすことができるんじゃないかと思うんです。もしそれが可能だとすると、その時にラウンジにいなかった人間が怪しいということになりますね。ただ残念なことに、ラウンジのようすなんて覚えていないんですよね。ポーカーに夢中だったたし、途中からはクルミさんとバック・ギャモンを始めたりしたから……。もっとも外から窓の錠をおろせないのだとすると、こんなことを言うのは無意味なんですが」

菜穂子は窓の構造を思い浮かべていた。外側と内側に開く戸が二重についていて、それぞれにカケガネ式の錠がついていたはずだ。

「江波さんは実験してみられたのですか？」

と真琴。だが江波は浮かない顔をした。

「僕の部屋ではやってみましたが、あまりうまい方法が見つかっていません。ただこういうものは、その現場でやってみないと何とも言えないと思うのです」

たしかにそうだという気が菜穂子にもした。部屋に戻ったら早速確認してみよう――。

「でも、もし窓から出入りしたのだとしたら足跡が残るはずですよね。雪が積もっているでしょう？」

真琴は自分の背後の窓を親指でさしながら言った。

「たしかにそうなんですがね。今も見ればわかると思うのですが、あのあたりは推理小説でよくあるような、全面汚れなき新雪という状態ではないのです。というのは厨房にある裏口から倉庫にいく通り道になっているものですから、高瀬君をはじめ従業員がひっきりなしに足跡をつけていくんですよ。特にあの事件があった夜は、それまでに雪が降らなかったものですから、大小様々な足跡が残っていたと思いますよ」

「つまり犯人のものがあっても、区別がつかなかったろうということですか？」

真琴が言うと、「そのとおりです」と江波は答えた。

「僕の話はそれだけです。ずっと気になっていたんですが、こういうことはほかの宿泊客には言えないものですから」

そうだろうと菜穂子も思った。彼がこの話をするということは、宿泊客の中に殺人犯人がいることを主張していることになるのだから。

彼が去ったあと菜穂子は小声で「どう？」と訊いてみたが、真琴の顔色は今ひとつ冴えなかった。「理屈はわかるんだけど、あの窓の錠は外側からじゃ無理だと思うんだけどな」と言うのだった。

この後彼女らの席にやってきたのは着替えおわった中村だった。「何してるんですか？」とずうずうしく菜穂子の隣りに座ってくる。男性用コロンの嫌味な匂いに彼女は思わず顔をそむけた。

「ちょっと飲みませんか？　いけるんでしょう」

彼は親指でカウンターのほうをさし、首を傾けた。一年の時のコンパで、こんなふうに誘ってきた学生がいたことを菜穂子は思いだした。

「いえ、結構です」

チェスをさしているドクターと上条のほうを見たまま彼女は答えた。こういう男には冷たくしても支障はないというのが彼女の考えだった。そしてそのとおり彼は少しもひるんだようすがない。

「じゃあ僕たちの部屋に来ませんか？　ここではゆっくり話をする雰囲気じゃないし……もうすぐ古川も風呂からあがってくると思いますよ」

ドクターたちに聞かれてはまずいと思っているからだろうか、耳元でささやくように言う。生暖かい息が触れて不快だった。こういう時はいつも真琴が睨みをきかせてくれてケリがつくのだが、今日の彼女はそんな気配がない。そしてようやく立ち上がったと思ったら、真琴が耳を疑うようなことを言い出した。

「行ってくればいいじゃない、菜穂子」

菜穂子は驚いて真琴を見上げた。彼女は平然としている。「ちょっとシェフに用があるからキッチンに行ってるよ。中村さんたちの部屋はどこでしたっけ？」

思いがけぬ展開に、彼は浮かれた声で答えた。

「『旅立ち』の部屋ですよ。廊下を左に曲がったところです」

「なるほど、『旅立ち』だって」

そう言って真琴は意味ありげな視線を菜穂子に向けた。それでようやく彼女も真琴の真意をつかんだ。暗号解読のチャンスだというわけなのだ。そして真琴はおそらくシェフから二年前の事件に関する情報を聞きだすつもりなのだろう。

「いいでしょう？　少しだけ」

二人の間にそんな無言のやりとりがあるとは知らずに、中村は媚(こ)びるように言った。

謎の解明のためとあればしかたがない。「少しだけなら」と浮かない声で答えた。

「決まった」

中村はいきおいよく立ち上がった。菜穂子が真琴を見ると、彼女は激励するようにウインクしていた。

『旅立ち』の部屋といっても何かが違うわけではなかった。菜穂子たちの部屋と全く同じ造りで、例の壁掛けの中の文章だけが違うのだ。

"The land was white,
　The seed was black;
It will take a good scholar
　To riddle me that."

「ちょっとごめんなさい」

菜穂子は中村にことわって壁掛けの裏を見た。日本語訳はこうなっている。

『しろいじめんに
　くろいたね

このなぞとくには
　べんきょうしなくちゃ』
（谷川俊太郎訳）

　まっさきに菜穂子の気をひいたのは「黒い種」という言葉だった。たしかドクターの話の中に、兄・公一が『ロンドン・ブリッジ』の唄を見ながらそういうことを口走っていたという内容が出てきていた。公一が言った「黒い種」とはこの唄のことなのだろうか？

　それにもうひとつ疑問がある。部屋の名前だ。『旅立ち』という名前とこの唄とは何の関係もなさそうに思える。

「この唄の題が、どうして『旅立ち』なんですか？」

　菜穂子がふりかえって訊くと、中村はちらっと壁掛けのほうに目を向けただけで、

「さあ、どうしてでしょうね」と全く興味のない顔つきで言った。彼はザックの中からブランデーのボトルを取りだしてきている。結局酒を飲ませようとしているのだ。

　彼は棚の上に置いてあったブランデー・グラスを持ってくると、それに三分目ぐらいついで彼女に持たせた。そして自分もグラスを持つ。

「まずは乾杯しましょう」

「中村さんたちは、いつもこの部屋なんですか？」

中村がグラスを合わせようとしているのを無視して菜穂子は訊いた。

「まあそうですね。別に希望しているわけではないんですが」

「じゃあ、この唄の意味もご存知なんでしょう？」

「それほどのことは知りませんよ。古川が本屋かどこかで読んだという話を聞いたぐらいのものです。僕はほかの人と違ってこういうことには疎(うと)いほうでね」

それでもとりあえずこの話題につきあわなければならないと観念したのか、ようやく中村は壁掛けをまともに見た。

「大した意味はありません。単なるなぞなぞです。しろいじめんに　くろいたね　これはいったい何でしょうというわけです。答えは文字を印刷した紙です。たわいないものですよ。昔はこういう単純なクイズがあったんですね」

こんな話題はこのへんにしようとばかりに、中村は椅子をひいて彼女に座るように促した。やむをえず菜穂子はそれにしたがったが、彼女としては壁掛けに用があって来ているのだ。「どうしてこれが『旅立ち』と関係があるんですか？」と再び訊いた。彼女の隣りに座ろうと椅子を動かしていた彼は、一瞬だけうんざりした顔をした。

「知りません」

「不思議だわ、なぜなのかしら」

「ねえ菜穂子さん、そういうことはマスターに訊いてみてください。部屋の名前をつけたのはあの人だという話ですからね。僕といる時は、僕としかできない話をしようじゃありませんか」

「ああ、そうですね。ごめんなさい」

中村はほっとしたように表情を緩めたが、次の瞬間には狼狽した目で菜穂子を見上げていた。彼女はグラスを置くと同時に椅子から立ち上がったのだ。

「どうしたんですか、菜穂子さん」

「だから」と彼女はにっこり笑いかけた。「マスターに訊いてきます。どうも失礼しました」

菜穂子がドアを閉める時も中村はまだ呆然とした様子で座ったままだった。廊下を歩きはじめ、しばらくしてから何かがドアにぶつかる音がしていた。グラスを投げつける勇気はないだろうから、枕でも投げたのだろう。いずれにしてもバカな男には用はない。

あまり顔色は良さそうではなかったが、マスターはカウンターの中で愛想よく菜穂子の相手をしてくれた。彼女の質問にも真剣に答えてくれる。

「『旅立ち』の部屋の名前の由来ですか？　これはむずかしい質問だなあ」

「わからないんですか？」

「率直に言うと、そうです。英国の友人にここを譲ってもらった時から、あの部屋には
ああいう名前がついていましたからね。たしかに言われるように、壁掛けに彫ってある
文面と『旅立ち』という言葉には何の関係もなさそうなんですよね」

「『旅立ち』というのはマスターが訳した言葉ですよね。元の言葉は……」

「ずばり、“start”です。だから『出発』でもよかったんですが、ペンションというこ
とを考えると、『旅立ち』のほうがいいかなと思いまして」

「“start”……そうですか、“start”でしたか」

さっきは中村がせかしたので、ドアの札をよく見なかったのだ。

菜穂子はその“start”と題された唄を暗唱してみた。短い唄だからすぐ覚えられる。

しろいじめんに　くろいたね　このなぞとくにはべんきょうしなくちゃ——。

『謎』という一文字が菜穂子の脳を軽く刺激した。なぜこの唄が『スタート』なのか？

「もしかしたら……」

思わず口に出していた。コーヒーをたてることに熱中していたマスターにははっきり
とは聞こえなかったらしく、「なんですか？」と彼は聞き直した。菜穂子は「いいえ」

とあわてて首をふった。

もしかしたら、この唄が暗号解読の第一歩なのではないだろうか？――これがたった今菜穂子が思いついたことだった。“start”は『旅立ち』や『出発』ではなく、たとえば『はじまり』とでも訳すべきなのではないだろうか。しかも、『このなぞとくにはべんきょうしなくちゃ』という一節は、いかにも暗号解読の序章のような趣（おもむき）がある。

「マスターごちそうさま」

興奮した彼女は自分が何も飲んでいないということも忘れて言うと、急ぎ足で部屋に戻った。全身が熱くなってきていた。

部屋に入ると鍵をかけ例の見取り図を取りだしてきた。もう一度各部屋の配置をながめてみる。思ったとおりだと菜穂子は頷いた。

『はじまり』の部屋は――彼女はもはや“start”の訳はこれしかないと信じている――『ロンドン・ブリッジとオールド・マザー・グース』の部屋を除くと、この宿の一番端に位置していることになるのだ。しかも、『ロンドン・ブリッジ――』の部屋は別棟になっている。

公一が暗号解読のコツは各部屋の唄を順番に読んでいくことだと芝浦夫婦に言ったという話を菜穂子は思い出していた。つまり『はじまり』の部屋から順に唄を追っていけばいいのではないだろうか。そうなると次の唄は……。

　菜穂子の視線が『セント・ポール』という文字に止められた時、入口のドアがガタガタと音をたてた。真琴が戻ってきたらしい。ドアをあけると真琴はまず、親指と人さし指で丸をつくって見せた。

「収穫があったって顔ね」

「そっちも顔色がよさそうじゃないか」

　真琴は廊下にちらっと目を向けたあとドアを閉めた。

「聞かせたい話があるの」

「じゃあ、そっちの話を先に聞こう」

　二人はテーブルに向かいあって座った。

　菜穂子は『旅立ち』というのは『はじまり』と訳すべきで、この唄が暗号解読の最初だと推測されること、この唄の中に「黒い種」という言葉があることなどを説明した。

　真琴は菜穂子が書いた『はじまり』の唄の歌詞を見ながら、「いいセンだ」とつぶやいた。

「問題は黒い種というのが何を意味しているかだな。もう一度ドクターたちの部屋を訪ねてみる必要がありそうだ」

「あたしもそう思っていたのよ」と菜穂子も同意した。

「ところで真琴のほうの収穫を話してよ。いろいろわかったんでしょう？」

「まあね」と彼女は白い歯を見せた。そしてジーパンのポケットから紙きれを出してきて菜穂子の前でひろげた。男性的な角ばった字で、やや乱雑に書き込みがしてある。真琴独特の筆跡だということを菜穂子は知っていた。

「二年前に転落死したのは川崎一夫という人で、新宿で宝石店を営業していた。年齢は五十歳ぐらい。この宿に来たのはその時が初めてではなく、その半年前の夏に一度来ていたということだ。石橋から落ちたのは二日目の夜、足をすべらせて落ちたのだろうというのがその時の見解だった」

「今回のようなトリックはなかったのね」

「今となっては確認できないけど、まさか警察がトリックの痕跡を発見できないとは思えないからね」

「そうね」

「無口で陰気な人だったというのがシェフの印象らしい。ほかの客ともほとんど話をしていなかったそうだ。当時の客で今も残っているのは、ドクターたちと芝浦さん、それから江波氏だけど、そのころは仲間意識なんかあまりなくて、事件に対する関心もなかったみたいだね。しかしじつはこの事件にはちょっとした裏話があって、シェフがそれを知ったのは川崎氏の葬式に出かけていったからだという話だ。親戚縁者から聞いたらしいね」

「何なのその裏話って？」

葬式になると故人の生前の噂がバーゲンセールのように大安売りされるという話を、菜穂子は誰かから聞いたことがあった。

「その前に肝心なことを言っておかなくちゃいけない」

もったいをつけているわけでもないのだろうが、真琴も慎重な口ぶりで前置きした。

「シェフはめったにこの話を人にしない。まあ訊く人がいなかったせいもあるだろうが、極力触れないようにしていたそうだ。参考までに一番最近シェフが話をした相手というのは誰だと思う？」

「さあ……」

菜穂子は考えた。真琴がこんなふうなことを言う以上はこのことも何か意味を持っているのだろう。彼女は顔を上げた。「もしかして……兄さん？」

「正解」と真琴は言った。「公一さんもこの話を知っていた、この事実に注目したいね。つまり我々も公一さんとほぼ同じルートを辿(たど)っているわけだ」

「兄さんが暗号解読をしていたことと、二年前の事件は無関係じゃないってことね」

「そういうこと。そこで問題の裏話だけど」

そう言って真琴は指を三本たてて菜穂子の顔の前に出した。「三つある」

「三つ？」

「そう。ただしシェフは普通は二つしか話さないことにしているらしい。その理由はあとで説明するとして、まずその二つの話からしよう。一つ目は、親類の中ではあれは事故ではなく自殺だったという噂がひろがっていたということだ。というよりほとんどそういうふうに確信されているらしい」

「自殺？　何か根拠があるの？」

するど真琴は右手の人さし指を自分の腹部に向けた。

「川崎氏は胃ガンだったという話だ。勿論医者は本人には言っていないと主張しているらしいが、気づいていたふしがある」

「それで自殺を？」

「じゃないかという噂だ。胃ガンだからといって手遅れと決まったわけじゃないからね」

しかし自殺の動機にならないことはないなと菜穂子は思った。

「二つ目は大した話題じゃない。ただ葬式ではこの手の話が暴露されやすいんだろうね。浮気のことだよ。川崎氏は婿養子でね、宝石店の経営者といっても実権は奥さんが握っていて、飾りものの社長という待遇だったらしい。宝石の鑑定すら、満足にできなかったんだってさ。そのせいか、結婚して間もなくほかに女をつくっちゃって子供を産ませたという話だ。この時は先代の社長にばれて大目玉をくったが、手切れ金を渡して別れることでなんとか話はついたらしい。ところが浮気癖ってのはなかなか治らないらしく、かなり最近まで女出入りがあったようだね。世間体があって奥さんも我慢していたが、真剣に離婚を考えていたそうだ」

よくある話だ、と菜穂子はため息をついた。どうして男ってのはこうなんだろう。

「そんな話に兄さんが興味を持ったとは思えないわ」

苛立ったような声で彼女は言った。

「同感だね。そこで三つ目の裏話だが、まずシェフに訊いてみたんだ。これを公一さんには話したのかってね。シェフは言いにくそうだったが、結局白状したよ。公一さんには話している。なんでも酒を飲んでいる時に口をすべらしたらしいんだ。まあそれで我々にも喋る気になったんだろうけどね。ただし他言は無用だって念を押されたよ」

「よほど大事なことなのね」

「まあね、これこそ公一さんの心を捉えたに違いないと思っているんだ」

真琴の言葉には力がこもっていた。そして内心の興奮を示すように唇を何度も舐めた。

「川崎氏はこの宿に来る前に、ほとんど家出に近い形で自宅を出てきているんだ。奥さんにしろ肉親にしろ、彼が死んで初めてここに居たことを知ったんだからな。じつは捜索願いも出されていたということだ」

「ふうん」

五十になる男の家出と聞いて、菜穂子は何か奇異な感じがした。この場合は「蒸発」とでも言ったほうがいいのかもしれない。

「胃ガンで死期は近いし、せめて残りの日々をおもしろおかしく過ごしたかったというのが家出の動機だろうと親戚なんかは話していたらしい。たしかそういうテーマの映画があったな」

黒澤明監督の「生きる」だと菜穂子は思いだしていた。

真琴は続ける。

「ただ余生を充実させるには金が必要だ。ところが川崎氏は個人的にはほとんど金を持っていなかったということなんだ。財産はすべて奥さん名義だし、浮気防止のために小遣いも絞られていたようだね。困った彼は店の商品に手をつけた」

「商品を持って逃げちゃったわけ？」

「いや、店では店員が目を光らせているからね。彼が持ち出したのは、指輪やネックレスにする前の石らしいね。ジュエリー・デザイナーの工房に持っていく前のやつだ。特にダイヤとヒスイだったらしい。それでも全部あわせれば数千万になるということだった」

「数千万っ」

プロ野球のトップ選手がそのくらい年収を得るという話を菜穂子は思いだした。つまりそういうふうにしなければ実感が得られないのだった。

「つまり川崎氏は、数千万の財産を持ったまま家出を実行したわけだ。問題はここからだ。彼の死体が発見された時、その財産はひとつも見つからなかった」

「盗まれたの？」

「かもしれない。だけど警察で調べたかぎりではそういう形跡がなかったということなんだ。あるいはこの宿に来る前に何かがあったのかもしれないが、すべては不明のままだ」

「数千万円が闇の中……か」

紛失物の大きさに菜穂子は途方にくれていた。それだけあれば何が買えるだろう？

「とまあ、ここまでがシェフから聞いた話なんだけどね」

真琴は長い話のひとくぎりをつけるというふうに髪をかきあげ椅子に座りなおした。

「我々の推理の進め方としては、この話がどうとかいうんじゃなくて、公一さんがこの話を聞いてどうしたかという具合にやらなくちゃいけない。たとえばどんなふうに感じたとか、何に興味を持ったかというふうにね。ここでヒントになるのは、公一さんがなぜあれほど暗号にこだわったのかということだ」

真琴の口ぶりからは、すでに彼女としては熟慮を終えているという様子がうかがえた。そして菜穂子も彼女の言わんとしていることが薄々わかりかけていた。

「公一さんは、数千万の宝石がこの宿のそばに隠されている、と考えたのじゃないだろうか？」

「その場所が例の暗号で示されているというわけ？」

真琴は深く頷いた。

「でも暗号を作ったのは川崎氏ではなく、この宿の元の持ち主だった英国人の女性でしょう？　なぜその場所に宝石が埋まっていることになるのかしら？」

「これはあくまでも推理だけど」と真琴はことわった。「川崎氏もマザー・グースの呪文が暗号だと知っていて、しかも解読に成功していたんじゃないだろうか。彼は自殺する前に自分が持っている財宝の処置に困り、暗号が示す場所に隠すことを思いついたのじゃないかな。宝石の隠し場所を暗号が示しているなんて、なんだかロマンチックじゃないか」

菜穂子は少し驚いた。真琴の推理の突飛さにではなく、彼女がロマンチックという言葉を使ったことに対してだった。そういうものを排斥する性分だと今までは思っていたからだ。そして真琴自身も少し照れくさそうな顔をした。

「反論はあるかい？」

菜穂子は首をふった。「賛成よ。ただわからないのは、なぜ暗号の場所に宝石を埋めたってことを兄さんが知ったかということね」

「たしかにね」と真琴の口調はその点も熟慮済みといった響きだった。「もしかしたら公一さんにしても確信があったわけじゃないのかもしれない。単なる推理の段階でさ。でも今の段階ではそれを考える必要はないと思う。肝心なのは何のために公一さんが暗号を解読しようとしていたかということなんだから」

菜穂子は黙って頷いた。兄がいったい死の直前まで何を求め、何に情熱を傾けていたのかがわかっただけでも相当な進展だという気がしていた。

「兄さんがもしそういう夢を持って暗号にトライしていたとしたら、ますます自殺の可能性は薄くなるわね」

冷静な口調で言うつもりだったが、ついつい熱っぽくなるのが菜穂子自身にもわかった。実際身体が火照っていた。

「そのとおりだよ」

彼女の気持ちを読みとったように真琴も力を込めて言った。「公一さんは自殺なんかじゃない。誰かに殺されたんだ。これはもう断言していいと思う」

——殺された。

その言葉が今あらためて菜穂子の心に迫ってきた。兄は殺された。

「なぜ兄さんを殺さなければならなかったのかしらね」

彼女の目が潤み、そこから一筋の線が伸びた。真琴は息をつめて見つめていた。

第六章　マリアが家に帰る時

1

ノックの音がしたので、菜穂子は例によって高瀬が食事を知らせにきたのかと思ったのだが、緊張した面持ちでドアの向こうに立っていたのは江波だった。

「気になったものですから」と彼は言った。

「あの後、窓の錠について調べてみましたか？」

江波はかなり密室にこだわっているようだった。

「ええ、でもあまりうまくいかないんです」

「そうですか……」

彼は少し失望したように目を伏せた。

「失礼します」と言って入ってきた。

「あの、どうぞ」

菜穂子は身をよけて江波を招いた。彼はほんのわずかためらいを見せたのち、「失礼します」と言って入ってきた。

リビングでは真琴が宿の見取り図と睨めっこをしているところだった。彼はテーブルの上に散らばった図面や唄に目を向け、「原公一さんも、よくこうしておられましたよ」と感慨深げに言った。

菜穂子が寝室に案内すると、彼は真っすぐに窓のところに行ってその錠の構造を見た。彼としてはこれがポイントだと考えているらしい。

「やはり僕の部屋のものと同じカケガネ式ですね」

金具をいじりながら彼はつぶやいた。

「糸や針金を使って外からかけるのは無理だと思うんですよ」

いつの間にか菜穂子の横にきていた真琴が言った。

「寒冷地ですから、風が絶対に入らないように隙間は全くないんですよね」

「そのようですね」

諦めたように彼は立ち上がった。「ただこういう方法があると思ったんですよ。これは何かの本で読んだ方法ですが、まずカケガネが落ちかける状態にして雪かなんかで固めておく。そして犯人が出て窓を閉めたのち、雪が溶けてカケガネは自らの重みでかかる……とね」

「よくある手ですね。でもその金具は結構きっちりしていて、重みで落ちるということはないようなんですよ」

真琴の口ぶりは、もうそんなことは検討済みだというかんじだった。江波は照れ隠しからか、頭をかきながら窓から離れた。

「窓は最初から最後まで錠がおりたままだということですか。そうなるとむずかしいですね。お二人に何かアイデアがあるのですか？」

「犯人はドアから出ていったということでしょうね」

真琴の言葉に江波は目を見張った。

「ドアから出る方法があるのですか？」

「たとえば合鍵です」

「なるほど。でもその点に関しては警察が調べているかもしれませんね」

「可能性は薄いと思います。ほかに、機械的な仕掛けでなんとかできないものかと考えてみるつもりです」

「それ、いいですね」

江波は腕を組んで、賛成だというふうに頷いた。「僕ももう一度考えなおしてみましょう。何かいい案が浮かんだらすぐにお知らせしますよ」

「お願いします」

菜穂子が頭を下げた。その彼女に彼はしみじみとした口調で言った。

「いい人でしたよ、お兄さんは。僕と同じで推理マニアでね。よく語り合ったものです。大丈夫、きっといい案が生まれますよ」

そうして彼は出ていった。彼が閉めていったドアを見て、「密室か」と真琴が憂鬱そうな声でつぶやいた。彼女の心境が菜穂子にはよくわかった。暗号に心を奪われてはいるが、この謎も解かなくてはならないのだ。

ドアから再びノックの音がした。今度は高瀬だった。

2

夕食後のラウンジは、気まずく重苦しく、そして緊迫した空気に満ちていた。いつものようにテーブルではポーカーが始まり、ドクターと上条はチェスの駒を並べにかかったのだが、誰もが自分の手元に集中できないでいた。中村と古川はゲームには参加しないので、いちはやくこの空気から逃れるべく部屋に戻ってしまったし、クルミや高瀬は仕事が残っているからといってどこかへ消えてしまっていた。

菜穂子と真琴はドクター夫人からドミノ・ゲームを教わっていた。強いていえばこの夫人のはしゃぎぶりだけは、いつもとさほどかわらないようだった。

「どういうつもりなんだい？」

カードを見ながらの会話にしては大きな声をシェフが上げた。彼の視線はまず自分の正面のマスターに向けられ、そのあとすぐに、カウンター席に座ってじっと全員の様子をうかがっている二人の男に注がれた。

「どうって？」とマスター。落ち着いた声だ。

「だからさ」

シェフはひときわ苛立ったようだ。「どうして彼等がここに泊まるんだい？」

「知らないさ」

マスターは淡々とカード・ゲームを続行している。

「宿泊客のひとりひとりに訊くのかい？　なぜこの宿に泊まるのかを」

「いいじゃないですか」

江波が二人をとりなすように言った。「たぶんまだ調べることが残っているんでしょう。明日の朝早くまた来るのも考えてみると大変ですからね」

「そうですよ、気にするのはよしましょう」

芝浦も江波に同調したので、シェフもそれ以上は何も言わなくなった。

このちょっとした議論の原因である村政警部と若い中林刑事の二人は、こんなやりとりなど全く聞こえないかのように平気な顔をして煙草を吹かしている。顔色ひとつ変えないのはさすがだと、菜穂子は横目で様子を見ながら感心していた。

「あら、またわたしの勝ちね」

夫人が無邪気な声で喜んだ。


十時過ぎになって刑事たちが部屋に引き取るのを見て、菜穂子と真琴も腰を上げた。夫人は不満そうだったが、明日また部屋を訪ねると菜穂子が言ったら納得したようだ。

『セント・ポール』の部屋の前まで来ると、二人はお互いの顔を見た。そして最終確認をするように頷き合うと、菜穂子のほうが緊張した面持ちでノックをした。隣室の中村たちに気づかれたくないという気持ちがあったのだが、ノックの音がずいぶん大きく感じられて彼女自身がどきりとした。

ドアを開けたのは中林刑事だった。不精髭が口のまわりから耳までつながっているので今まで気づかなかったが、案外童顔だということを菜穂子はこの時知った。彼はその大きく丸い目でしばらく彼女たちを見ていたが、やがて思い出したように、「ああ」と口を開いた。

「何かご用ですか？」

「お願いがあるんです」

菜穂子は中をのぞきこみながら言った。中林の背後に、村政の小さな身体が近づいてきているのが見えた。

「男の部屋に押しかけてくるとは積極的ですなあ」

小男がつまらない冗談を言っている。

「壁掛けを見せてほしいんです」

「壁掛け？」

「とにかく入れてもらえませんか？」

真琴がちらりとラウンジの方向を見たあと、内緒話をするような小声で言った。他の人間に気づかれたくないという点を強調したわけで、その効果があって刑事たちもためらいがちに二人に道をあけた。

「壁掛けの唄を見たかったんです」

そう言うと菜穂子は壁掛けの前に陣取り、持参してきたノートに唄を書き写しはじめた。刑事たちは少しの間、ただ呆然と彼女の後ろに立っていたが、彼女がペンを動かしているのを見て、ようやく村政が真琴に尋ねた。

「この唄に何か意味でもあるのですか？」

真琴はすぐには答えなかった。どういうふうに説明すべきかを熟考しているようであったが、やがて彼女が発した台詞は、「呪文です」というじつにあっさりしたものだった。

「呪文？」

警部は怪訝そうな顔をした。「なんですか、それは？」

「だから……呪文です」

真琴は刑事たちに、この宿の各部屋にマザー・グースの唄を彫った壁掛けがあることと、その由来について手短かに説明した。刑事たちはマザー・グースが何かも知らなかったし、まして幸福への呪文などと言われても途方に暮れるしかなかったようだ。中林刑事などは苦しまぎれに、「最近は変わったものが流行(はや)っているんですね」と間の抜けた感想をもらしていた。

「兄はこの呪文の意味を調べていたようです。というのは、この呪文は一種の暗号だからです」

唄を写し終えた菜穂子が刑事たちのほうに向き直った。

「暗号？」

さすがにこういう言葉には反応するのか、二人の刑事の顔は一様に険しくなった。

「どういう意味ですか、暗号とは？」

菜穂子は、川崎一夫の宝石と暗号との関連について刑事たちに説明した。真琴と話し合った結果、やはり警察に言っておく必要があるということになったのだ。

だが刑事は二年前の出来事について菜穂子たちがあまりに詳しいのでそれについて興味を示したぐらいで、宝石を隠した云々（うんぬん）については、途中からにやにやと馬鹿にしたような笑いを浮かべるだけだった。

「そんなことはありえない、という顔ですね」

横から業をにやしたように真琴が強い口調でいった。「まるでお伽話だとでもいうように」

「そんなことはありません」

村政は大げさに手と顔をふって見せた。「ありえることだと思います。独創的だと感心もしているんですよ。たしかにあの時の宝石はまだ見つかっていないのですからね。

ただ……あの事件とお兄さんの死とは結びつかないのじゃないかと……勿論これは私の個人的意見ですがね」

「でも兄が暗号のことを調べていたことは事実なんです」

菜穂子はムキになって言った。「だからあたしたちも兄と同じように壁掛けの唄を調べれば、かならず何かが出てくると信じています」

「それはご自由です」

村政の返事は軽かった。そういうゲームで探偵気分が味わえるなら結構だという感じの相槌だった。

「しかしですね、あなたのお兄さんは自殺されたのだという結論を我々が出したのには、さまざまな根拠があるからなんですよ。現場の状況をはじめ、動機、人間関係などいろいろなことを調査した結果のことなのです。ですからあなたがたが我々の結論を覆すには、まずそれらのデータについて納得できる別解を示す必要があると思うのですがね」

「たとえば密室ですか?」

真琴が訊くと彼は無感情な声で、「そうですね、密室もそのひとつです」と答えた。

「全員の証言を総合した結果、原公一さんの部屋に鍵をかけたのは原さん自身でしかありえないということが明らかになったのです。あなたがたが反論されるのであれば、この謎についても妥当性のある解答を用意してもらわねばなりません。この場合重要なことは、妥当性がある、ということですがね」

つまり無理なこじつけや、偶然性の要求されるような説明では納得しないということなのだろう。

「お客さんのひとりが面白いことを言っておられました」

真琴は、昼間に江波から聞いた話を思いだして刑事に伝えた。つまり犯人は寝室に潜んでいて、窓から脱出したあとで何らかの方法を用いて施錠したという推理である。村政は最初ちょっと厳しい顔を見せたが、

「それで外側から窓に錠をおろす手段は見つかったのですか？」

という質問に対して、「まだです」と真琴が答えるとすぐに余裕をとりもどした様子だった。「そうでしょうな、そういうことは我々のほうでも調べたはずですから」

「でもひとつの可能性を示していると思うのです」

「挑戦する気持ちは大切ですな。ところで、その話をあなたがたにしたお客さんというのはどなたですか？　もしよろしかったらお名前を……」

「江波さんです」

菜穂子が答えた。村政は、ほうというような口の形を作った。

「科学者ですからな、あの方は。会社でも独創的な発想をすることで有名なんだそうです。ただ独自性が強過ぎて、支持者も少ないということですがね」

江波は二年前の事件の時からこの宿に来ている。そういう関係から、さすがに身上調査はいきとどいているようだった。

「まあとにかく昼間もお話ししたように、とりあえず今回の事件の犯人を逮捕することに我々は力を集中させます。その途中もしくはその後で以前の事件となんらかの関わりがあると考えられた場合には勿論そちらのほうにも乗り出すつもりです。おわかりいただけますな?」

わかります、と菜穂子はしかたなく答えた。

「ではおやすみなさい、睡眠不足は美容によろしくない」

だがドアに手をかけようとした彼の前に真琴が立ちふさがった。

「今回の事件の犯人は、もう目星がついているんですか?」

「君」と中林が荒い声を出したが、それを村政がなだめた。

「自信を持って言えることは、今この宿に泊まっている人間だということですな。悪い言い方をすれば、袋の鼠だ」

「そこで最後の詰めをするために泊まりこんだというわけですか？」

「詰めをするほどこちらには手駒がないんですな。香車がひとつと、あとは歩ばかりという有様です。さあもう時間だ」

村政は真琴の後ろに回って素早くドアを開けた。そして残ったほうの掌で廊下を示す。

「もう少し話をしていたいんですがね、残念ながらこちらにはまだ仕事が残っている。今日はこのへんで」

真琴と菜穂子は目を合わせて軽く吐息をついた。

「おやすみなさい」菜穂子が言った。警部は頷いてドアを閉めた。


『セント・ポール』の唄。

“Upon Paul’s steeple stands a tree
As full of apples as may be;
The little boys London Town
They run with hooks to pull them down:
And then they run from hedge to hedge

Until they comes to London Bridge.”

そして裏面の日本語訳。

『セント・ポールのとうのうえ　きがいっぽん
りんごがたわわにみのってる
ロンドンのまちのちびどもが
てかぎをてにしてかけてくる
りんごをとったら　かきねからかきねへといちもくさん
とうとうロンドンばしにつきました』
(谷川俊太郎訳)

これが村政警部の部屋から書き写してきた唄だった。菜穂子と真琴はしばらく黙ったままこの歌詩をながめていたが、最初に真琴が口を開いた。
「暗号解読のミソは各部屋の唄を順番に読んでいくことだと公一さんがおっしゃってたらしいけど、具体的にはどういうふうに処理していけばいいんだろうな？」
「処理って？」

「この暗号はどういう種類のものなのか、ということだよ。たとえば暗号には、本当の文を他の文字や記号に置き換える方法があるだろ。シャーロック・ホームズの『踊る人形』だとか、ポーの『黄金虫』に出てきたやつだよ。でもこの場合はマザー・グースという、すでに存在していた唄を並べただけなんだから、そういう暗号ではありえないはずだ」

真琴もミステリーは好きなほうだった。だがマニアというほどでもない。コナン・ドイルの『踊る人形』ではなく、シャーロック・ホームズの——と言ってしまうていどのファンだ。

「ほかにはどんな暗号があるの？」

「そうだな、文章を構成している文字の順序を変える方法があるね。簡単な例でいえば、文をそのまま逆に書いたり、整然と横書したあと縦に記録していくとかだ。だけどこれも今回のものには適用不可能だな」

「そのほかには？」

「文章の構成単語だとか文字の間に余分な言葉を入れて、全体をなんだかわけのわからないものにするという方法がある」

「じゃ、それもだめね。わけがわからなくないもの」

「そう、今まで言った三つの方法だと、完成した暗号文は全くわけのわからないものになるか、単なる記号の羅列に見えるかなんだ。だから今度のやつには不適当だ」

「わけのわかる文章ができるものはないの？」

「本来の目的からいえば、暗号文そのものはわけがわからなくてもいいんだよね。だけどそういうものが全くないわけでもない。一見なんでもない文章が並んでいて、各行の頭字や末字を拾っていくと隠された言葉が出てくるというものがある。まあ、言葉遊びみたいなものだけどね。たとえばこういう例がある」

そういうと真琴はノートに、いろは歌を七字ずつ並べて書き、それぞれの末尾に印をつけた。

いろはにほへと
ちりぬるをわか
よたれそつねな
らむうゐのおく
やまけふこえて
あさきゆめみし

「この最後の文字を読んでいったら、とかなくてしす、というふうになるだろ。この『とか』は『とが』のことで罪という意味なんだ。つまりこの歌には、罪がなくて死ぬという文章が隠されていることがわかる。このことから、この歌を作ったのは無実の罪で死刑になった人だという説まであるくらいだよ」

「すごい」

真琴の解説を聞いて、菜穂子は感嘆の声をあげた。今までなにげなく見ていたいろは歌にこんな秘密があったのかという驚きと、真琴の博識ぶりに感心する気持ちが半々だった。「こんなこと全然知らなかったわ」

「有名すぎるぐらい知られた話だよ。隠字文の説明の時に必ず出てくるし、推理小説を読む人なら誰でも知っているってところじゃないかな。だからあまりほかで喋らないほうがいい。恥をかく」

「なんだ、つまんない」

「というわけで、今回のケースではこの隠字文方式が一番可能性が強そうではあるんだ。それでじつは自分なりにいろいろ並べてみたりもしたんだけど……」

真琴はポケットから自分のメモ帳を取り出した。ここへ来てからは、それぞれがこうして筆記用具を持ち歩くことにしている。何があるかわからないからだ。
彼女のメモには『まざあ・ぐうす』の各部屋の名前が順番に並べて書いてあった。

LONDON BRIDGE & OLD MOTHER GOOSE（ロンドン・ブリッジとオールド・マザー・グース【別棟】）
START（はじまり）
UPON PAUL'S STEEPLE（セント・ポール）
HUMPTY DUMPTY（ハンプティ・ダンプティ）
GOOSEY & OLD FATHER LONG-LEGS（ガチョウと足長じいさん）
MILL（ミル）
JACK & JILL（ジャックとジル）

「部屋の名前の頭を取ったり、末尾を取ったりね。ところがどうもうまくない。それに公一さんの、順番に読んでいけばいいという話とも一致しない。つまり処理の方法がまったくわからないんだ」

「ふうん……」

「『セント・ポール』の唄を見れば、もしかしたらヒントぐらいは、つかめるかもと思ったんだけど、少し甘かったみたいだ」

真琴の声にはめずらしく張りがなかった。一刻も早く解読しなければならないというのに、その手がかりすらも摑めないことに、焦りと苛立ちを感じているようだった。そんな彼女を見るのが菜穂子はつらかった。彼女の苦悩の原因は自分にあるのだ――。

「とりあえず寝ようよ、今夜は」

自分がこんなふうに、しかもまるで真琴を慰めるような口調で言うのはおかしいことに菜穂子は気づいていた。しかし自分が言いださなければ真琴がいつまでもテーブルから離れないことも彼女は知っていた。

彼女の気持ちを察したからか、真琴は薄く笑った。

「そうだね、頭を休めるのも大切だな」

そして二人は寝室に移動した。

部屋の灯りを消してから何分たっただろう。暗闇の中で菜穂子は目を開いていた。この宿に来てからどうも寝つきが悪いのだ。だが今夜はそれだけではなかった。いつもならとっくに規則正しい寝息が隣りから聞こえてくるのだが、さっきから寝返りをうつ音ばかりがしているのだ。真琴とは何度も旅行しているが、こんなことは一度もなかった。

「真琴」

小さく声をかけてみた。真琴の身体の動きが止まった気配がする。「なに？」としっかりした声が返ってきた。

「さっきの話、面白かったわ」

「さっきの話？」

「とがなくてしす」

「ああ」真琴はかすかに笑ったようだ。「大した話じゃないさ」

「でも面白かったわ」

「それはよかった」

「ほかには知らないの？」

「ほか？」

シーツのすれる音がした。真琴が身体を動かしたらしい。たぶん両腕を頭の下に敷いたのだろうと菜穂子は想像した。寝ながら考えごとをする時の彼女の癖なのだ。

ややあって答えが返ってきた。「文字をバラバラに並べかえることで原文をわからなくしてしまう転置式暗号で、面白い話を聞いたことがあるよ。この暗号はヨーロッパでは昔から結構頻繁(ひんぱん)に使われていて、ある学者がこの暗号を使って研究を発表したことがあったらしい」

「凝ったことをやったのね」

「遊び好きなのかもしれないな。たしかオランダのホイヘンスという学者だよ。原文をアルファベットに分解して、ＡＢＣ順にならべかえたんだそうだ。だから出来あがった暗号文というのは、いきなりａばかりが八つぐらい並び、次にはｃが五つぐらい並んでいるという代物だったらしいけどね。土星の環を発見した時の論文だそうだよ」

「原文はどういう内容だったの？」

「ラテン語だから日本語訳しか知らないけれど、『薄い、平たい、どこにも触れていない、そして黄道に対して傾いている環で囲まれている』と、だいたいこんな意味だったと思うのよ」

「それが土星の環のことなの？」

「そうらしいね」

「ふうん……」菜穂子はぼんやりとその形を思い浮かべてみた。そして何気なく言った。

「なんだかその原文のほうが暗号みたいね」

「そうだね……」

再び沈黙が流れた。菜穂子はそろそろ、おやすみなさいと言おうとした時だ。いきおいよく毛布をはぎとる音が隣りから聞こえた。真琴が起き上がってスリッパを履いている姿がおぼろに見える。息使いが少し荒いようだ。

「どうしたの？」

「わかったと思うんだ」真琴は妙な言い方をした。「たぶん解読できたと思う」

菜穂子もとび起きた。真琴が灯りをつけたので一瞬目の前が真っ白になった。

リビングのテーブルに向かい合って、二人は再び『セント・ポール』の唄を前にしていた。セント・ポールのとうのうえ　きがいっぽん——。

「簡単だったんだ。この唄は暗号でもなんでもなかったんだよ」

そう言ったあと真琴は強く歯をくいしばってこの唄を見た。まるで今まで気づかなかったことに対して腹をたてているように菜穂子には見えた。

「そのまま読めばいいんだ。何も処理なんて必要ないんだ」

「そのままって？」

すると真琴はノートに書いた唄の何箇所かを指でおさえながら言った。

「セント・ポールの塔、垣根、そしてロンドン橋。この三つの言葉を見て、菜穂子は何か連想しないかい？」

菜穂子は驚いて歌詞を読み直した。真琴がこんなことを言うからには、彼女はこれらの言葉を見た途端に連想することがあるのだろう。セント・ポール、垣根、ロンドン橋……だが何度読み返してみても、菜穂子の頭には何も閃いてこなかった。

「菜穂子はセント・ポール寺院を知っているかい？」

真琴の問いに彼女は小さく首をふった。

「じゃあちょっと難しいかもしれないな。セント・ポール大寺院というのは、尖塔の高さ、つまり尖った屋根の高さで有名だったんだ。尖った屋根と聞けば何か連想するものがあるだろう？」

「尖った屋根……」

その情景が菜穂子の瞼に浮かんだ。それは空想ではない、現実に見たものだ。しかもかなり最近……。彼女は息を大きく吸うように口を開けた。

「別棟の屋根ね」

ドクター夫妻が入っている部屋は別棟になっていて、その屋根は異様に尖っている。

「そのとおり。じゃあ、垣根とロンドン橋は」

これは簡単だ。菜穂子は即座に答えた。

「レンガ塀と裏の石橋ね。つまりここに出てくる単語は、この宿の物に置き換えられるわけか」

真琴が簡単だと言った理由がようやく菜穂子にもわかってきた。

「そうなんだ。暗号じゃなく、暗示という程度のものなんだ。『はじまり』の唄にしてもそうだ。『しろいじめんに　くろいたね　このなぞとくには　べんきょうしなくちゃ』……これは暗号解読にマザー・グースを勉強する必要があると暗示しているんじゃないかな。もっとも今のところ、『黒い種』が何を暗示しているのかは不明だけれど」

「暗号じゃなく、暗示……そのまま読めばいい、というわけね」

「そうすると、この唄はこんな感じに読めることになるね」

真琴はノートを手に持って歌うように言った。

「別棟からリンゴを盗んで、レンガ塀を辿っていくと、石橋に着く」

「感動的だわ」

「そうだろう」と真琴も嬉しそうな顔をした。「つまりこれは行動の手順を示しているんだと思う。まず別棟に行き、塀沿いに石橋に行け……ということ」

「別棟でリンゴを盗むというのはどういうことかしら？」

「そこに解読の鍵がある、ということじゃないのかな」

真琴の目に自信が戻ってきていた。

3

次の日の朝食時、村政が高瀬に質問している声が聞こえてきた。他の客はこの小男の刑事を避けて、なるべく遠くのテーブルに座っているが、菜穂子たちは少しでも情報を集めようと横のテーブルを選んだのだ。そして村政も彼女らに話の内容を聞かれるくらいは気にしていないようだった。

「炭焼き小屋ですか？」

まず高瀬の声が先に耳に届いた。村政は小さく頷いている。

「最近はほとんど誰も行ってないはずですけど……あの小屋が何か？」

「高瀬さんも行くことはないですか？」

「ないです」

「ここのお客さんで、あの小屋のことを知っているのは誰ですか？」

「さあ……僕がお教えしたことはないですけど、このあたりを散歩したことのあるかたなら、ご存知かもしれません」

「そうですか。どうもありがとう」

村政は高瀬に礼を言うと、菜穂子たちのほうを見て意味ありげにVサインをだした。

朝食後、真琴は町へマザー・グースの文献を入手しに、菜穂子はドクターたちの部屋に行くということになった。町へは高瀬が送ってくれる手筈だ。

「あれ？」

玄関で靴箱からスニーカーを出す時、真琴が声を出した。靴の位置が変わっているというのだった。

「あたしのもだわ」

菜穂子は自分では絶対置かないような高い位置からスノー・ブーツを取り出した。

「ああ、そういえば昨夜刑事さんが調べていたようですね」

「靴を？」

真琴は高瀬に尋ねた。

「ええ、何を調べていたのかは知りませんけど」

菜穂子たちは顔を見合わせ、それから首をひねった。靴から何がわかるというのだろう？

「炭焼き小屋というのはどこにあるのですか？」

ワゴンに乗りこむ前に真琴が高瀬に訊いた。

「谷の向こうです」と彼は答えた。「石橋を越えたところにあります」

「なるほどね」と真琴は合点がいったという顔を菜穂子に向けた。「パーティの夜大木氏は、石橋を越えようとして落ちた。いったい何のためにそんなことをしたのかというのが警部の疑問だろう。そうしてたぶんその炭焼き小屋を見つけたんだろうな。もしかしたら最近誰かが入った形跡でもあったのかもしれない」

「大木氏は炭焼き小屋なんかに何の用があったのかしら？」

「それがわかれば事件は解決したも同様さ」

「あたし、時間があったら行ってみようかな」

「構わないけど、無理しないことだ。今やるべきことはひとつなんだから」

「わかってるわ」

「やっぱり大木さんは他殺なんですか？」と高瀬。彼も様子がおかしいことには当然感づいているのだろう。

「犯人がいればね」

そう言って真琴はワゴンに乗りこんだ。

彼女を見送ったあと菜穂子は自分の部屋に帰らずに、ドクターたちの部屋に行った。あるいは散歩中かとも思ったが、ノックをすると夫人の元気のいい声が返ってきた。夫人は彼女の顔を見ると、ますます上機嫌になった。

「今すぐお茶をいれるわ」

ドクターの姿は見えなかった。朝風呂に入っているのだと夫人は答えた。

芳(かぐわ)しい香りの日本茶をはさんで、しばらくとりとめのない雑談を交わしたあと、菜穂子は暗号の話に触れた。

「兄がマザー・グースの唄について何か漏らしていなかったですか？　どんなに些細(ささい)なことでもいいんですけど」

「そうねえ……」

夫人は壁掛けのほうを振り返って考える目つきをした。「この唄をずいぶん長い間ながめていたことは覚えているわ。でも、感想めいた言葉を聞いたことはなかったわね。いつもながめて帰るだけ」

「そうですか」

菜穂子の頭をよぎったのは、公一がマザー・グースの本を持っていたという話だった。その本には『ロンドン・ブリッジ』の唄も載っていたはずだ。にもかかわらず兄がわざわざ部屋をたずねて壁掛けをながめていたのはどういう理由からだろう？

——もしかしたらこの壁掛けの唄には、ふつうとは違った点があるのではないだろうか？　それなら頷ける。ではそれは何か、歌詞が違うのだろうか？

やがて、彼女の視線が壁掛けのある一点をとらえた。『ロンドン・ブリッジ』の唄の最初のほうである。

“London Bridge is broken down.
Broken down, broken down,
London Bridge is broken down,
My fair lady.

——“London Bridge is broken down.”？


菜穂子が目を止めたのは一行目末尾のピリオドだった。三行目の同じフレーズではコンマになっているのに、なぜここだけがピリオドなのだろう？　彼女は立ち上がって近づくと、その部分をさらによく観察した。やはりピリオドだ。

「ここ、おかしいんじゃないですか？」

夫人のほうを振り返ると、彼女は目をほそめて菜穂子の指した箇所を見た。

「ああそれね。単なるミスじゃないのかしら。コンマのつもりで彫ったのだけど、うまくいかなかっただけかもしれないわね」

いやそんなミスではないと菜穂子は思った。どの壁掛けにもこんなミスはない。だいいち、ピリオドをコンマに修正するぐらいわけのないことだ。

何かの意図がここに隠されているのだ——菜穂子はそう確信した。そして公一もおそらく、この部分に注目したに違いない。なぜコンマがピリオドになっているのか、彼はそれを解明するために何度もここに足を運んだのだ。

ふいに、頭の中に一つの唄が浮かびあがってきた。それは、いつだったかドクターが、「公一さんは黒い種がどうとか言っていた」と喋っていたということだった。黒い種、それはつまりコンマとピリオドのことではないのか？

そしてさらに『はじまり』の唄。

『しろいじめんに　くろいたね　このなぞとくにはべんきょうしなくちゃ』

そうか、と菜穂子は身震いを感じた。この唄は単にマザー・グースを勉強しろという意味ではないのだ。そして公一もそのことには気づいていた。

「ちょっと失礼します」

菜穂子はそうことわって唄をノートに書き写しはじめた。

写し終えると菜穂子は夫人に頼んで二階の唄も見せてもらった。そして彼女はこちらの『オールド・マザー・グース』の中にも、不自然なピリオドがあることを発見した。二行目の最後のところである。

“Old Mother Goose,
　When she wanted to wander.
Would ride through the air
　On a very fine gander.”

ここにピリオドがくるのは文法的におかしい。これが暗号解読の重大なヒントであることを菜穂子は確信した。

彼女はこの唄を写しとると、夫人に礼を言って部屋を出た。

別棟の出入口から外にでると、彼女は宿の裏に回ってみた。口の中で、『セント・ポール』の唄の後半を唱えてみる。

『りんごをとったら　かきねからかきねへといちもくさん　とうとうロンドンばしにつきました』

垣根というのは、この宿では塀のことだろうということは推測がついている。塀にそって進んでいくと当然宿の裏側に回り、そこには石橋がある。だが石橋のまわりにはロープが張ってあって、以前のように近くまで寄ることはできなかった。

——次の唄は『ハンプティ・ダンプティ』の唄。

『ハンプティー・ダンプティーは壁の上に坐った……』

菜穂子は後ろを見た。『まざあ・ぐうす』のまわりには塀がめぐらせてある。唄のとおりに行動するとすれば、ここで塀に上がらなければならない。塀に上がってどうするのだろう？　まさか唄のように、塀から転がり落ちるわけではあるまい。

——塀の上に座れば、何か見えるのだろうか？

ちょっとした思いつきだったが、この考えは菜穂子をひきつけた。石橋のある地点で塀に上り、そこから眺めてみよ——いかにも暗号めいているではないか。

意を決すると彼女は塀に近づいた。高さは二メートルぐらいある。わきにブロックが積み重ねてあったのでそれを踏み台にして彼女は塀に上った。

塀の上からの景色は絶景であった。天気が悪いので遠くまで見とおすことはできないが、これはこれで水墨画のようなムードがある。しかし菜穂子が求めているものはそんなものではなかった。暗号のヒントなのだ。だがそこから見える物といえば雪山と壊れた石橋、そしてちょっと足がすくむ程度に深い谷底だけだった。

「なかなか勇ましい姿ですね」

下から声がした。見ると、上条が色の濃いサングラスをかけて彼女を見あげていた。

「何か見えますか？」

「別に」

菜穂子が下りようとした時、彼は遠くに目を向けながら言った。「あなたのお兄さんも、よくこうしておられましたよ」

彼女は下りるのをやめた。

「兄が？　何を見ていたんですか？」

「さあ、何だったんでしょうね。ただあの方は、景色を見るためにわざわざ塀に上るような人ではなかったと記憶していますがね」

「上条さん」

菜穂子がややあらたまった声をかけると、彼も真顔になって彼女を見た。

「上条さんは何かご存知なんじゃありませんか？　つまり、その……兄の死について」

だが彼は大げさに手をふって見せただけだった。

「買いかぶらないでください。私は何も知らない。何も知らないただの客です」

そうして彼はまた歩いていった。

真琴は昼前に帰ってきた。マザー・グースの本とやや疲れ気味の顔が手みやげだった。

「全然ないんだよな」

部屋に戻ってテーブルの上に本を広げながら彼女はぼやいた。マザー・グースの本が、という意味らしい。

「イギリス伝承童謡というのは日本では専門家の研究対象になることはまずないし、大学の卒論のテーマになることも全くといっていいほどないらしいね。だから文献も全然ない。しかたなく唄が載ってる本だけ買ってきたけど、これでも本屋を三軒まわったんだ」

「ごくろうさま」

菜穂子は真琴の苦労を労（ねぎら）いながら、その本のページをぱらぱらとめくった。本は全四巻で、谷川俊太郎訳となっている。

「ああ、そうだ。ここへ帰ってくる車の中で面白いことに気づいたよ」

真琴は四冊あるうちの一冊を取ると、ページの端を折りまげてあるところを開いた。

『ロンドン・ブリッジ』の唄が載っている。

「以前にドクター夫人から聞いた話では、川に何度橋をかけても壊れるので、その材質をどんどん変えていって、最後には石でつくれっていう歌詞だということだったね。ところがこの本に載っているのは違うんだ。橋は金と銀とで造り、盗まれるのを防ぐために不寝番をつけろってことになっている」

“Build it up with silver and gold,
　Silver and gold, silver and gold,
Build it up with silver and gold,
My fair lady.

（中略）

Set a man to watch all night,
　Watch all night,watch all night,
Set a man to watch all night,
My fair lady.

（後略）

『きんと　ぎんとで　つくろう
　つくろうよったら　つくろうよ
きんと　ぎんとで　つくろうよ
　きれいなきれいな　おひめさま
――
ねずの　みはりを　たてようか
　たてようかなあ　たてようか
ねずの　みはりを　たてようか
　きれいなきれいな　おひめさま
――』

（谷川俊太郎訳）

「本当だわ。なぜ夫人は間違えているのかしら？」
この唄に関しては自信ありげだった彼女の顔が思いだされた。
「『ロンドン・ブリッジ』の唄には八歌節からなるものと、十二歌節からなるものがあるという話だ。夫人が言っていたのは、たぶん八歌節の歌詩のことだろう。そちらのほうが歴史的事実には忠実だしね。ただロンドン・ブリッジには暗い恐ろしい過去があって、それを象徴しているのは十二歌節のほうだろうね」

「暗い恐ろしい過去？」

事件の本筋とは関係ないんだけど、と真琴はことわった。

「昔は架橋や築城の難工事に人柱（ひとばしら）の助けを借りたそうなんだ」

「人柱？」

「土台に生きた人間を埋め込むことによって工事の仕上げとする儀式さ。一種の厄（やく）よけだね。これはイギリスに限らない。同じような習慣が世界中にあるという話だ」

「生き埋め？　ザンコクー」

「西洋の場合、この人柱には番人という意味があるらしいね。だからロンドン・ブリッジ完成の時にも当然人柱が埋められたわけで、この唄はそのへんの悲劇を表現しているらしい」

「暗い唄なのね」

菜穂子はあらためてその歌詞を読んでみた。暗号などと考えずにその言葉を拾っていくと、なるほどその神秘性や不気味さが心に伝わってきて、想像力をかきたてるようだ。

「とまあ、余談はこのへんにして」

真琴は菜穂子の感傷をふき消すように本を閉じた。

「つまりこの『ロンドン・ブリッジ』の唄には、歌詞に現われない、『埋める』という言葉が含まれているわけだ。これを暗号と解釈すると、『橋の下に何かが埋められている』ということにならないか？」

「宝石は石橋の下に埋められているということね」

菜穂子が勢いこんだが、真琴はなだめるように右手を出した。

「そんなに簡単ではないと思うよ。ただ石橋のそばだということは間違いないという気はするね」

「ああそうだ、それで思いだしたけれど」

菜穂子はドクターたちの部屋の壁掛けに彫られている『ロンドン・ブリッジ』の唄の、ピリオドとコンマのことを真琴に話した。特に、公一もこだわっていたという事実に彼女はひかれたようだ。

「なるほど、黒い種……か。いったいどういう意味があるんだろう？」

名探偵がやるように片手で顎を支えたまま、真琴は腕を組んだ。

それから小一時間ほど、菜穂子と真琴はマザー・グースの本と睨みあっていた。特に各部屋の唄については重点的に調べた。だが読めば読むほどその奇異な内容に戸惑うばかりで、暗号解読の手がかりらしきものは得られなかった。

「この唄も意味ありげで、なんだかよくわからない唄だよ」

真琴が菜穂子に見せたのは、『ジャックとジル』の唄だった。

"Jack and Jill went up the hill
　To fetch a pail of water;
Jack fell down and broke his crown,
　And Jill came tumbling after."

『ジャックとジルは　おかにのぼった
　ばけつにいっぱい　みずくみに
ジャックはころんで　あたまをわった
　つられてジルも　すってんころりん』

（谷川俊太郎訳）

「Hyuki と Bill という子が水を汲んでいるとき月の神にさらわれたという北欧の月神話に由来しているのかもしれないんだってさ。水を汲みに丘に上るというのも変だという説もある」

「『ジャックとジル』の部屋は江波さんだったわね」

「そう、一度見ておく必要はあるだろうな」

真琴は指先で見取り図をこつこつと叩いた。

「ところであたし、どうも気にかかるんだけど」

そう言って菜穂子は自分が見ていたページを真琴のほうに向けた。それは例の、「があがあがちょうのおでましだ……」の『ガチョウ』の唄だった。この本ではもちろん、『足長じいさん』の唄と合体した形になっている。

「部屋の壁掛けの唄は、なぜわざわざ原形に戻してあるのかしら？　単に意味を取るだけなら、現状の唄のままでもかまわないと思うんだけど」

「うん、たしかにおかしいね。暗号をつくる都合上、あの部屋には『ガチョウ』の唄をもってくる必要があった。だけどあの部屋は二階建てだから、どうしても二つの唄を用意しなければならない。そこで無理やりに二つに分けた……てのはどう？」

そう言っている真琴の顔も釈然とはしていないようだった。

昼食はこの日も宿でとった。今日はさすがに誰もラウンジにはいなかった。刑事に見張られるのを嫌ったのだろうが、その刑事の姿もなかった。カウンターの中にクルミがいて、シェフの大きな身体が椅子の上にのっかっている。

「世の中ってのは皮肉なものだな」

二人にハム・トーストとコーヒーを運びながらシェフはつぶやいた。「この世には男と女が星の数ほどいるってのに、いい男やいい女にかぎって相手がいない。このお二人なんか、いい女同士でくっついてるもんだから、いい男が二人余る勘定になる」

「それが自分だって言いたそうね」

クルミが週刊誌に目を落としたまま言った。

「俺の身体は二人分あるからな、それで計算があうってわけさ。ところで皮肉なことはもう一つある」

彼は太い腕をズボンのポケットに突っ込むと、一枚の紙きれを取り出してきた。

「来年の二月まで予約がいっぱいさ。さっき、また電話がかかってきたんだ。どんな広告を出してもあまりパッとしなかったが、例の事故のことが新聞に載ってから人気急上昇さ。これが皮肉でなくて何かね。それとも燃え尽きる前の最後の輝きかな」

「燃え尽きる？」

ハム・トーストを頬ばっていた真琴が顔を上げた。

「この宿、やめちゃうんですか？」と菜穂子。

「マスターがさ」とシェフは紙きれを元のようにポケットにしまいこんだ。「続けたくないって言うんだよな。まあ俺だって無理にでもって気はないしね」

「疲れちゃったんだ」とクルミ。

「そうかもな」とシェフも認めた口ぶりだった。

「こんなはずじゃなかったんだよな。こんなはずじゃないと思いながら、こんなことになっちまった。そこで結論を出したわけだ。こりゃあそろそろ引き際だってね」

「ここはどうするんですか?」

真琴が低い声で訊いた。

「ぶっ壊せばいいさ。どうせ買い手もつかないだろう」

「マスターとシェフは別れちゃうわけ?」

クルミが少し寂しそうな声を出したが、シェフは豪快に笑って、

「俺はあいつとは離れられないさ。二人で一組ってわけだ。あんたたちと一緒だね」

と菜穂子たちのほうを見た。「そういうコンビってのがあるもんなんだよな。これは理屈じゃない。どんなにちりぢりになってもさ、お互いだけがわかる目印があって、いずれくっついちまうもんなんだ。まわりが、どうしてこいつとあいつが、なんて思うほどチグハグなコンビでも、くっついちまうと不思議にぴったりくるんだな」

菜穂子がスプーンを落とした。彼女はそれが床にあたって金属音を発しても、まだ宙に視線を漂わせていた。

「どうしたんだ、菜穂子?」

「うん?　何か気にさわったかい?」

それでもぼんやりしている菜穂子の肩を真琴はゆすった。それで彼女の視線はようやく焦点がさだまった。

「わかったわ、真琴」

「わかった?　何が?」

「ごちそうさま」

菜穂子は立ち上がるとハム・トーストを半分以上と、まだ一口もつけていないコーヒーを置いたまま、急ぎ足で歩きだした。これには真琴も面食らったようだ。呆然として彼女を見送っているシェフとクルミに頭を下げるとあわてて彼女を追った。

部屋に帰ると菜穂子ははやる気を抑えながらノートをめくった。目指す唄は、『ガチョウ』の唄と『足長じいさん』の唄だった。

「あった」

小さく叫んで菜穂子はそのページを開いてノートをテーブルに置いた。

"Goosey, goosey gander,
　Whither shall I wander?
Upstairs and downstairs
　And in my lady's chamber."

『があー、があー、鵞鳥さん、わしはどこへ行こう。
上がったり、下りたり、奥さんのお部屋へ』

（平野敬一訳）

"Sing a song of Old father Long Legs,
Old father Long Legs
Can't say his prayers:
Take him by the left legs,
And throw him down stairs."

『足長じいさんの唄をうたおう、

足長じいさん
祈りも言えない、
左脚つまんで　ほうり下ろせ』
（平野敬一訳）

「どうしたっていうんだい、菜穂子」

いつの間にか真琴が後ろに立って彼女のノートを覗きこんでいた。菜穂子はこの二つの唄を指で押えた。

「芝浦夫妻の部屋は一階と二階の唄がくっつくようになっているわ。これはつまり、あの部屋と同じ構造のドクターたちの部屋の唄もそういうふうに合体させろという意味じゃないかしら？」

「ドクターの部屋って……『ロンドン・ブリッジ』の唄と『オールド・マザー・グース』の唄を合体させるわけかい」

「そうよ」

「どうやって？」

「ピリオドとコンマの位置よ」

菜穂子はそれぞれの唄のピリオドとコンマに印をつけていった。「今までは、ただ単に前後に唄をくっつけるだけだと思っていたんだけど、そうじゃないのよ。くっつけるルールを『ガチョウ』の唄では示しているんだわ。その目印がピリオドとコンマなのよ。この唄では、『足長じいさん』のひとつ目のコンマまでの文章 "Sing a song of Old father Long Legs," までを削除し、残った部分を『ガチョウ』の唄にくっつけているわね」

菜穂子は芝浦佐紀子に書いてもらった唄を真琴に見せた。

"Goosey, goosey gander,
　Whither shall I wander?
Upstairs and downstairs
　And in my lady's chamber.
Old father Long Legs
Can't say his prayers:
Take him by the left legs,
And throw him down stairs."

すると『ロンドン・ブリッジ』と『オールド・マザー・グース』も同じ要領でくっつくというわけかい？」

「そう簡単にはいかないかもしれないけれどやってみましょう」

菜穂子はその二つの唄をメモしてあるページをひらいた。

"London Bridge is broken down.
　Broken down, broken down,
London Bridge is broken down,
　My fair lady."

"Old Mother Goose,
　When she wanted to wander.
Would ride through the air
　On a very fine gander."

「『足長じいさん』にならって、『オールド・マザー・グース』のほうの、はじめのコンマまでの文章、“Old Mother Goose,”を削除して、残りを全部『ロンドン・ブリッジ』の唄のあとにくっつけると……」

　菜穂子はノートの余白に、二つの唄を組み合わせた完成品を書いた。

“London Bridge is broken down.
　Broken down, broken down,
London Bridge is broken down,
　My fair lady.”
　When she wanted to wander.
Would ride through the air
　On a very fine gander.”

「なんのことかさっぱりわからないな」

「ちょっと待って……。『ガチョウ』の唄では、合体させる二つの唄は、どちらも第一ピリオドが一番最後にあるのよね。だから、それぞれの唄の第一ピリオド以降は削除しちゃっていいのよ。そうよ、だから『ロンドン・ブリッジ』も『オールド・マザー・

グース』も妙なところにピリオドがあるんだわ」

「そうすると……なんだ、それぞれ一行ずつしか残らないね」

真琴はその二行の文を並べて書き出した。

"London Bridge is broken down
When she wanted to wander"

「これなら訳せないこともないんじゃない？」

「うん……と。彼女が出かける時、ロンドン・ブリッジは壊れる……か」

真琴が言うと、「正解だわ。これでいいのよ、きっと」と手を叩いた。「だってすごく暗号ってカンジじゃない」

「そうだけどさ……意味は不明だよ」

「焦っちゃだめよ」

菜穂子が生意気な口をきいた。自分の推理の冴えに気分をよくしているらしい。

「次の唄はたしか『ミル』の唄でしょう？　風が吹く時風車は回り、風がやむ時風車は止まる、というあたりまえのことを歌ったものだったはずね」

「ここにある」

マザー・グースの本から真琴がその唄を見つけだした。

"When the wind blows,
Then the mill gose;
When the wind drops,
Then the mill stops."

「わかんないなあ、この唄をどうしろっていうんだろ？」

「意味を拾うだけじゃ、だめみたいね」

「そういうんじゃないね。どちらかというと、『ガチョウ』と『足長じいさん』の唄に基づいて『ロンドン・ブリッジ』と『オールド・マザー・グース』の唄を合体させたみたいに、この唄を参考にして、さらに変形させるのかもしれない」

「さらに変形するわけか……。でも、ピリオドとかコンマには問題はなさそうよ」

「何か他に手がかりがあるはずだよ」

菜穂子は今自分たちが造りだした文、"London Bridge is broken down When she

wanted to wander"と『ミル』の唄との単語のひとつひとつを見ていった。何か鍵が隠されているはずなのだ。やがて彼女の目がひとつの単語をとらえた。"When"という単語だった。『……の時に』という意味を持っている。

「"When"が鍵じゃないかしら?」

彼女が言うと真琴も、「今それを考えていたところさ」と同意した。

「どちらの文章も『……の時に……する』という形をとっているんだ。ただ『ミル』の唄のほうでは、『風が吹く時』に対して『風がやむ時』というふうに逆の場合のことも唄っている」

「じゃあ今作った文章も、こんなふうに書き直してみろってことじゃないかしら?」

「書き直す?」

「たとえばこうよ」

菜穂子はノートに次のような文章を書いた。

"When she wants to wander,
Then London Bridge is broken down;
When she does not want wander,

Then London Bridge is not broken down."

「彼女が出かける時、ロンドン・ブリッジは壊れる。彼女が出かけない時、ロンドン・ブリッジは壊れない……というわけか。ちょっと語呂が悪いね」

「もうひとひねり欲しいわね。『ミル』の唄では"not"を使わずに反意語を使っているから、これもそうしたほうがいいのかもしれないわ」

「『出かける』の反対は『帰る』……か」

「『壊れる』の反対は『出来る』……橋だから『掛ける』のほうがいいかな。そうすると日本語訳はこうなるわね、『彼女が帰る時、ロンドン・ブリッジは掛かる』」

「うん、そのほうがいいね。ところで彼女ってのは誰なんだろう？」

「『ミル』の部屋の次は『ジャックとジル』の部屋ね。ジャックってのは男の子の名前ね。ジルってのはどうかしら？」

真琴は本を見て、「男という説と女という説がある」と言った。

「じゃあ、ジルのことだわ、きっと」

「でも、そんなに簡単につないじゃっていいのかな？『ジャックとジル』の部屋ってのは、他の部屋よりちょっと離れているよ」

「でもほかにもう部屋はないわよ。『ミル』の部屋の向こうは部屋じゃなくて休憩所みたいになってたし……」

「そうだね……」

真琴は椅子から立ち上がると、腕組みしたままテーブルのまわりを歩いた。時折りテーブルの上に乱雑に置かれたメモに目を向けたりする。今までの推論が果たして正しいのかどうかからチェックしているようだった。

「もう、兄さんはいったいどうやって解いたのかしら?」

たまりかねて菜穂子は頭を抱えた。思いのほか解読が進展しただけに、もうあと少しのところがもどかしかった。

「兄さん……か」

菜穂子の言葉を聞いて真琴が足を止めた。

「公一さんは、『マリア様が、家に帰るのはいつか?』って書いていたんだったよね」

菜穂子はゆっくりと顔を上げて真琴を見た。真琴は言う。

「『ミル』の部屋の向こうは休憩所だったね、丸いテーブルが置いてあって……。そしてたしかマリアの像……」

二人は見合っていた。そして同時に叫ぶ。

「マリアが帰る時、ロンドン・ブリッジはつながる!」

菜穂子は寝室に飛び込んでいた。そしてバッグをさぐる手ももどかしく、例の公一からのハガキを取り出してきた。

「『彼女』というのはマリアのことだったのね。だからあそこにマリアの像が飾ってあったんだわ」

真琴は唸った。

「それで公一さんはこんな不思議な質問をしてきたんだね。でもおかげで、今までの解読がどうやら間違っていないことがわかったよ」

「これで兄さんに追いついたわけね。今度はあたしたちが『マリア様が帰る時』を調べなきゃならない」

4

日が傾きかけていた。

菜穂子と真琴はスコップを持って、雪の山道をほとんど駆け足といってもいいほどの足はこびで下っていた。時折り時計を見る。そしてそれ以上に何度も西の空を見上げた。

スポーツ・ウーマンの真琴と違って菜穂子は心臓がはりさけそうな思いだった。汗が目にしみ、肺が痛くなる。いつもなら「無理しなくていい」と声をかけてくれる真琴も、今日だけは「がんばれ」としか言わなかった。そして菜穂子にしても休む気など毛頭なかった。とにかく時間がないのだ。

――夕焼けが出る時、ロンドン・ブリッジは掛かる。

苦しみをやわらげる呪文のように、菜穂子はこの言葉を心の中で繰り返した。

『てんとう虫』の唄に気づいたのは真琴だった。彼女は本を手にしばらく口がきけないでいた。息を飲み、ただそのページを菜穂子に示したのだ。

"Ladybird, ladybird,
  Fly away home,
Your house is on fire
  And your children all gone;
All except one
  And that's little Ann

And she has crept under
　The warming pan."

『てんとうむし　てんとうむし
　とんでおかえり
おうちが　かじだ
　こどもたちは　みなにげた
あとにのこるは　ひとりきり
　ちっちゃなアンが　ひとりきり
アンはこたつに
　はいこんだ』

（谷川俊太郎訳）

"ladybird"が西洋では"Our Lady"すなわち聖母マリアと結びつけられることが多い——解説にはこう記されてあった。そして『おうちが　かじ』というのは、空が赤いことを言っている——。

「夕焼けのことだよ」

真琴はひたむきな顔を菜穂子に向けた。「夜が近いから山に帰れという唄なんだ。つまり、マリア様が家に帰るのは、夕方ということになる」

「その時にロンドン・ブリッジは掛かる？」

「影だ」と真琴はつぶやいた。「夕焼けで石橋の影が伸びる。実際の石橋は途切れているけど、影のほうはつながるんじゃないのかな」

「そこを掘れば……あっ、でも『ジャックとジル』が残っているわ」

「ジャックは丘へ水を汲みにいった……という歌詞だったろ？　水汲みは井戸を掘ることにつながるから、そこを掘れということでいいんじゃないのかな」

真琴は寝室に行くと窓をあけた。今日はひさしぶりに晴れている。だが太陽は、もうかなり西に移動していた。

「行こう」

真琴は菜穂子の手をとった。「でないと今度いつ夕焼けになるかわからない」


谷底に達してからも歩きにくいことにかわりはなかった。雪はそれほどでもないのだが、岩が多くその上が凍っているので油断すると滑るのだ。それでも太陽が徐々に沈んでいくのを見ていると、あまり慎重に歩いている余裕などなくなってしまうのだった。

「このところそんなに雪は降っていないのに、結構残っているものなんだな」

菜穂子の前で真琴が言った。さすがの彼女も、やや息が荒い。

「あたしたちがここへ来る前日に……すごく降ったらしいわ。高瀬さんが言っていた」

菜穂子のほうは完全に息があがっていた。

真琴の背中が赤くなっていくのがわかった。夕焼け空に変わったのだ。二人は足に力をこめた。

「見なよ」

大きな岩に上ったところで真琴は指さした。そこを見ると、石橋の影が谷底を這うようにまっすぐ伸びているのがわかる。真琴が予想したとおり、途切れているはずの石橋の影が、今にもくっつきそうになっていた。

「あのあたりだ。あそこを目指すんだ」

今までよりもさらに早く真琴は動きはじめた。もう菜穂子の追いつけるレベルではない。とりあえず彼女に先に場所を見つけておいてもらおうと、菜穂子はマイ・ペースに変えた。

沈みだすと日の入りは早い。菜穂子がようやく真琴の所についた時には、そろそろまわりが暗くなりはじめていた。

ままった。「どうしたの？」

菜穂子が訊いたのは、真琴がある場所で足を止めたまま動かなかったからだ。立ったまま、じっと足元を見つめていた。

「どうしたの？」

再び彼女が訊くと、真琴は黙って足元を指さした。ドロと雪が混じったようになった地面で、そこだけが黒い土色を呈していた。

「ここなの？」

菜穂子は真琴の顔を見た。彼女は口を閉ざしたまま頷いた。そして一言「掘ってみよう」と言うとスコップを地面に差し込んだ。水を含んで柔らかくなっているからか、それは容易につきささり、土を掘りおこすのも比較的簡単そうだった。

「あたしもやるわ」

菜穂子も途中から手伝いはじめた。水気があるので土は重いが、大きな石などはない。やがて真琴のスコップが何か硬いものに当たる音がした。菜穂子は緊張した。

真琴はしゃがみこむと慎重な手つきでその上の土をはらった。かなり暗くなってきたので菜穂子が懐中電灯をつけると、それは相当古びた木箱だということがわかった。

「みかん箱みたいだな」

独り言をつぶやくように真琴が言った。

「あけてみようよ」

菜穂子が言った時には真琴はすでに蓋(ふた)に手をかけていた。あるいは釘で固定してあるかもと菜穂子は思ったが、それは案外簡単にはずれた。

「予想どおりだ」

中身を見て真琴が言った。「予想?」と訊きながら菜穂子ものぞきこむ。そして、あっと声をもらした。

箱の中は空だったのだ。

「なぜ……空なの?」

「答えは簡単さ」

なげやりな言い方を真琴はした。「誰かが先にやってきて、中身を持っていってしまったんだ」

「そういうことでしょうな」

突然背後から声がして菜穂子はぎくりとした。真琴も身構えるように立ち上がったが、すぐにその構えを解いた。ゴム長靴で不恰好に歩きながら向かってくるのは村政警部と中林刑事だった。

「村政さん……どうしてここが」

訝しがる真琴に小男は軽く手をふって答えた。

「尾行というほどのものではないんですがね、あなたがたが重装備をして出ていくのが見えたものですから後をついてきたというわけです」

そして彼は二人が掘った穴の中を一瞥した。

「そうですか、誰かが掘り出したあとでしたか」

「犯人ですよ、公一さんを殺した」

真琴が語気を強めて言った。「公一さんはおそらく最終的には暗号を解読していたんですよ。そしてそれを知った犯人は横取りするために彼を殺したというわけです」

だが警部はそれには答えず、しゃがみこむと穴の様子を丹念に見ていた。

「夕焼けが関係あるんですか？」

しゃがんだ姿勢のまま彼は訊いてきた。菜穂子が答えた。「そうです。夕焼けでできる石橋の影の位置が、暗号の示す場所だったんです」

「なるほど」

警部は立ち上がり、そして中林に何か耳うちした。若い刑事は二、三度頷いたのち、来た道を急ぎ足で戻っていった。

「感じ悪いですよ、刑事さん」

真琴が低い声で抗議するように言った。「そっちの手の内は見せず……ですか？」

すると警部は二人を見てにやりと笑った。「とんでもない。あなたがたには全てをお話ししますよ。もし私の記憶に間違いがなければ、事件は解決です」

第七章『ジャックとジル』の唄

1

まるで場の雰囲気が盛り上がるのを待っていたように、村政警部がラウンジに現われた。カードをシャッフルしていたシェフは小男の姿をみとめるとその手を止め、どことなく愛敬のある目を見開いた。

村政はラウンジの端に立つと、丸い顔を動かして全体を見渡した。現在ここには総勢十四人に及ぶ客と従業員が集まっている。時刻は九時を過ぎたところだった。

それぞれのゲームを楽しんでいた者の何人かは、彼の様子が今までと違うことに気づいたようだった。じっと立ったまま、冷静そうな目を一人一人に注いでいる。その落ち着いた態度からは、何かある洞察を秘めているように感じられた。

菜穂子は隅の席で雑誌を読んでいたが、彼の視線が向けられると、それに応えるように逆に彼の瞳を見据えた。そうしてほんの二、三秒お互いの目を見交わしていた。菜穂子は村政が微かに頷くような気がした。もしそうしたら自分も応えようと思っていたのだ。だが彼は無表情のまま視線を移動させていった。

「申し訳ありませんが」

全体を見渡したあと、彼は例のかん高い声を響かせた。全員の注目を得るという目的のためには、彼の喉は最高の条件を満たしていた。全員が手を止めた。

「少しだけ時間をください。すぐに終わります」

マスターが立ち上がり、手にしていたカードをテーブルに乱暴に投げ捨てた。

「この上何をしようっていうんですか？　お客さんには迷惑をかけないという約束だったでしょう。話が違うじゃないですか」

「お座りになってください」

村政は穏やかな声で言った。「これは捜査です、協力はしていただきます。さあ霧原さん、お座りになってください。そしてしばらく私の話を聞いてください」

それでもいつものマスターならば、もう一言ぐらいは反論していたかもしれない。しかし彼はそうしなかった。そうさせない何かが小男の刑事のまわりから発散していたのかもしれない。

村政は再び視線を一巡させると、おもむろに口を開いた。

「二日前の夜、大木さんが裏の石橋から落ちて亡くなりました。この事件について慎重に調査を行なった結果、事故に見せかけた他殺であることが判明しました」

彼の喋り方は素朴だった。捜査結果を形式的に報告する時と同じだ。それだけに集まっている人間のほとんどが、彼の言った意味を瞬時には理解できなかったもようだ。一呼吸ぐらい置いたのち、それぞれの衝撃がどよめきとなってラウンジ中に充満した。

「そんな馬鹿な」

最初に具体的な反応を示したのはやはりマスターだった。死体発見者だけによけい納得できないのだろう。

「嘘だろう？」

これはシェフだ。彼はいまだにカードを握りしめている。村政はマスターとシェフのほうを見て、ほんの少し頰を緩めた。「いいえ本当です」

「死亡推定時刻が修正されたのかね？」

ドクターが彼らしい質問をした。村政は首をふった。「いいえ、先生。死亡推定時刻は変わっておりません。おそらく被害者の時計が止まっていた時刻、七時四十五分で間違いないでしょう」

「じゃあ事故だ」とシェフ。

「いいえ、他殺です」と警部は平然と言った。「犯人はトリックを使ったのです」

「その場におらずして、人を突き落とすというトリックかい？」

「そうです」

ふん、とシェフは鼻を鳴らした。「まるで手品だな」

「そうです」村政はもう一度言った。「まるで手品です。その種明かしをまず説明いたしましょう」

彼がこの発言をした時、菜穂子と真琴は彼のほうではなく、ある一人の人物に視線を集中させていた。その者がどういう反応を示すかを見きわめるためだ。警部の話はトリックの説明、つまり新しい木材と古い木材とをすり替えたという件に入っている。そしてこの頃になって、菜穂子たちはその者の表情に明らかな変化が生じているのを確認した。

トリックの説明をしたあと、警部はもう一度全員の顔を見て言った。反論はないか、という自信にあふれた表情だ。

「じつを言いますとこのトリックは我々が見破ったのではありません。皆さんの中のある方から、貴重な証言と共に頂いたのです。そういう意味からすると、犯人の計画は最初から失敗していたと言えるでしょうな」

村政はゆっくりと歩き出した。誰もが言葉をなくして口をつぐんでいる。静寂の中で彼の靴音だけが、ちょっと奇妙なリズムで響いた。

「さて問題の犯人ですが、この目星は案外簡単についておりました。というのは犯人とトリックは一蓮托生(いちれんたくしょう)だったからです」

「一蓮托生？」

マスターが訊きなおした。

「そうです。このトリックのことを知った時、まずはどう考えますかねえ。誰がこんなことをしたかっていうふうに考えるのがふつうでしょうね。しかしこういう考え方もある。誰がこんなトリックを考えつくか？」

「鋭い」

これは上条だ。「ありがとうございます」と警部は軽く頭を下げた。

「大木さんが石橋を渡るために使おうとしていた木材を古い朽ちた木とすりかえておけば、途中で折れて転落するんじゃないかということは、もしかしたら誰でも気づくことかもしれませんな。しかし実際にやるとなるとどうですかな。仕掛けたはいいが、途中で折れないかもしれない。あるいは、あまりにも朽ちていることが明白で、大木さんが気づいてしまうかもしれない。妙な加工を施せば、警察から見抜かれるおそれがある。結局、大木さんに見破られない程度の外観で、しかも人ひとりぶんの体重は支えられないような木材を選びださねばならない。問題はこういう微妙な選択のできる人間がこの中にいったい何人いるかということです」

あっと息を飲む気配がした。菜穂子も村政からはじめてこの話を聞いた時の軽い衝撃を思い出していた。彼は彼女たちからトリックのことを聞いた時すぐに、こういう疑問を持ったのだということだった。もっとも真琴などは、「村政さんはプロですからね」と冷めていたのだが。

警部は粘着質の語り口で続けた。「そうなると、いったいどなたが有力になってきますかね？」

「ちょっと待ってくださいよ」

鋭い語気で言ったあと立ち上がったのはマスターだ。「あなたの言い方を聞いていると、まるで犯人は私だと言っているように聞こえるんですがね」

すると村政はおどけた顔でマスターを見た。「ほう、そうですか？」

「そうじゃないですか。私はこの宿の調度品や家具を手づくりで結構作っている。木の種類や強さにも多少通じているつもりです。あなたの今の説明からすると、最有力ということになってしまう」

「そういう意味からいけば僕もですよ、マスター」

端のほうから声がした。全員の注目を浴びて、高瀬が腰を上げた。

「僕もマスターのお手伝いをかなりさせてもらっています。木材の在庫状況なんかは僕のほうがよく知っているぐらいです。したがって僕も容疑者というわけだ」

「俺は違うぜ」

シェフが言った。「俺は料理以外はぶきっちょなんだ。ノコギリも使えやしない」

「私、ノコギリぐらいなら使えます」

何を考えているのかドクター夫人が手をあげた。隣りの亭主があわててその手を下げさせている。場の雰囲気が少し崩れた。

村政は苦笑しながら、まあまあと押える手つきをした。

「皆さんに立候補していただく必要はありません。犯人はこちらで指名しますから。それよりここで皆さんにお考えいただきたい。なぜ大木さんはあんな危険なことをしてまで石橋を渡りたかったのか？　ちょうど立っておられる高瀬さん、どうですか？」

高瀬は教室で突然難問を当てられた生徒のようにうろたえた顔をした。だが彼は以前にも菜穂子たちとこの問題を考えたことがある。

「向こうがわに用があったからでしょう」

彼はその時と同じ答えを言った。村政は「名答ですな」とあたりを見まわした。

「しかし用といってもいろいろあるでしょう。どこへ、何をしにいったのか？　我々は大木さんの身体をもう一度入念に調べました。そしてあることがわかりました。あの方はゴアテックス製のスキー・ジャケットを着ておられたのですが、その肘のところが黒くなっていたんですな。検査の結果、カーボンいわゆる煤(すす)のようなものだということでした。さらにあの方の登山靴からも、少量ですが同じものが検出されました。しかし宿の周辺を調べてみても、そんなものが付着しそうな所はない。そこで裏山のほうを調べてみて……」

彼は高瀬に向かってにっこりと笑いかけた。「炭焼き小屋に行きあたったというわけです。見たところ最近誰かが入った形跡は歴然としているし、問題の煤の成分も一致しました」

「炭焼き小屋？　そんなものがあるのかね？」

ドクターが誰にともなく訊いている。答えたのはマスターだ。「大昔のものです。今では誰も使っていないし、足を向ける人もいないと思うのですが」

「しかし大木さんは何らかの理由で行ったんですな、炭焼き小屋へ。そうなると、パーティの夜に石橋を越えて行こうとしていた所も同じく炭焼き小屋だろうと考えるのが妥当でしょうな」

「だが何のために？」

ドクターの疑問に、「炭を焼くためでないことはたしかだ」とシェフが答えた。

「人と会うためじゃないかしら」

夫の芝浦時雄とともに隅のほうで小さくなっていた佐紀子が、突然意見を出した。皆の目が向くのを見て、芝浦は肘でつついた。「いいかげんな思いつきをいっちゃいけないよ。今は大事なところなんだから」

「いえ結構ですよ、奥さん」

村政は顎をちょっと上げて、佐紀子のほうを見た。

「人と会うため、我々もそう考えました。しかも極秘でね。そしてその会うべき相手が犯人だと思われます。なぜなら、あのトリックの性格上、大木さんがあの時刻に木材を使って石橋を渡るということが、犯人にわかっていなければならなかったはずだからです。ではなぜわかったのか？　それは、犯人がそういうふうに約束していたからだと思います」

「ちょっと待ってくれたまえ」

ドクターが警部の早口に歯止めをかけるように手をあげた。そして何か考えごとをするように天井を睨むと、薄く目を閉じてつぶやきはじめた。

「大木君は一度炭焼き小屋に行っている。そして二度目に行く途中で石橋から落ちて死んだ。その二度目は人と会うためで、相手の人間が犯人だという。そうなると一度目に彼が炭焼き小屋に行った時も、犯人と会った可能性が強いということになるね」

「そのとおりです」

村政は我が意を得たりというように深く頷いた。

「目的は何にしろ、大木さんと犯人とは何度か炭焼き小屋で会っているものと推理しております。そして板を使って石橋を渡るというのは、犯人と大木さんだけが知るノウハウだったと。そう考えた上で捜査を行ない、さらに先程申し上げた木材の選定のことを考察した結果、この中で犯人と思える人物は一人しかいないことが判明しました」

彼は後ろで手を結び、反りかえったような格好で皆が見ている前をゆっくりと歩きはじめた。しばし無言で、各自の反応を確認するように視線を隅から隅まで配っていく。

それを見ている者たちの口も、固く閉ざされていた。

やがて靴音が止まった。そして彼は見事なほど自然なしぐさで一人の人物をさした。

先刻から菜穂子たちが、その挙動に注目していた人物だった。

「犯人はあなたですね、江波さん」

警部が指さし、江波が最初の反応を見せるまで、ごくわずかだが空虚な時間が流れた。その間に全員の視線は小男と江波に集中し、さすがのシェフもカードを離した。

江波はポーカー・チップを弄(もてあそ)んでいた。カラカラと軽い音がしている。そしてそれが止まると同時に彼は口を開いた。

「なぜ僕、なんですか?」

彼の顔は青ざめていたが、声はしっかりしていた。それが彼の最後の砦(とりで)であるように菜穂子には思えた。

「なぜって、あなたしかいないじゃないですか」

村政警部はこんな局面は慣れっこだとでもいうように余裕のある顔つきを見せ、そしてまたゆっくりと歩きだした。

「あなたの会社での仕事内容について調べさせていただきましたよ。建築材料についての研究でしたね。したがって日本家屋の基本材料である木材についてはエキスパートというわけだ」

彼の台詞に江波は一瞬だけ目元のあたりに狼狽を走らせた。だが、その機微を隠すように目を閉じると、唇を薄く開き淡々とした口調で、「たしかにそういうことにこだわれば、僕はほかの人よりは怪しくなってしまうでしょうね」と意味ありげに言った。そして一呼吸だけおいて、「しかし」と声を高める。

「虫食いの状態でその木材の強度がどの程度であるかなど、ちょっと経験を積んだ人なら見極められるものです。さっき話が出ましたが、たとえばこの宿のマスターや高瀬さんあたりでも可能だと思いますよ。いや、実際に手で扱っているだけに、専門バカの僕なんかよりもくわしいかもしれない」

この言葉でマスターや高瀬が険しい目で江波を見たが、結局二人とも何も言わなかった。二人とも、ついさっきそれを自分で認めているのだ。

だが村政の表情は変わらなかった。相変わらず口元に薄笑いをにじませている。

「それはおっしゃるとおりですな。では考え方を変えましょう。木材をすりかえるとして、犯人はいったい、それをいつ実行したと思いますか？」

江波は答える気配がない。知るものか、という顔つきだ。村政は意外そうな顔をわざとらしくつくって言った。

「昼間ではないことは明らかですな。あまり早くすりかえると、大木さんがもし石橋付近に行くようなことがあれば、気づかれてしまうおそれがありますからな。そういうことを考慮すると、すりかえるタイミングは限られてきます。つまり、あの夜のパーティが始まる直前、もしくは始まった直後ということになります。さてここで先程江波さんの口から名前が出た霧原さんや高瀬さんですが、パーティ開始の直前直後はご両人とも極めて忙しく、宿を出る余裕など到底なかったと聞いております。そうなると、消去法でおのずと解答は絞られてくる」

「それが僕だというわけですか。しかし他の客の中に、そういう知識があってそれを隠している者がいないとはかぎらんじゃないですか。そんな曖昧なものを証拠にしようっていうんですか？」

まるで村政の考えを揶揄（やゆ）するように江波は口元を歪めたが、ポーカー・チップを弄ぶ手元の落着きのなさが、彼の内心を証明しているようだった。

「あなた、炭焼き小屋に行かれましたね？」

突然村政が話の流れとは全く関係のないことを言った。江波自身も驚いたようだが、まわりの観客もふいをつかれたような顔をした。彼は江波の前に両手をつき、彼の顔をのぞきこんだ。「行かれたでしょう？　炭焼き小屋へ」

江波は鼻から息を吐いた。「なんですか、いきなり……」

「先程から話題に上っている炭焼き小屋ですよ。行ったでしょう？」

「知りませんよ、そんなところ」

「知らない？　おかしいなあ」

村政は玄関のほうを指さした。「玄関横の靴箱に置いてある白地に赤のラインの入ったスノーシューズですが、あれ江波さんのものでしょう？　足のサイズはたしか二十五・五でしたな」

江波の目線が不安定に揺れた。「……あれが何か？」

「いや、見たところずいぶん汚れていたものですからね、ちょっと汚れを採取して調べてみたんですよ」

「失礼じゃないか、人のものを勝手に」

「皆さんの靴を調べさせていただいたんですよ。それにこれは仕事でしてね」

まるで江波を挑発するように小男の刑事の口調はスローモーになった。

「汚れ、ゴミといったものは捜査には重要でしてね。さてあなたの二十五・五センチの靴から採取した汚れを分析したところ、ごく少量ではありますが煤が検出されたんですよ。いったいどこであんなものをくっつけたのかと思いましてね」

江波は虚をつかれたように絶句した。村政も黙っていた。気まずい空気がラウンジ中に淀んだが、静寂を破ったのはピピッという腕時計の電子音だった。皆がそちらのほうに目を向けると、芝浦があわてた様子で腕時計を外して操作していた。

それに乗じたように江波が口を開いた。

「ああ、そういえば一度だけ行きましたね。そうかあれが炭焼き小屋だったんですか。失礼、僕はただの物置だと思ったものですから」

「炭焼き小屋に行ったことは認めていただけるんですな？」

「僕が入った物置がそういう名前ならばね」

「なんのためにそんなところに行かれたのですか？」

「別に目的はありません。散歩中に見つけたものですから、興味本位に足を踏みいれただけです。本当です」

「それはいつのことですか？」

「さあ、はっきりとは覚えていませんね」

「そこで大木さんとお会いになっていたんじゃないんですか？」

「とんでもない」

ばんっ、と江波はテーブルを叩いた。その音で近くにいた何人かが身体を硬直させた。

「散歩の途中にいたずら心を出して覗いてみただけですよ。靴の汚れぐらいで犯人にされてはたまらないな」

江波はまるで心身の体勢を立て直すように椅子に座り直した。するとその横で、独り言をつぶやくように村政はぼそぼそと喋った。

「じゃあ炭焼き小屋で会ったのじゃあないのかな？」

「なんですか？」

江波は険しい顔つきで訊きなおした。

「いや、炭焼き小屋でないのなら、どこで会ったのかと思いましてね。どこで会ってたんですか？」

逆に村政のほうが質問している。彼のねらいは、端で見ている者には全く見当がつかなかった。

「馬鹿馬鹿しい。どこでも会ってませんよ」

「ほう、じゃあああの夜、お二人で出ていったのはなぜですか？」

「僕が大木さんと二人で出ていったって？」

江波は村政の言っていることが、全く論外だというように大げさに肩をすくめた。しかしその声がかすかに震えたことは誰の耳にも明らかだっただろう。

「大木さんが亡くなる前日の夜ですよ」

わざとらしいしぐさで手帳を取り出すと、それを見ながら警部は言った。「あなた方は十一時過ぎまでここでゲームをしておられた。そしてそのあと各自の部屋に戻られておお寝みになられたわけだが、あなたと大木さんは夜中にこっそり宿を抜け出しておられる。我々はこれを、炭焼き小屋で会うためと解釈したのですよ。その時に石橋に板を渡して越えるという方法を用いたので、大木さんも翌日の夜にその真似をしたのだろうとね。しかしあなたと大木さんは小屋で会ったのではないと言われる。じゃあいったい何のために宿を抜け出したりしたのですか？　それを教えてください」

江波はびっくりしたように眉を上げ目をむいた。そして、「そんなはずはない」とちぐはぐな答弁を行なった。村政は軽く深呼吸すると、彼に鋭い目線を浴びせた。一気に勝負をかけようとするかのような目だった。

「誰かに見られたはずはない、という顔ですな。しかし残念ながらあの夜、あなたと大木さんらしい姿をしっかりと見た人がいるのです。最初にあなたが裏口から入り、しばらくしてから大木さんが戻ってきた、ということまでその人は覚えておられました。さあ教えてください。あなたと大木さんは何をしていたのですか？」

これには端で聞いていた菜穂子がびっくりした。たしかにあの夜、大木が出かけていたらしいことは村政に話した。その時にもう一人誰かがいたらしいこともである。しかしそれが江波だということは全然知らないことだ。隣りで真琴がささやくのが聞こえた。

「すごいハッタリだな」

　だがその効果はあった。江波の顔からみるみる血の気がひき、蒼白になった。夜中に何のために大木と会っていたかという質問には、さすがの彼も咄嗟に言い逃れが思いつかない様子だった。

「教えてください」

　警部はくりかえした。彼が口を閉ざしたことによってハッタリはハッタリでなくなったわけだ。警部は勢いを得ていた。

　しかし江波は言った。

「動機はなんですか？」

　彼は違う方向から防御してきたのだ。とにかく相手の持ち駒を知り、そのわずかの隙をついて突破口を見つけようとしているようだった。

「あの夜に大木さんと会ったことは認めましょう。その場所が炭焼き小屋だったこともね。そしてパーティを抜け出して、大木さんが行こうとしていたところがその小屋だったろうという推理も頷けないことはない。しかし、だからといって僕を犯人と決めつけられてはかなわないですね。いったい、なぜ僕が彼を殺さねばならないのです？　その説明が完璧にできないかぎり、僕からは何も喋りませんよ」

「では、さらに話題を変えましょう」

江波の早口とは対照的に、村政は妙にゆったりした調子で言った。その様子は手の中で激しく暴れる獲物を処理する、老獪(ろうかい)な猟師を思わせた。

「パーティの前日、つまりあなたが深夜に大木さんと会ったという日ですが、夕方頃どこにおられました？」

「パーティの前日？」

「今から三日前です」

村政が言い添えた。「三日前の夕方です」

「夕方」を強調して村政は言った。そしてそれが江波の記憶を刺激したらしいことは、かなり離れている菜穂子の目にもわかった。

「それが……どうかしたんですか」

「答えてください」

吃った江波の台詞にかぶせて村政は言った。「これは一種のアリバイ調査です。答えてください」

「その時に何があったのかと訊いているんです。それを聞かないことには答える義務はないはずです」

江波は警部を睨みつけていた。村政も厳しい顔つきで見返していた。互いに相手の手の内をさぐろうとする沈黙だった。

「やむをえませんな」

村政が静かに言った。「もう少し簡単に降伏していただけるものと思っていたのですが、少々甘かったようです。こうなると、強力な助っ人に頼るしかなさそうだ」

「助っ人？」

こう訊いたのはマスターだった。うつむいていた客の何人かが顔を上げた。

村政警部が胸を張り、真っすぐに菜穂子たちのほうを見た。

「原菜穂子さん、あなたの口からお願いします」

2

全ての謎が解明できた時、菜穂子たちは村政に任せると言った。自分たちは探偵ではなく単なる証人にすぎないのだとも。すると彼は、今晩皆の前で公開すると言った。こういうことは早いほうがいいからだ、と。

「それについてお願いがあります」

その時彼は珍しく鼻白んで申し出た。彼のそういう表情を見たことがなかっただけに、菜穂子たちはおやっと思った。彼はためらいがちに言った。

「あなたが原公一さんのために調べたこと、得たことについては、もしかしたらあなた自身の口から話していただくことになるかもしれません。これは別に演出効果を狙うわけではなく、そのほうが緊迫感が増し、犯人に与えるダメージも大きいと考えるからです」

「えっ、でもこんな大事なこと」

「大事なことだからあなたにおまかせするのです。それに……」と警部はここで小狡そうに目を細めた。「あなたが話したところで私の手柄が減るわけではないのですから」

「でも……」

「お願いします」

彼に頭を下げられ、結局彼女はひきうけることになった。その時から緊張で身体が震えだし、今も止まっていない。もっともこの後真琴が菜穂子の耳もとでささやいた、「供養をさせてやろうって気持ちなのさ。なかなかいいとこあるじゃないか」という台詞で、ずいぶん元気づけられたのだが。

――供養……

その言葉は今もなお、菜穂子の胸に何か熱いものを残していた。そして、いよいよクライマックスなのだという緊張感が、彼女の全身を包んでいく。

全員の視線を浴びながら、菜穂子はゆっくりと立ち上がった。緊迫した空気がラウンジ中を支配していくのがわかる。たしかにこのムードは、犯人にとって相当のプレッシャーになるだろうと菜穂子は思った。もちろん自分にとっても重圧なのだが。

「兄がこの宿に伝わる、マザー・グースの呪文の意味について調べていたことは、この中にもご存知の方は多いと思います。あたしたちはなぜ兄がそれほどまでに呪文にこだわったのかに興味を持ちました。それでいろいろな方々にお話を伺った結果、二年前に川崎一夫という人が亡くなった事件に関係があるのではないかと考えたのです」

菜穂子は、真琴がシェフから教わったという川崎一夫の死にまつわるさまざまな裏話をかいつまんで話した。彼女の一言一言に客はそれなりの反応を示したが、特に川崎が数千万の宝石を持ってこの宿に来て、それがその後も発見されていないということに話が及ぶとさすがにどよめいた。話の合間にシェフのほうに目を向けると、腕組みをし、むずかしい顔で宙を見ているのが見えた。

「兄は、川崎さんがその宝石を呪文が示す場所に埋めたと推理したのです。だからその解読に熱中したのです。あたしたちは兄の死の秘密を知るには、同じように解読に挑戦するしかないと考えました」

「それで……解けたのかね？」

ドクターが上半身を乗りだした。菜穂子は思い詰めたような面持ちで彼を見ると、まるで何かを宣告するような固い口調で言った。

「解けました」

またふたたび客たちがざわめいた。だが菜穂子の次の言葉を聞こうと、すぐに口を閉じて彼女に注目した。

「暗号はむずかしいものでした。それを解けたのは兄のあとを辿っていったからです。詳しい説明は省きますが、各部屋の壁掛けの唄を順に解読していくと、次のような文章ができあがります。夕焼けが出る時、ロンドン橋はつながる――。そしてこれはロンドン橋に関するエピソードなんですけど、橋の袂にいろいろなものを埋めたという言い伝えがあるのです。これらのことから、夕焼けが出る時には裏の石橋の影がつながり、そこを掘ればいいのだと私たちは判断しました」

口笛を鳴らす音がした。上条の仕業だ。彼はおどけたしぐさで右の掌を軽く上げた。

「そんな隠し文が出てくるとはね。こっちは何年も前から頭を抱えたままだっていうのに。それで、そこを掘ったんですか？」

「掘りました」

「宝石はどうだったんですか？」

これは中村だ。目の色が変わっている。菜穂子は好奇のまなざしが全身にふりかかってくるのを感じながら、それでも殊更落ち着いた口調で言った。

「ありませんでした」

潮がひくように皆の顔から好奇の色が消え、失望の一色に変わっていった。

「なかった？」とドクター。

「はい」はっきりした声で菜穂子は答えた。「木箱が埋めてありましたが、中身はからっぽでした」

あはは、と上条が笑った。「先に誰かが失敬したというわけですな」

「そうだと思います」

「問題はそれが誰か、ですよ」

ここで村政が話を受けとった。皆の顔がまたしても小男の刑事のほうに向き直った。

「数千万の宝石を原さんたちよりも先に掘り出した者がいる。それは誰か？　これが今回の事件に関係しているのではないかと考えてもおかしくはないでしょう。だからあなたにお尋ねしているのです。三日前の夕方、どこにいましたか？」

彼の目は江波に向けられていた。江波は今まで唇をかんで菜穂子の話に耳を傾けていたのだった。

「僕がその宝石とやらを掘りだしたというんですか？」

何かとんでもない言いがかりをつけられたとばかりに、彼は目を見開いて驚いて見せたのだった。しかし警部はそれには答えずに質問を繰り返している。

「どこにおられましたか？」

「散歩ですよ、刑事さん」

江波は答えた。そしてどこか冷めたように、あるいは居直ったように続ける。「ただそれを証明することはできません。しかしそんなことを言ったら、ここにいる人の中で何人いますかね。三日前の夕方にどこにいたかを証明できる人間なんて」

だが村政は彼のこの反論を予想していたように動じなかった。

「たしかにあなたが三日前の夕方の居所を証明できないこと自体は特殊なことではありません。よくあることです。あなただけを特別扱いするのは不条理でしょうな。だがもし、証明できないのがあなた一人だとしたらどうですか。宝石を掘り出したのはあなただと考えるのが妥当なんじゃありませんか？」

江波は信じられないというように目をむいた。そしてこういう手応えを感じれば感じるほど、村政の口調は穏やかになっていくようだ。

「あなたが驚かれるのも無理はありません。しかしこれは事実なのです。それではあなたが納得するように説明していきましょう」

村政はラウンジの奥のほうをさした。そこには中村と古川が並んで座っている。

「中村さんと古川さんがこの宿に来られたのは二日前ですからこの場合は除外されます。同じ理由で芝浦さんご夫妻も対象外となります。これについては江波さんもご異存はないだろうと思います。さてあとの方ですが、まず上条さんと益田先生が夕食前には必ずそこのテーブルでチェスをさしておられることは誰でも知っていることです。したがってこのお二人も無関係だ」

警部にアリバイを認めてもらって上条は、菜穂子がピアノの鍵盤を連想する歯を見せて笑った。「ドクターのチェスにつきあってて、いいことがあったのは初めてですよ」

ドクターが答えている。「感謝したまえよ」

「ただ益田夫人の居所については不明ですが……」

警部がこんなことを言ったのでドクター夫人は金切り声を上げた。「私は部屋で絵を描いていたんです。本当よ」

警部はまあまあ、と夫人をなだめるしぐさをした。

「夫人の場合、証明できないにしても発掘などという作業が可能かどうかはあきらかですから、問題はありません」

こういう言い方も夫人は気に入らない様子だったが、場合が場合であるのでそれ以上は何も言わなかった。

「残るは従業員の方々ですが、夕方となれば夕食の準備で誰も抜けるわけにいかないと聞いています。まあ実際そのとおりでしょう。私も短い間ではありますがお世話になって、そのご苦労がよくわかりましたよ。さあ、そうすると江波さん。残っているのはあなたしかいないことになりますね」

江波は顔に浮きでた脂をぬぐうように掌でこすると、唇を舌で何度も舐めた。それは彼が極度の緊張状態にあることを示している。だがそれでも彼はひかなかった。

「たしかに三日前の夕方ならば僕のアリバイはないかもしれません。しかし、宝石が発掘されたのがその日だとどうして限定できるのです。昨日かもしれないし、あるいは二日前かもしれない。いや、もしかしたら三日前よりももっと前に発掘されていたのかもしれないじゃないですか」

「江波さん、我々が三日前と断定したのには当然根拠があるのです。原菜穂子さんたちがからっぽの木箱を掘りだしたのはついさっきのことなのですが、ここ二、三日は曇天で夕焼けなど出なかったのです。夕焼けで空が赤くなったのは、一番最近でも三日前なのです。それならばそれより以前はどうかとあなたは反論されるでしょう。しかしその前日は大雪で、このへんでは積雪が一気に増えた日なのです。ところが発掘現場付近には、それほど雪は積もっていなかった。つまり、掘りだされたのは、三日前の夕方以外にはありえないということになる」

このあたりの推理は村政警部のものだった。菜穂子たちが発掘した直後に現われ、何者かが先に宝石を掘り出したという話と、現場の状況を一瞥しただけでこれだけの推理を組み立てたのだった。真琴など、「だてに税金で飯を食ってるわけじゃないね」と耳うちしたぐらいだった。

だが江波はまだ屈しなかった。

「なかなか見事ですね。しかし抜け落ちがあると思いませんか？　なるほど僕にはアリバイがないが、もう一人アリバイのない人間がいるじゃないですか。大木さんですよ。まさか死んだ人間は免除だなんておっしゃるんじゃないでしょうね」

菜穂子は真琴と顔を見合わせた。あまりにも予想どおりの反論だからで、予想どおりに江波が落ちていく。

「予想どおりの言い分ですよ、江波さん」

村政も同じようなことを言った。

「おっしゃるように、じつは大木さんもあの日あの時の行き先は不明なのです。まあ今となっては本人に訊くということもできませんしね。しかしあの日、大木さんは、宿に戻られてからすぐにラウンジに現われていますが、その時の服装が、スラックスにセーターという軽装だったことは多くの人が覚えています。発掘作業などをやったあととは思えませんね。それに較べてあなたは、宿に帰るなり風呂に入っている。作業で全身が汚れたためと睨みましたが、いかがですか？」

江波は黙っている。村政は続けた。

「ただここでひとつ思いだされるエピソードがあります。それは夕食後のポーカーで、大木さんが喋った話です。これは益田夫人からお聞きしたのですが、彼はこういう話をしています。『今日の夕方、面白いものを見た。カラスが何かの死骸をついばんでいたのかもしれない』……と。その時は気味の悪い話だということで終わったらしいんですが、よく考えてみるとこのあたりにはカラスなんて来ないんですよね。じゃあ大木さんは何を言いたかったのか。私が推測するに、大木さんはあなたが宝石を掘りだすところを見ていて、それを皮肉ったんじゃないですか？」

江波はテーブルを叩いた。

「だから僕が彼を殺したというんですか？」

「いや、見られたから殺したのではありません。大木さんがあなたに、口止め料を要求したことが殺人の動機でしょう。深夜炭焼き小屋で会ったのは、その取引のため。そして翌日のパーティの最中に彼が小屋に行こうとしたのは、そこで口止め料が支払われることになっていたからじゃないんですか？」

村政の話は一気に核心に入った。冗談じゃない、と江波は立ち上がった。

「見てきたような嘘とはこのことですよ、刑事さん。いったいどこに証拠があるんだ？だいたい僕が宿に来たのは、四日前なんですよ。あなたの話ではその翌日に宝石とやらを掘りだしていることになる。僕ははっきりとは知りませんが、その暗号というのは、そんな短期間に解読できるものなんですか？」

「できません」

こう言ったのは菜穂子だった。江波の顔が、一瞬何かにおびえたように歪んだ。

「暗号はそんなに簡単に解けるものではありません。だからあなたが解いたのではないのです。暗号を解読したのは、あたしの兄です。あなたはその解読結果を手に入れるために兄を殺したのです」

3

しばらく間があいてから江波は怒鳴った。

「ふざけちゃいけない。どうして僕に君の兄さんを殺すことができるんだ」

「できるんです。いいえ、あなたにしかできないんです」

「面白い、どうやって殺したのか説明してもらおうじゃないか。密室の謎も解決できるんだろうな」

菜穂子は彼の目を真っすぐに見た。「できます」

彼女はまずラウンジを見渡すと、さっきからずっと口を閉ざして成り行きを見守っているだけだった高瀬に声をかけた。

「最初に兄の部屋をたずねたのは、江波さんと高瀬さんでしたね？」

高瀬は突然の質問に戸惑いながらも、はっきりと頷いた。

「その時寝室のドアと、それから窓に錠がおりていたんでしたね」

「そうです」と高瀬。

江波が冷たい口調で言った。

「だから僕がそれ以後に寝室に入ることは不可能だったわけだ」

菜穂子は彼の言葉を無視して話を続けた。

「そのあと三十分ぐらいしてから、もう一度行ってみると、今度は入り口のドアにも鍵がかかっていたんでしたね？」

「はい」と高瀬は顎をひいた。

「その時窓はどうでしたか？」

「えっ？」

高瀬は彼女の質問の意味がわからぬように口を虚ろに開いた。横から江波が言葉をはさんだ。「錠がおりていたに決まっているじゃないか。何を言ってるんだ」

「あなたに訊いているんじゃない」

真琴が厳しく言葉を浴びせた。びくりとしたように江波は顔の肉を強ばらせた。

「どうでしたか？」

重ねて菜穂子は訊いた。高瀬はしばらく目線を宙に漂わせていたが、やがて、

「その時は窓のほうは確認しなかったですね」

と答えた。

「しかし当然錠はおりていたんじゃないのかね」

ドクターが納得できないという顔を菜穂子に向けた。「だってそうだろう。寝室に入ることは不可能だったのだから、内側からしか外せない窓の錠が外れているはずがない」

「でも公一さんご自身が外されたということは考えられますよ」

遠慮がちに横から意見を出したのは芝浦だった。彼の妻佐紀子も隣りで頷いている。

「なるほど、その時はまだ原公一君は死んでいなかったわけか」

「いいえ、兄はすでに死んでいました」

ドクターは芝浦の意見に納得しそうになったが、今度は菜穂子がそれを否定した。

「高瀬さんたちが最初に寝室のドアをノックした時、兄はすでに死んでいたのです。兄は眠りの浅いほうで、ノックされても目を覚まさないなんてことは考えられません」

「それじゃあ窓の錠が外されたなんてことはありえない」とドクター。だが菜穂子は
「その件はもう少し待ってください」と彼を制して、また高瀬を見た。

「その後もう一度兄の部屋を訪ねた時に、マスター・キーで入口の鍵をあけ、同様に寝室の鍵も外したわけですね？」

「そうです」

「その時には窓の錠はおりていたのですね？」

「かかっていました」

「ありがとうございます」

菜穂子は彼に軽く頭を下げると、そのまま江波のほうに向き直った。

「二度目に高瀬さんが兄の部屋に行った時、窓には錠がおりていなかったのです。そこで三度目に高瀬さんが行く前に、あなたは裏口から出て窓から部屋に忍びこみ窓に錠をおろしたのち寝室を通ってリビングに入りました。もちろんこの時に寝室の鍵もかけておきます。そして高瀬さんが部屋に入ってくる前に、リビングの端に置いてある長椅子の陰に隠れたのです。高瀬さんが寝室に入っている間に、あなたは脱出したというわけです」

「しかし窓の錠は……」

首をひねるドクターに菜穂子は言った。

「窓の錠は内側からしか外せない、これは事実です。そして江波さんは部屋の外にいた。そうなると解答はひとつしかありません。高瀬さんと江波さんが寝室のドアを叩いた時、寝室の中には誰かがいたのです。もちろん兄以外の誰かが」

客たちの間にあきらかな動揺が現われた。全員が自分以外の人間に目を配り、そして誰かと目が合うと、あわててうつむいた。

「そうです。この事件には共犯者がいるのです。そのことに気づかないかぎり完全な解決は不可能なんです」

菜穂子はゆっくりと前に歩いていった。

皆の視線が熱いエネルギーとなって襲ってくる。その中を、少し膝を震わせながら彼女は進んだ。

「共犯者はあなたです」

座りこみたくなるような緊張に耐えて彼女は一人を指した。

その者は自分が指されたことに気づかぬように表情を止めていたが、やがてゆっくりと菜穂子の顔を見上げた。

菜穂子は繰り返した。

「あなたです。クルミさん」

4

クルミは夢を見ているように虚ろな目をしていた。そして無表情な顔つきは、菜穂子の話など耳に入っていないかのようだ。

「最初から説明します」

菜穂子はクルミから目をそむけ、他の客のほうに聞かせるように顔を上げた。

「兄は暗号を解読しました。それを知った江波さんとクルミさんは、解読結果を手に入れ、宝石を自分たちのものにするために兄を毒殺したのです。でもそのままだと警察から疑われてしまいます。そこでまずクルミさんが寝室に残って、窓とドアに鍵をかけたのち、江波さんが高瀬さんを誘って兄を呼びにいきます。高瀬さんを誘ったのは、もちろん第三者の証言を確保するためです。寝室が完全に密室であることを証明するために、窓のほうにまで回りました。今だから言えるのですが、ノックして返事がないからといって窓側に回るというのは少し妙な話です。さてこうして寝室が密室であることを印象づけた後、クルミさんはドアからリビングに出て、入口のドアに鍵をかけました。そして、自分は窓から脱出します。クルミさんが戻ってきたことを見届けて、江波さんは高瀬さんに、再度兄を呼ぶように指示します。つまりこの時点で入口に鍵がかかっていることを記憶させておくためです。そしていよいよ三度目です。さきほども言ったように江波さんは開いている窓から侵入し、窓と寝室の鍵をかけた後リビングの長椅子に隠れたのです。ちょうどこの頃、クルミさんが高瀬さんに言います。あまりにも原さんの様子がおかしいので、合鍵をつかってでも入ったほうがいいのではないか……と」

何人かがあっと口を開けるのがわかった。誰もがこのクルミの言葉を覚えていたのだ。

「部屋にはまず高瀬さんが入りました。そして寝室にも入っていきます。その隙に江波さんは長椅子から姿を現わすのです。入口ではクルミさんが見張っているから誰かに見られるおそれはない。そうして高瀬さんが兄の死体を発見して寝室から出てくるのを、さも今やってきたばかりだという顔をして待ちうけるのです。どうですか、高瀬さん。あなたが寝室を出た時、最初に誰に会いましたか？」

高瀬は茫漠とした瞳を自分の手元に向けてしばらく考えていたが、やがてはっと息をのむ気配があった。

「そうだ……江波さんとクルミさんがそこにいたんだ……」

ガタッと音がした。音のほうを見ると、江波が崩れるように片方の膝を床についていた。その格好はまるで糸が一本切れたマリオネットを連想させた。一方のクルミは無表情だ。茫然自失しているようでもあり、あきらめているようでもある。

「江波さん、あなたは二つのミスを犯した。だから密室トリックが解明できたのです」

ここで駄目をおそうとするように、今まで黙っていた真琴が静かに話しだした。

「まず一つ目のミスですが、あなたは我々にあの密室はおかしかったという話をしましたね。窓の錠を外側からおろす方法があるのではないか、という疑問を投げかけました。

密室トリック

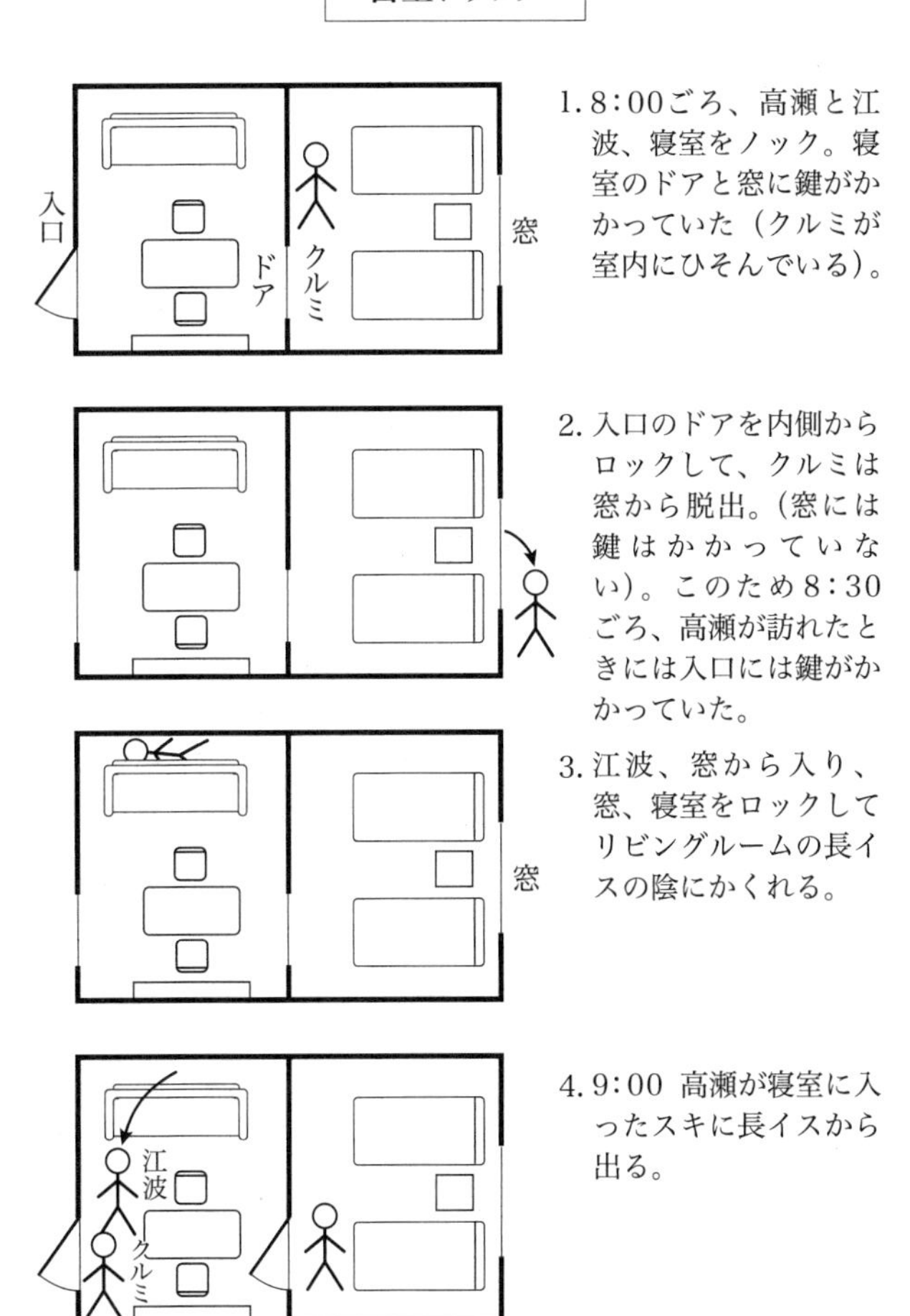
入口
ドア
クルミ
窓
1. 8:00ごろ、高瀬と江波、寝室をノック。寝室のドアと窓に鍵がかかっていた（クルミが室内にひそんでいる）。
2. 入口のドアを内側からロックして、クルミは窓から脱出。（窓には鍵はかかっていない）。このため8:30ごろ、高瀬が訪れたときには入口には鍵がかかっていた。
窓
3. 江波、窓から入り、窓、寝室をロックしてリビングルームの長イスの陰にかくれる。
江波
クルミ
4. 9:00 高瀬が寝室に入ったスキに長イスから出る。

今から思えばあれは、我々の推理を全く見当はずれな方向にミス・リードするための助言だったんだ。たしかにあの助言でまどわされました。機械的なトリックにしか頭が回らなかったのですからね。しかし結果的にはそれが逆に命取りになった。さまざまな状況からあなたが怪しいと疑った時、なぜあんな助言をしたのかという疑問が出てきたからです。そしてその結果、窓の錠なんかには全くこだわる必要がないのではないかという、逆転の発想を生みだすことになったのです」

真琴はここで相手の反応を確かめるように言葉を切ったが、江波は無言だ。彼女は話を続けた。

「第二のミスは、公一さんが死んだ夜にバック・ギャモンをしていたという話をしたことです。あの夜あなたは、いつまでもポーカーをしているわけにはいかなかった。複数人数で行なうポーカーに参加していれば、途中で抜け出したりすることができないからです。つまり頃合いを見てポーカーのメンバーから抜けておく必要があったのです。でもこれはおかしな話ですよね。公一さんを呼びに行ってまでポーカーをやりたがっていたあなたが、途中からバック・ギャモンに移っているなんて。しかもバック・ギャモンの相手は、クルミさんときている」

真琴の言葉は予想以上に江波のダメージとなったようだった。彼は両膝を折り、がっくりと肩を落としていた。

「ごめんなさい、江波さん」

この時はじめてクルミが口を開いた。熱があるようにけだるそうな口調で、立ち上がって江波に歩みよる足取りも、病人のように心許なかった。彼女は彼のそばまで行くと、崩れるようにしゃがみこみ彼の肩を抱いた。

「彼女には罪はない」

こもったような声が弱々しく聞こえた。江波のやせ気味の背中が揺れている。

「彼女は僕に頼まれたにすぎない。すべては僕が計画したんだ」

「江波さん……」

クルミの背中も小刻みに震えていた。さすがに大半の者が二人の姿から目をそらした。

「どうかな、村政警部」

ドクターが辛そうに歪めた顔を警部に向けた。

「事件も片付いたようだし、そろそろ我々には用はないんじゃないのかね。もしよろしければ部屋に戻ろうかと思うんだが」

彼の言葉には、長年常連仲間として付き合ってきた人間の見苦しく哀しい姿を、皆の前にさらしたままにしておきたくないという気持ちがこもっているように菜穂子には感じられた。兄を殺された彼女自身でさえ、この二人が犯人というのはやはり悲しかったのだ。

村政はしかめた顔を右手でこすったあと、うなずきながら全員に視線を配った。

「そうですな、まあ結末はご覧になったとおりです。どうもご協力ありがとうございました。それじゃあ皆さんにはお部屋に戻っていただきましょうか」

やれやれ、といった様子で何人かが立った。ドクター夫妻、芝浦夫妻、中村・古川のコンビの順に席を離れていく。シェフもキッチンに消えた。

「では」

と村政は江波の肩に手を置いた。「詳しい話をうかがいましょうか。我々の部屋までお付き合いください」

「あの、あたしは?」

警部を見上げたクルミの目は真っ赤に充血していた。だが頰を涙がつたった跡はない。

「あなたにもお話をうかがいます。もちろん、江波さんが終わったあとにね」

するとクルミはお願いしますというように、静かに頭を下げた。

警部が江波を連れて廊下を歩いていこうとした時、客の中で一人だけ残っていた上条がふいに「待ってください」と声をかけた。刑事と容疑者は、二人とも意外そうな顔をしてふりむいた。

「江波さんに一つだけお訊きしたいんですが、いいですか？」

上条は村政のほうに言った。村政はちらりと江波を見たあと、上条に向かって顎をひいた。「どうぞ」

上条は唾を飲みこんだようだった。

「訊きたいことというのはほかでもありません。あなたが宝石のことを知り、それがマザー・グースの暗号で示される場所に埋められているということを知ったのはなぜですか？」

江波は数秒間ほど彼の質問の意味を考えていたようだった。そしてそのあとは、すぐに答えた。

「宝石のことは彼女から……クルミさんから聞いたんです。暗号の場所に埋まっているらしいというのは、原公一さんから聞いたことです」

「あなたが原公一さんから直接聞いたのですか？」

「ええ、いや……」

江波はやや虚ろな瞳をクルミのほうに移した。彼女が言った。

「あたしが聞いたんです。あの方があまり暗号に興味を持っておられたものですから」

「気がすみましたかな？」と警部。上条は拝むような手つきをした。「邪魔をしてすみませんでした」

「なるほど」


ラウンジに残っているのは五人だった。こちらのテーブルではクルミが今にも崩れおちそうになりながら椅子に座り、その向かいに菜穂子と真琴が並んで腰かけていた。三人の間にはチェスの盤が置いてあり、片方がチェックをかけた状態になっていた。

カウンターには高瀬と上条がいた。水割りが飲みたいという上条の相手と世話を、高瀬がやっているという感じだ。マスターの姿は知らぬ間に消えていた。

「あたしたちは東京では結構会っていたんです。恋人、といってもいいと思います」

水をうったような静けさを破って、クルミの声が流れはじめた。

「将来も約束していました。でもあたしたちが確実にすばらしい未来を摑むには、今のあたしたちにはあまりにも何もなさすぎました。あたしは学歴も身寄りもなく、酒場を転々としているし、あの人は明日つぶれてもおかしくないような会社の安サラリーマン。なんとかここで日陰から抜け出るきっかけがほしかったんです。原公一さんと会ったのはそんな時でした。もちろん最初は人殺しなんておそろしいこと、全然考えていなかったんです。原さんが掘りだす時、なんとか横取りしようって言ってたんです。あの夜原さんは、明日の発掘のために早く寝るとおっしゃってたものですから。それなのにあの人はあんなことをやってしまって……。あの夜彼は、原さんがコーラを持って部屋に戻るのを見て、あとから入っていき、話をしながら隙をみて毒を入れたということでした。そして結局あたしも手伝うことになってしまいました」

「じゃあ、江波氏が殺人を犯したあとで知らされたわけですか？」

真琴が訊くと彼女はかすかに顎をひいた。

「でも自首をすすめなかったんですから、その時点であたしも共犯なんです。おまけに密室をつくるのに手伝ったりして……。その後のことは言う必要はないでしょう。刑事さんがおっしゃったとおりです。原公一さんが残した解読文で、宝石がどこにあるのかはわかりました。でもすぐに発掘するとなんだか怪しまれそうだったので我慢して一年間待ったのです。一年も待ったのは、同じ季節でないと夕日の角度が一致しないと思ったからでした」

「川崎氏が宝石を埋めた時期も、ちょうど今頃の時期だからね」

真琴の言葉にクルミは頷いた。

「大木さんを殺した理由も、村政警部が言ったとおりなんですか？」

はい、と彼女は少しかすれ気味の声で答えた。

「あの人はあたしが仲間だということは知らなかったんですけど、江波さんを脅迫したのは事実です。そして刑事さんが言われたように、口止め料を要求されました。あたしたちは要求をのむことにしました。そして金額を尋ねました。すると大木さんは現物を見てから決めると言ったのです」

「その現物を見せたのが、あのパーティの前夜なのですね」

深夜の冷えきった空気を菜穂子は思いだしていた。

「掘りだしたあと宝石は例の炭焼き小屋に隠してあったので、あそこで見せたのです。大木さんは目の色を変えていたということです。そして彼は分け前を要求してきました。それはあたしたちが予想したよりもはるかに上、具体的には全体の二分の一を要求されたのです」

菜穂子は大木の計算高そうな顔つきを頭に浮かべた。一見スマートそうなあの男も、やはり冷徹で欲望の強い男だったのだ。

「でも、あたしは諦めて要求を飲もうと言ったんです。数千万の二分の一でも充分なのですから。ところがあの人……江波さんは、果たして大木さんがこのまま引き下がるかどうか怪しいと言いだしたんです。下手をしたら一生つきまとわれるかもしれない……

と」

「あの人ならその可能性はあったでしょうね」

真琴の言い方には、多分に大木の性格的なことを考慮した響きが感じられた。

「それであんなことを……あたしもう、人殺しは絶対嫌だって言ったんですけど、まさかあんな仕掛けをしているなんて思ってもみなかったんです」

クルミはそこまで話すと、まるで精根を使い果たしてしまったようにテーブルの上で組んでいた腕の中に顔をうずめた。マニキュアを塗った指の爪が、もう一方の腕にくいこんでいた。

菜穂子は真琴と顔を見合わせ、胸の底に沈んだ澱をはきだすみたいにため息をついた。事件が片付いたとはいえ一向に気持ちが晴れず、却って憂鬱さは倍加されたようだ。

「我々も部屋に戻るか」

「そう……ね」

真琴の提案に菜穂子も同意した。そして椅子から立つ。何を得たのだろう、と菜穂子は自問した。何も得ていない失っただけだ、というのが答えのようだった。もちろんそれは覚悟の上でここまでやってきたのだが。

椅子をテーブルの中に収め、二人はクルミから離れかけた。だがその時、意外なところから声がかかった。

「ちょっと待ってください」

声をかけたのはそれまで黙って菜穂子たちのやりとりに耳を傾けていた上条だった。彼は丸椅子を回転させて彼女たちのほうを向くと、

「クルミさん、告白するのはそれだけですか？　もう一つ、あなたの胸の中にしまっておくには、あまりにも罪深いことが残っているんじゃありませんか？」

ときりだした。両腕の中にうずめられていたクルミの頭がかすかに動いた。上条は片手に水割りのグラスを持ち、そしてもう片方の手で彼女を真っすぐに指さした。

「川崎一夫殺しですよ。あなたがやったんでしょう？」

5

上条はグラスを持ったまま、ゆっくりとクルミのテーブルに近寄っていった。その靴音に気づいたからか、クルミは顔をあげた。

「今までのお話を伺っていると、まるで何もかも江波氏が計画実行し、ただあなたは傍らで震えていただけのように聞こえる。しかし、一連の事件の発端は、あなたが川崎氏

を殺したことにあるんじゃありませんか？」

クルミは目を大きく見ひらき、激しくかぶりをふった。

「あたし、殺してません」

「とぼけても無駄ですよ」

上条は今まで菜穂子が座っていた椅子を引きだすと、その上に身体を投げ出すようにして座った。ミシッと木の軋む音が聞こえた。「さっき江波氏から聞いたところでは、宝石は暗号が示す場所にあるということを知ったのは、原公一さんから聞いたのだということでしたね」

クルミは答えなかった。彼はそれを肯定の意味に解釈したようだ。

「しかしそういうことは絶対にありえないのですよ。なぜなら、原公一さんは宝石のことなど、全く知らなかったはずだからです」

「えっ」

声を出していたのは菜穂子だった。公一が宝石のことを知らなかった？　そんなはずはない。だいたい彼が宝探しをしていたらしいと話したのは上条ではないか。

菜穂子の驚きを察したように、上条はまず彼女に「嘘をついてすいませんでした」と謝った。

「じつは私が原さんにこの宿に来ていただいたのです。目的は暗号を解いてもらうためです。無学な私に解読はとても不可能だと思ったものですからね」

「上条さん、あなたはいったい？」

真琴が訊くと、彼は何かを恥じるように軽く咳をした。

「私は川崎氏の死の原因と宝石の行方を調査するために川崎家からやとわれた者です。死亡原因については今まで何ら手がかりがなかったのですが、宝石が暗号の場所にあるのだということは、ある筋から情報を得ていました。そこで去年、原公一さんと共に再び宿にやってきたというわけです」

「だから兄はここへ……」

声を詰まらせた菜穂子に、彼は深々と頭を下げた。

「公一さんとは旅の途中で会ったのですが、結果的に大変な巻き添えをくわせてしまった。なんとお詫びしていいのか、言葉もありません」

だが、と彼は上げた顔を今度は正面のクルミに向けた。その目は菜穂子たちに見せたものと違い、鋭く光っていた。

「公一さんには暗号解読はお願いしたが、その場所に何が埋まっているのかまでは言っていないのですよ。あの人も暗号に興味があるだけで、中身は別に知りたくないとおっしゃってましたからね。したがってあなたが彼から聞いたというのは、完全に矛盾した供述ということになる」

　菜穂子たちはクルミの背後にいたので、彼女がどんな表情で上条の追及に対しているのかはわからなかった。だがやがて、想像させるような無感情な声で彼女は答えた。

「宝石が埋まっている、と聞いたのではありません。暗号の場所に何かがあるらしいとおっしゃってたので、それは宝石に違いないと推理したのです。宝石のことはその前から知っていましたから」

「ほう、じゃあその宝石のことはどうやって知ったのですか？　私が調べた限りでは、この宿で宝石のことを知っているのはシェフだけなんですよ。彼は葬儀の時にそういう噂を耳にしたわけですが、じつはその時に私は彼と会いましてね。宝石のことは絶対人に喋らぬようお願いしてあったのです。彼が喋ったのは、ここにいる菜穂子さんと真琴さんが最初で最後なんですよ」

「でもシェフは公一さんにも話したと……」

　真琴が言うと上条はすべて承知というように顎をひいた。

「シェフがあなたがたに話す時に、そういうふうに喋ってくれと頼んでおいたのです。そのほうがあなたがたの推理もスムーズにいくと思ったものですからね」

　そうか、と菜穂子は今初めて合点がいったように思った。この宿に来てからの謎解きは、あまりにもうまくいきすぎているように感じていたからだ。裏には上条の糸引きがあったのだ。

　上条は再び鋭い目でクルミを見据えていた。

「答えてください。宝石のことはどうやって知ったのですか？」

　クルミは背筋をまっすぐに伸ばし、上条に対していた。その姿には先程までの弱々しさは見られない。

「あたしも聞いたのです」

　しっかりした声だった。それがなぜか菜穂子をぎくりとさせた。

「あたしも川崎さんの店に行って噂を聞いたのです。何千万もする宝石を持ち出したというふうに」

　上条は口元を歪めた。「そんな話を信用できると思いますか？」

　クルミは横を向いた。信用するしないは自由だといわんばかりに。しかし次には上条が笑いだしていた。

「ひっかかりましたね、クルミさん。いや、ひっかかっていたのは二年前から、というべきかな」

クルミは驚いたように彼を見た。菜穂子や真琴も同様だ。上条は勝ち誇ったように胸をはった。

「川崎氏が宝石を持ち出したのは事実ですよ。その宝石を価格に換算すると数千万になるというのもね。ただしそれにはひとつだけ条件があります。それはね、その宝石がすべて本物ならという条件なんですよ」

あっという声を漏らしたのは誰だったのだろう？　もしかしたら自分だったかもしれないと菜穂子は思ったが、そんなことが自覚できないほど強い衝撃を彼女は受けていた。そしておそらく他の二人もそうだろう。クルミは凍りついたように身体を微動だにさせない。

「驚いた、ようですね」

上条の顔つきはクルミの反応を楽しんでいるようだった。

「持ち出された宝石はすべて偽物だったのですよ。着色ヒスイや人造石ばかりです。売ったとしても小遣い銭ぐらいにしかなりませんよ。もちろんこのことは川崎氏に関係のあった方々は皆さんご存知です。シェフも知っています。警察も同様です。だから今まで大騒ぎにならなかったのですよ。したがって、数千万の宝石を持ち出したという噂など出る道理がなく、あなたが嘘をついているということになる」

クルミは硬直したままだった。そして今度こそどのように抗弁しても無駄だと悟ったのだろうか、一言も発しない。その彼女にさらにダメージを与えようとするかのように上条は言った。

「わかりましたか？　あなたも江波さんも、一銭の得にもならない犯罪を繰り返していたというわけです。命をかけて実行したのでしょうが、その代償は単なる色のついたガラス玉だったということですよ。それもこれもすべて、あなたが川崎氏を殺してしまったことから起こった悲劇なのです」

クルミは夢遊病者のように立ちあがり、そしてぽつりとつぶやいた。

「あたし、殺してません」

「嘘を言ってもだめですよ。あなたは彼が宝石を持っていることを知り、殺して奪おうとした。ところがどこにも見当たらない。そこであなたは彼がスコップを持って出かけていたことを思いだした――とだいたいこんなところじゃないんですか」

「殺してません」

「嘘だ」

「殺して……」

ゼンマイ仕掛けの人形が壊れたように、クルミはそのまま静止した。そして歯車が狂ってしまったようにぎごちない動きでくるりと反転し、菜穂子たちと向かいあった。だが彼女が菜穂子たちを見ていないのは、その虚ろな瞳から明らかだった。口を半開きにしたまま、何も語ろうとしない。

菜穂子はクルミの内部で何かが崩れ落ちていくのが見えるような気がした。それは崩れるというよりも溶けおちていくと表現したほうが適切なのかもしれない。そして彼女の内部のすべてが消え失せてしまったことを示すように、彼女の端整なマスクがにわかに歪んだ。ムンクの『叫び』という絵画を菜穂子は咄嗟に思い浮かべた。

次の瞬間、クルミは叫びをあげていた。それは人の声だと認識するには少し時間を必要としそうな音声だった。菜穂子も真琴もそして上条も、この突然のパニックにただ呆然としていた。

やがて各部屋から人々が戻ってきた。

6

翌朝、芝浦夫妻と中村・古川のコンビが宿をたった。菜穂子と真琴は玄関先まで見送りに出た。

「じゃあ、これでお先に失礼します」

両手に荷物を抱えて、芝浦は菜穂子たちに頭を下げた。菜穂子もさらに頭を低くして応じた。

「あたしたちのせいで大変な旅行にしちゃって……どうもすいませんでした」

「とんでもない、いい経験になりましたよ。もうこんなことは一生ないでしょうからね。もっとも、そうそうあっちゃ困るんですが」

芝浦は真顔で言った。隣りで佐紀子も微笑んでいた。

ワゴンが去っていくのを見届けると、二人はラウンジに戻った。そこでは早くもドクターと上条が一戦交えている。上条は昨日のことなど忘れたように、のんびりした顔で盤上を見ているのだ。しかしこれがここへ来てからのいつもの光景で、なんとなく菜穂子を安心させた。

「君の正体を知ってほっとしたよ」

ドクターが言っている。上条は眉を上げた。「なぜです？」

「二十回もチェスを指していて、相手が誰だったか知らんのでは話にならんからね。それに今まで私が負け続けていたのは、そういう君の不気味な点に原因があったとも考えられる」

「でも上条さんだって、あなたのことは何もご存知ないわ。医者だっていうこと以外はね」

横から夫人が口を出している。

「いや、私はお二人のことは存じていますよ」

「ほう、何を知っている？」

「いろいろですよ。たとえば娘さんご夫婦と喧嘩して別居しておられることだとか、今の時期は病院が忙しいんだが、あてつけのために長期旅行に来ておられるのだとかね」

ドクターは持っていた駒を落とした。

「おそろしい男だな、君は」

「仕事ですからね」

「三年越しの仕事のケリがついて、さぞ気持ちいいことだろうな。宝石屋の主人の死の真相と、イミテーションの宝石を持って帰って報酬はいくらかね？」

「しばらく休息できる程度ですよ」

「ふん、人を欺いてればいいんだから楽な商売だ」

「ご用の節はいつでもどうぞ」

そうして上条はチェックをかけた。

昼前に村政警部がやってきた。初めて彼と会った時のように、ラウンジの一番隅のテーブルで菜穂子たちは向かいあった。

「二人はほぼ全面的に自供しました」

村政は目もとのあたりに疲れを滲ませてはいたが、顔色はよさそうだった。

「原公一さんを殺した手順などは、ずいぶん練ったという感がありますな。たとえば、江波が雪道を歩いてきてから部屋に入る時の履き物の処理です。濡れた靴で部屋に上がるわけにはいきませんからね。やつはまず室内用のスリッパを履き、その上にビニールの袋をかぶせた状態で雪道を歩いたのです。そして部屋につけばビニールを取って、ポケットに入れておく。こうすれば濡れた足跡がつく心配もない」

「ちょっとした思いつきでやったことではない、ということですね」

「計画犯罪です」

村政は断言した。

「そのほかはだいたい推理したとおりでしたよ。問題はどちらが主犯でどちらが共犯かという点ですが、本人たちの供述を聞けば江波が主犯ということになりますね」

「歯切れ悪いですね」

警部の内心を見透かしたように真琴が言った。彼は苦笑して頭をかいた。

「実際に計画したのも実行したのも、たしかに江波なんですよ。しかしどうも最初に言い出しているというか、提案しているのはクルミのように思えてしかたがない。いやそれがはっきりとではなくて、江波にほのめかす程度なんですがね。私の個人的意見とすれば、江波がクルミに操られていたように思うんですよ。そのいい例が毒物の件です」

「そうだ」

真琴が妙に力をこめて言った。「毒のことはまったく不明でしたよね」

「そうです。トリカブトという特殊な毒なので入手経路に興味を持っていたのですが、じつに意外な話を聞かされましてね」

「といわれますと？」

「クルミがペンダントを持っていたことをご存知ですか？」

「鳥の形をした……」

菜穂子が言うと、そうですと警部は頷いた。

「あのペンダントはこの宿の元の持ち主のものだったらしいんですが、それを霧原さんから貰ったという話なんですよ。それが裏に蓋がついていて、その中にトリカブトの毒が詰まっていたらしいんですな」

「ペンダントの中に毒が？」

　菜穂子は英国の婦人が自殺したという話を思いだしていた。そうだ、たしか薬を飲んで死んだということだった。その女性は自分が飲んだ毒をペンダントに詰めて形見として残したのだ。だがいったい何のために？

「はじめは何の粉かわからなかったらしいんですが、野良猫に舐めさせたところ即死したので猛毒と知ったようですな。しかしそれを持ち歩いていたというんですから恐ろしい娘ですよ。で、そういうことから去年の毒殺なんかはクルミが首謀者だという気がしているんですが、それ以上の決め手がない」

「なるほど歯切れが悪いはずだ」

　真琴は冷やかすみたいにして言った。

「まったく」

　村政は渋い顔をして、それからまた笑った。

「川崎氏殺しについてはどうですか？」

「一応クルミは自白しました。しかし故意の殺人ではないと主張しています。川崎氏に石橋に呼びだされ、彼女のほうが殺されそうになったのだとね。川崎氏は宝石を埋めるところを見ただろうと言って襲ってきたらしいんですな。クルミは見ていないと言ったが信用してもらえず、それでもみあっているうちにあの人だけが落ちた……と」

「筋は通っていますね」

「通っています」と村政は頷いた。「まあ宝石を持っているからといって、すぐに殺して自分のものにしようという考えは出ないと思いますしね。特に矛盾が発見されないかぎり彼女の供述を信用することになると思います」

しかしその、はずみの殺人を犯したことで、クルミは人殺しに対する一種の免疫を持った魔性の女に変わってしまったのではないだろうか——菜穂子はそんなふうに思えた。

「宝石はどこにありましたか？」と真琴。

「ここの物置に隠してあったのです。まあ別に価値のあるものでもないんですが、川崎家のほうにお返しすることになるでしょう」

「警部さんは知っていたんですね？」

真琴は責めるような口ぶりで訊いた。「宝石がイミテーションだということを、だから宝石を巡って殺人事件などが起こるわけがないとおっしゃったんですね」

誰もそんなものに命をかけたりしないからだ。

村政は申し訳なさそうにうつむいた後、「騙す気はなかったんだが」と謝った。

「ああ、そうだ。宝石と一緒に見つかったものがありましてね。これはあなたにお返ししておいたほうがいいと思って」

彼が鞄から出してきたのは、五冊の本だった。いずれも表紙が破れている。その本の題名を見て菜穂子は思わず、「あっ」と声を出していた。それは彼女たちが持っているマザー・グースの歌集と同じものだったのだ。

「それは……もしかしたら」

「そうです」と村政は頷いた。「あなたのお兄さんのものです。犯人たちも処分に困って今まで持っていたようですな。それに、うち一冊の表紙には、解読結果が書いてありますからね」

彼はその一冊を菜穂子の前に置いた。見覚えのあるなつかしい文字が彼女の目に飛び込んできた。

『空が赤く染まる時、影のロンドン橋は完成する。橋が完成すると、その下に埋める』

やはり公一は解読していた。おそらく、『マリアは――』のハガキを菜穂子に出したあとで、解読に成功したのだろう。しかも菜穂子たちが読んだのと同じ本を使って。そのことが彼女の心に何か暖かいものをひろがらせた。

「おや、これは？」

真琴が一冊の本を手にとって首をかしげた。それはマザー・グースではなく、ケルト民話の本だった。

「参考資料じゃないですかね」

村政が言った。

「そうよ、きっと。ケルト族はイギリスの古代民族のひとつだから、そちらのほうにまで手を出していたのね、兄さんは」

「そうなのかな……」

真琴はちょっとわりきれない様子だったが、本を元に戻した。

村政は帰っていった。小男の、もってまわった喋り方をする刑事を菜穂子は好きではなかったが、やはり彼は警部の名に恥じぬ男であった。


午後、ドクター夫妻と上条が宿を発つことになった。夫妻は初めて菜穂子たちが会った時と同じ服装で、同じようなカバンを持って車に乗りこんだ。

「東京に着いたら連絡してちょうだい」

車の中から夫人が言った。「ここよりもっとおいしい料理をご馳走するわ」

「まいったね」後ろでシェフが首をすくめた。

ドクターは窓越しに握手を求めてきた。

「また会いましょう。別にまずい料理を食わんでもいいから」

最後に車に乗るのは上条だった。彼は菜穂子、真琴の順に握手した。

「すべてはあなたの掌の上での出来事だったわけだ」

彼の手を離さずに真琴は言った。彼はじっと彼女の目を見た。「君たちがいなければ解決しなかった問題だ」

「最初にこうやって握手した時に気づくべきでした。最近は握力がストレートに伝わってくる男性が少なくなってきているのですから」

「また会いましょう」

「是非」

ほんの少しスリップして、それからゆっくりと車は動き出した。菜穂子はいつまでもその影を追っていた。もうおそらく会うことはないだろうと皆が知っているのだ。彼女の目から、なぜか涙がこぼれて落ちた。

その夜、菜穂子は真琴に揺りおこされた。菜穂子が薄くまぶたを開くと、険しい目をした真琴がいた。灯がついていて、すぐには目をあけられない。

「どうしたのよ、真琴」

菜穂子は顔をこすりながら腕時計を見た。夜中の三時をまわっている。

「ちょっとおきて話を聞いてほしいんだ」

「こんな時間に？　明日じゃだめなの？」

「だめなんだよ、今でないと。頼むから起きてよ。大変なんだ、暗号が間違っていたんだ」

ぼんやりした頭で菜穂子は真琴の言葉を聞いていた。だが彼女が最後に言ったことは、さすがに菜穂子の目をさまさせた。

「今、何て言った？」

「間違っていたんだ。解読結果は間違いなんだ」

「なんですって」

菜穂子はベッドから飛びおきた。

「マリアが帰るのはいつか？　その問いに対して、てんとう虫の唄から空が赤くなる時、という答えを見つけだしてきたのは正解なんだ。だけどそれが必ずしも夕焼けを示しているとはかぎらない。空が赤くなるのはもう一つある」

「朝焼け？」

「そうなんだ、朝焼けもある」

「でも、マリア様が帰る時よ。出掛けていって帰る時といえば、夕方に決まっているじゃない」

「そのマリアがくせものなんだ。覚えているだろ？　例の置物のマリアには角があった」

「覚えてるわ。でもあれは角じゃないって……」

「角なんだよ。だからあれはマリアじゃないんだ。マリアじゃなく、魔女なんだ」

「魔女？」

「そうなんだ。角のある魔女の話がこのケルト民話の中に出てくるんだ。角のある魔女が、夜中にある婦人の家にやってきていろいろ悪さをする話がね。困ったその婦人は井戸の精に相談して、魔女を退散させる呪文を教えてもらう。その呪文がこうだ、『お前の山と、その上空が大火事だ』」

どん、と心臓を内側から叩かれたような衝撃を菜穂子は受けた。そのフレーズは、『てんとう虫』の唄の一節と酷似しているではないか。

「てんとう虫、てんとう虫、飛んでおかえり……」

菜穂子がつぶやくと、あとを真琴も一緒に歌った。

「お前の家が火事だ」

「おかしいと思ったんだ、クルミさんの話さ。暗号が解けたので早く寝ると公一さんが言ったということだっただろ？　でもどうして早く寝る必要があるのさ？」

「翌日早く起きるためだったのね」

「正確に言うと日の出前までにね。公一さんは例のハガキを出した時には、まだマリアだと思っておられたんだろうけど、その後すぐに魔女のことだと見抜かれたんだろう」

菜穂子は腕時計をもう一度見た。「明日の日の出は何時頃かしら？」

「わからない。でも四時にはここを出たほうがいいだろうね」

「四時か……」

もう眠るわけにいかないなと菜穂子は時計を見ながら思った。

「日の出となると石橋の影が出る方向は逆になるわけね。道がわかるかしら？」

「高瀬さんを起こして案内を頼むしかないね。事情を話せばわかってもらえるだろう。それにスコップがいるから物置の鍵もあけてもらわなくちゃ」

四時になるのを待って、二人はラウンジの横のプライベート・ルームのドアをノックした。かなり激しく叩かないと起きてくれないかなと思ったのだが、意外に簡単に返事があった。それにその声も眠そうではない。

トレーナーにジャージ姿で出てきた高瀬は、二人を見ると目を丸くした。

「どうしたんですか、こんな時間に？」

「力を貸してほしいんです」

菜穂子が言った。

「力？」

「もう一度発掘をするんです」

そうして菜穂子は暗号解読の誤解について手短かに説明した。高瀬もびっくりしたようだ。「えっそりゃ大変だ」と言うとドアの向こうに消えた。そしてマスターやシェフに大声で話しているのが聞こえてくる。彼に答えている二人の声もかなり大きかった。

やがてドアをあけて顔を出したのはマスターだった。

「わかりました。すぐに行きましょう」

それから十分後、菜穂子と真琴に高瀬、マスター、シェフを加えた五人は、物置からスコップを持ち出して出発していた。先頭は高瀬である。

「しかし驚いたもんだなあ」

スコップを肩に担いで歩きながらシェフが言った。

「じゃあ何かい、川崎氏も公一さんも江波も、おまけに菜穂子さんや真琴さんたちまで、暗号文を間違って解釈してたってわけかい？」

「いえ、たぶん公一さんだけは正しく読んでいたのだと思います」

真琴がふりかえって答えた。「ただ、『空が赤く染まる時……』とだけ書き残したので、江波氏が誤解したのでしょう」

「ふうん、なるほどねえ、しかしその誤解が川崎氏の誤解と一致したものだから宝石のありかを見つけることができたんだから、全く皮肉な話だな」

「でも本当の場所にはいったい何があるんでしょうね」

高瀬がやや緊張した面持ちで誰にともなく訊いた。

「彼女が何か隠したってことなのかな？」

とシェフ。彼はマスターに話しかけたようだが、マスターはただ首をふるだけだ。

シェフの言う「彼女」というのは、例の英国人の婦人のことだろうと菜穂子は思った。

「いよいよだな」

真琴が東の空を見上げた。なるほどほんのりと明るくなってきている。

「急ぎましょう」

高瀬がピッチをあげた。

それから数分後、東にそびえる二つの山の間から、ゆっくりと太陽が顔を出した。その時菜穂子はこの暗号はこの時期でないと解読できないことを知った。時期がずれると、太陽が二つの山のどちらかに隠されてしまうからなのだ。

朝日による石橋の影は、川のかなり上流に描かれていた。そして今、その影は完全につながっていた。

「あそこだ」

真琴が声をかけた。雪が深く歩きにくい。それでも皆は懸命に進んだ。遅れるとそれだけ位置が不確実になるのだ。

「ここです」

一番最初に到達した高瀬がスコップをさしこんだ。つづいて真琴、マスターがスコップを握る。

ゴツンという音をたてたのはシェフのスコップだった。他の四人も顔色をかえて土を掘り返した。やがて一メートル四方ぐらいの木の蓋が現われた。宝石が入っていたものに較べるとずいぶん大きい。

「あった……」

真琴が言った。声が震え、息が弾んでいるのは発掘作業によるものだけではなかった。

「開けてみよう」

マスターがスコップを蓋の隙間に入れて、テコの要領でこじあけようとした。ギシギシと軋むような音をたてながら木箱の蓋は、少しずつ上がってきた。

「開いたっ」

シェフがじれたように蓋を取りのぞいた。そして中を見た途端、五人の顔から血の気がひいた。

「こんなことって……」

菜穂子は顔を覆っていた。彼等の目の前に現われたものは宝物などではなく、白骨死体だったのだ。

7

高瀬が警察に連絡しにいっている間、残った四人は木箱から離れるでもなく、かといって近づくでもなく、とにかくスコップを持ったまま呆然とその場に立ちつくしていた。誰も本物の白骨死体など見たこともなかったが、木箱の中に眠っていたのが、何年か前に死んだという、英国人女性の息子であることは、その大きさから推定できた。英国人女性は、息子を埋め、その場所をマザー・グースの呪文として宿に残したのだった。

「これでようやくわかったよ」

ぽつりと真琴が言った。そして彼女はジーパンのポケットからメモを取りだすと、その中の一ページを菜穂子に見せた。

「『ジャックとジル』の唄のことだよ。どうしてこの唄だけが暗号に関係ないのか、それだけが気になっていたんだ」

「『ジャックとジル』?」

菜穂子はそのメモを手にとった。

"Jack and Jill went up the hill
　To fetch a pail of water;
Jack fell down and broke his crown,
　And Jill came tumbling after."

『ジャックとジルは　おかにのぼった

ばけつにいっぱい　みずくみに
ジャックはころんで　あたまをわった
つられてジルも　すってんころりん』
(谷川俊太郎訳)

「息子さんは崖から落ちて亡くなったという話でしたよね」

真琴がシェフとマスターのほうを向いて訊いた。辛そうに頷いたのはシェフだった。

「ジャックというのは息子さんのことでしょう。そしてジルというのは、後追い自殺をする決心をしていた婦人自身のことだったんですね。その息子さんの死体をロンドン橋の下に……か。なるほど考えてみれば何でもないことなんですね。ロンドン橋の下に埋めたのは人柱だったという話なんですからね」

「すまないが……」

シェフが真琴の話などには興味がないというように口をはさんだ。「先に宿に帰っていてもらえないかな。後は俺とマスターがいれば充分だ」

エピローグ　1

菜穂子と真琴はこの日の午前中に『まざあ・ぐうす』を出た。白骨死体騒ぎで大変だろうが、もうこれで客はいない。マスターとシェフに後を任せることにした。

ここへ来る時に乗った白のワンボックス・ワゴンで、二人は宿を後にした。レンガ塀、とんがり屋根、今振り返って見ると、また違った印象を受けるのだった。

「まだひとつ納得できないことがあるんだな」

未練げにうしろを振り返っている菜穂子の横で真琴がつぶやいた。腕を組み、例の、何かを考えている時の顔つきをしている。

「真琴がそういう顔をするとなんだか怖いわ」

「川崎一夫氏は、なぜ宝石を暗号の場所に埋めようとしたのかな？　死を覚悟した人間の最後の余興にしても、正気の沙汰じゃないように思うんだけど」

「だから……」

と菜穂子は言い淀んで、「正気じゃなかったのよ」

「そうかなあ、あの暗号は頭のおかしい人間に解ける代物じゃないよ。川崎氏は死ぬ半年前にも宿に来ていたというから、その時に呪文のことを知って、たぶん半年の間に解読したんだろうと思うんだよね。わざわざそんなことをしたのは、何か狙いがあったとしか思えないんだけどな」

真琴は浮かない表情のままだったが、それ以上は何も言わなかった。

車はここへ来た時と同じ道を正確に逆行していた。すれ違う車は全くない。自分たちのいた場所が、いかに他から隔離された世界であったかを菜穂子は改めて知る思いだった。

「僕の推理を言っていいですか？」

突然今まで黙々とハンドルを操作していた高瀬が訊いてきた。二人は虚をつかれたように咄嗟には返事できなかったが、「どうぞ」と菜穂子が微笑んだ。ルーム・ミラーの中で高瀬と目が合った。

「川崎さんが死を覚悟していて、それでも宝石を持ちだしてきたというのは、何か理由があってのことだと思うんですよね」

「だからそれは死ぬ前に好きなことをしたいと思って……」

菜穂子が言ったが、彼は口元を緩めた。否定の笑いだった。

「それなら埋めたりするはずがないでしょう。すぐに金に替えればいいことで」

「同感ですね」

真琴は腕組みをしたまま頷いた。「だから自分のために盗みだしたんじゃない」

「そうです」

急カーブにさしかかったが、高瀬は巧みにハンドルを切る。「誰かのために盗みだしたんだと思います」

「誰のために？　そんな人がいたのかしら？」

「いたんですよ。一人だけ」

「誰？　肉親？」

そう言って菜穂子は、はっとした。彼女の脳裏に蘇ったのは、川崎一夫が二十年ほど前に外に女をつくって子供まで産ませたという話だった。

「なるほど、二号さんの子供に譲るつもりだったというわけか」

真琴もシェフの話を思い出したようだったが、「だけどなぜ暗号の場所に埋めるなんてことをしたのかな？」と首をひねった。

「だからそれはまともな譲り方ができないからですよ。その子供に数千万に及ぶ宝石を渡したところで、その子は処置に困るでしょう？　入手経路を説明できませんからね。だから拾得物という形で手に入るようにしたのだと思います」

「そうか、まず宝石を暗号の場所に埋めて、それからその解読方法をその子供に教える。充分時間が経ってから、その子は宝石を掘りだす。川崎氏の隠し子だとばれないかぎり、その子と宝石との因果関係はないことになり、拾得物として処理される」

「そこで、埋めたのは誰かという話になるでしょうが、川崎氏は偽名を使っていたのですから、彼とつながることはありません。妥当な考え方は宿の元の持ち主の英国婦人ですが、証明する手だてもない。結局宝石はその子のものになる」

「でもそれならとっくの昔に隠し子がやってきて宝石を掘りだしていってるはずじゃないかしら」と菜穂子。

「その子はきっと計画だけは聞いていたんですが、解読方法を教わる前に川崎氏が死んでしまったのでしょうね。そのうちに宝石がイミテーションだったということも知った……というわけです」

「ふうん……」

法律上は他人とはいえ、自分の本当の父親が命がけでそこまで手筈を整えたにもかかわらず、その宝石が偽物だと知った時の心境はどんなものだったろう。

「しかし川崎さんの奥さんは亭主が何かよからぬことを考えているなと感づいていたんでしょうねえ。それで万一を考えてイミテーションにすり替えておいた……もしかしたら持ち出した宝石を妾のところに持っていくつもりだということまで見抜いていたのかもしれません。そういうことを思うと、女性ってのはおそろしいものですね」

「そういえば上条さんは、宝石が暗号の場所に隠されていることは、ある筋から知ったといっていたけど、それはどういう筋なのかしら」

昨日の話を思いだして菜穂子が言った。すると隣りで真琴がなげやりな口調で、

「きっとその子が連絡したんだよ。ねえ、高瀬さん」

高瀬はハンドルに気を奪われていたのか、少し間を置いてから、「そうですね」と返事していた。

車はやがて馬小屋を思わせるような小さな駅に到着した。高瀬は改札口まで見送りにきてくれた。

「いろいろありがとうございました。高瀬さんのおかげでずいぶん助かりました」

菜穂子は丁寧におじぎをした。

「そんな……何もできなかったと思っているんです」

高瀬は照れるように掌をふった。

「これからどうされるんですか？」

真琴が訊いた。

「とりあえず静岡のお袋のところに行って、それから考えます」

「そうですか……おかあさんによろしく」

「はい」

真琴は右手をさしだした。高瀬は彼女の顔を見たあと、しっかりとそれを握った。そして菜穂子も彼と握手した。

列車が入ってきた。

菜穂子と真琴は何度も頭を下げながら歩きだしたが、途中で真琴が立ち止まった。

「高瀬さん、あなたのフル・ネームを聞いていなかったんですけど」

彼は大声で答えた。「啓一です。高瀬啓一です」

真琴は手をふった。「さようなら、啓一さん」

菜穂子も手をふった。

列車が動き出してもまだ高瀬は手をふっていた。それを見て真琴はつぶやいた。

「彼もやっぱり、父親の死の秘密を探るためにこんな所にやって来たのだろうか？」

菜穂子はその意味を一瞬にして読み取った。息を飲み、窓からもう一度ふりかえってみる。さらに大きく手を振りたい衝動にかられる。しかし駅はもう見えなくなっていた。

エピローグ　2

ラウンジには二人の男だけが残っていた。髭面の男、そして太った男。二人はカウンターの椅子に並んで腰を下ろし、安物のスコッチをロックで飲んでいた。

太っちょが口を開いた。

「なぜなんだ？」

髭面の男はほんの少しだけ首を曲げた。それは質問の意味を確認しているようだった。

太っちょはもう一度訊いた。「なぜこれがあの子と一緒に木箱に入っていたんだ？」

彼はカウンターの上に小さな金属片をほうりだした。乾いた音がラウンジに広がって消えた。

髭面の男はそれを一瞥すると、冷たい声で答えた。

「あの子が死んだ時に持っていたんだろうな、おそらく」

「だから」

太っちょはグラスを強く握りしめた。「それはなぜなんだと訊いているんだ」

髭面は答えなかった。グラスに沈んだ琥珀色を、哀しげに見つめているだけだ。太っちょは続けた。

「あの時あんたは見つからなかったと言った。見つからず、吹雪がひどくなったので帰ってきたと言った。苦しそうな顔にくやし涙さえ浮かべていた。あの涙は演技だったのかい?」

「そうじゃない」

ようやく髭面は答えた。だがそこまでだった。また牡蠣(かき)のように口を閉ざしてしまう。太った男はボトルを摑むと、苛立ったようにグラスに注いだ。

「言ってくれよ、いったい何があったんだ。あんたはあの子を見つけたのか、それとも見つけられなかったのか?」

しばらく空白の時間が流れた。二人の息づかい以外は、何の音も耳に入ってこなかった。太った男は髭面の横顔を見つめ、見られている男は手元のグラスに目を向けていた。

「俺が見つけた時」

髭面の男が重そうに口を動かした。

「あの子はまだ生きていた」

太っちょは顔をひきつらせた。「なんだって?」

「雪の中で、気を失ってはいたが息はあった。俺はあの子をおぶって歩きだした。あの子を見て彼女が歓喜するさまを頭に描きながら俺は足を進めた……」

男はここでふっとため息をついた。ごくり、とスコッチを流し込む。

「吹雪が強くなったからか、足場が崩れたのか、はっきりとは覚えていない。たぶんその両方だと思う。あっと思った時には、俺の身体は投げだされていた。長時間の探索で身体もまいっていたのかもしれない。俺はなんとか起きあがったが足がやられていた。しかも、あの子の姿が消えていた。片足のまま懸命になってさがして、崖の中腹のあたりにひっかかっているのが見えた。だがそこまでいくには俺の足では無理だった。俺は全力を出して別荘に戻った。そして事情を話すつもりだった」

「しかしあんたは話さなかった……」

「話すつもりだった。だが別荘で待っていた彼女を見た途端、話せなくなってしまった……」

「……なぜだ」

「彼女は夫の写真を胸に抱いて祈っていた。その瞬間俺は知ったんだ。あの子は彼女にとって夫の分身なのだとね。あの子がいるかぎり彼女の心が他の男に向くことはない」

「………」

「俺はあの夜、彼女に結婚を申し込むつもりだった」

「……」

　太っちょは彼から視線をはずし、グラスの酒をあおった。そして空になったグラスを握ると、正面の棚に力いっぱい叩きつけた。ガラスのはじけちる音がこだまして、そしてまた静寂が蘇った。

　一方の男はそんな音など聞こえなかったように無表情だった。

「彼女は翌日息子の死体を発見し、同時にそれも見つけたのだろう。落ちる時にあの子は咄嗟にこれを握りしめたのだろうな」

　男はテーブルの上の金属片を取った。

「そうして彼女は俺があの子を見捨てたことを知ったのだろう。だが彼女はそれを直接俺に言わなかったし、俺以外の者にも言わなかった。ただ息子の死体を埋め、その場所を暗号に示しただけだ」

「そしてその暗号をあんたに譲った」

「俺が殺した子供の死体の番人を、俺自身にさせたわけだ。暗号が解かれれば自らの罪を告白せねばならないし、解かれなければ永遠に番人をやらなければならない」

「それが彼女の復讐だったんだな」

「どうも……そうらしい」

　髭面の男は金属片をもう一度見た。それは小さなバッジだった。彼が昔入っていた山岳グループの章だ。そこには、『KIRIHARA』と彫ってあった。

菜穂子の隣りで真琴が急に起きあがった。今まで眠っていたのに、突然身を起こしたので菜穂子が驚いたぐらいだ。

「夢を見たよ」

真琴はうっすらと汗をかいているようだった。

「どんな夢?」

「……さあ、よく覚えていないな」

「そういうものなのよね、ミカン食べる?」

「いや、いい」

そして真琴はバッグの中からマザー・グースの本を取りだしてきた。ぱらぱらとめくって、あるページを開く。

「あのペンダントの鳥ってさ、駒鳥(こまどり)だったのかもしれないな」

「駒鳥?」

真琴が示したページを菜穂子は見た。口の中で読んでみる。

「誰が殺したコック・ロビン(駒鳥)『それは私』と雀が言った……か」

真琴は本を閉じ、そして言った。「よくわからないんだけれど、なんとなく女は怖いなあって気がしてきたな」

菜穂子は面白そうに笑った。

列車は間もなく東京に着く。

【引用及び参考図書】

『マザー・グース』一〜四（谷川俊太郎訳・講談社文庫）
『マザー・グースの唄』（平野敬一・中公新書）
『暗号の数理』（一松信・講談社）
『まざあ・ぐうす』（北原白秋訳・角川文庫）
『毒の話』（山崎幹夫・中公新書）

一九八六年八月　カッパ・ノベルス（光文社）
一九九〇年四月　光文社文庫

光文社文庫

長編推理小説
白馬山荘殺人事件　新装版
著者　東野圭吾

1990年4月20日　初　版1刷発行
2024年11月30日　新装版3刷発行(通算53刷)

発行者　三宅貴久
印刷　萩原印刷
製本　ナショナル製本

発行所　株式会社　光文社
〒112-8011　東京都文京区音羽1-16-6
電話 (03)5395-8149　編集部
8116　書籍販売部
8125　制作部

ISBN978-4-334-79042-4　Printed in Japan

組版　萩原印刷

彼女たちが眠る家　原田ひ香
DRY　原田ひ香
あなたも人を殺すわよ　伴一彦
密室の鍵貸します　東川篤哉
密室に向かって撃て！　東川篤哉
完全犯罪に猫は何匹必要か？　東川篤哉
学ばない探偵たちの学園　東川篤哉
交換殺人には向かない夜　東川篤哉
中途半端な密室　東川篤哉
ここに死体を捨てないでください！　東川篤哉
殺意は必ず三度ある　東川篤哉
はやく名探偵になりたい　東川篤哉
私の嫌いな探偵　東川篤哉
探偵さえいなければ　東川篤哉
犯人のいない殺人の夜　新装版　東野圭吾
怪しい人びと　新装版　東野圭吾
白馬山荘殺人事件　新装版　東野圭吾

11文字の殺人　新装版　東野圭吾
殺人現場は雲の上　新装版　東野圭吾
ブルータスの心臓　新装版　東野圭吾
回廊亭殺人事件　新装版　東野圭吾
美しき凶器　新装版　東野圭吾
ゲームの名は誘拐　東野圭吾
ダイイング・アイ　東野圭吾
あの頃の誰か　東野圭吾
カッコウの卵は誰のもの　東野圭吾
虚ろな十字架　東野圭吾
素敵な日本人　東野圭吾
ブラック・ショーマンと名もなき町の殺人　東野圭吾
夢はトリノをかけめぐる　東野圭吾
サイレント・ブルー　樋口明雄
黒い手帳　久生十蘭
肌色の月　久生十蘭
リアル・シンデレラ　姫野カオルコ